Filip Gańczak

Jan Sehn
Tropiciel Nazistów

纳粹猎人扬·塞恩

［波］菲利普·甘恰克 著
邱贤玲 译

文化发展出版社
Cultural Development Press
·北京·

Jan Sehn, Tropiciel nazistów Copyright © 2020 by Filip Gańczak.
Simplified Chinese Copyright©2024 by Cultural Development Press Co., Ltd.
All Rights Reserved.

图书在版编目（CIP）数据

纳粹猎人扬·塞恩 /（波）菲利普·甘恰克著；邱贤玲译. — 北京：文化发展出版社，2024.4
ISBN 978-7-5142-3876-1

Ⅰ. ①纳… Ⅱ. ①菲… ②邱… Ⅲ. ①传记文学－波兰－现代 Ⅳ. ① I513.55

中国版本图书馆 CIP 数据核字（2024）第 058841 号

著作权合同登记号：01-2024-1615

纳粹猎人扬·塞恩

著　者：[波] 菲利普·甘恰克
译　者：邱贤玲

出版人：宋　娜
策划编辑：冯语嫣　　　　责任编辑：冯语嫣
责任校对：岳智勇　　　　封面设计：孙　靓
责任印制：杨　骏
出版发行：文化发展出版社（北京市翠微路 2 号 邮编：100036）
发行电话：010-88275993　010-88275711
网　　址：www.wenhuafazhan.com
经　　销：全国新华书店
印　　刷：固安兰星球彩色印刷有限公司

开　本：880 mm×1230 mm　1/32
字　数：192 千字
印　张：9
版　次：2024 年 4 月第 1 版
印　次：2024 年 4 月第 1 次印刷

定　价：88.00 元
ISBN：978-7-5142-3876-1

◆ 如有印装质量问题，请与我社印制部联系　电话：010-88275720

我……一个坚定的死刑反对者；毋庸置疑，更是一个杀戮的异见者；一个希特勒法西斯那样灭绝人性、目无王法的无差别屠戮暴行的绝对仇敌……这样的底色让我意识到自己与那些致力于揭发、制裁施暴者罪行的人们和衷共济的内在义务。我的一切作为，如同我们这个时代的伟人阿尔贝特·施韦泽予我的亲笔信中描述的那样……都是源于对生命本身最深沉的敬重。

扬·塞恩
1960年3月31日

目录

001　第一章　奥斯维辛1945
013　第二章　德罗布奈尔
024　第三章　战争
037　第四章　威斯巴登
044　第五章　格特
059　第六章　赫斯
082　第七章　利耶贝亨舍尔和其他人
110　第八章　纽伦堡
121　第九章　布勒
139　第十章　毛雷尔
152　第十一章　教授
164　第十二章　卡廷

173	第十三章	法兰克福
191	第十四章	死亡
198	第十五章	纪念

204	鸣谢
209	参考文献
213	注释

第一章　奥斯维辛 1945

所长办公室里摆上了咖啡，电话铃催命一般地响个不停。窗外克拉科夫普兰特公园的风光尽收眼底，深秋十月里仍能窥得绿意。司法鉴定所所长扬·塞恩教授正在接受记者里莱奥波德·马尔斯哈克的采访。原本预计在片刻内就能结束的访谈不知不觉就持续了两个小时，而围绕的从始至终只有一个话题——奥斯维辛。

这位"高挑、瘦削，做事雷厉风行"[1]的访谈主人公将记忆回溯至20年前，也就是1945年春天。那时，奥斯维辛这座处决波兰人的刑场，犹太大屠杀的大本营，德国人最臭名昭著的死亡工厂都已然停止运作。集中营旧址彼时已经部分被苏军征用。预审法官塞恩是第一批对此处德军罪行展开调查的波兰人。这位精明强干的克拉科夫律师心下了然：自己这是在与时间赛跑。必须尽快保全所有或被转移，或被弃如草芥的集中营文件；必须尽快与如今流散在海外的德军罪行见证者，也就是奥斯维辛集中营的幸存者沟通取证；还需尽己所能，在营地被付之一炬或者变成断壁残垣之前将其抢救保存。

塞恩借助一张张相片描述自己1945年的经历，他指着黑白照片上的一群人对马尔斯哈克说："这就是我参与的第一个奥斯维辛相关社会组织。"

该组织的全称为奥斯维辛德国希特勒暴行研究委员会，第一次会议于1945年3月29日，复活节周四在克拉科夫举行。委员会成员中不乏政界精英、学界大拿，还有像索菲亚·纳乌科夫斯卡这样的文化名流。

法官塞恩并不是这个组织的原始成员，但据称早在3月28日他与司法部普法科科长鲁希安·舒尔金的谈话里就曾提及这个组织。次日，他为舒尔金准备了笔记，里面罗列了以罪证标准保存奥斯维辛集中营设施的注意事项。

波兰新政权在建立之初急于证明自己致力于公平清算德国战时欠下血债的决心，以获取更广泛的社会支持和国际认可。但奥斯维辛委员会的工作起初却显得欠缺章法。第一次，也就是4月5日，在集中营旧址进行的现场调查就没有被记录在案。"他们既没有保护任何文件，也没有保存任何物证[2]"，扬·塞恩和检察官爱德华·潘哈尔斯基在后来合作撰写的报告里写道。两位在战前受过严格司法教育的律师最终在4月6日都正式加入了奥斯维辛委员会。

那天他们在克拉科夫格罗兹卡街52号上诉法院对奥斯维辛集中营幸存者进行了公开取证。但那天奥斯维辛委员会的行动还是一如既往的

第一章 奥斯维辛 1945

随意，并没有任何逻辑清晰的计划布局。除了司法部部长埃德蒙·萨莱夫斯基时不时看看表控制时长、限制提问，取证的其他方面都不在控制范围内。更不利的是证人证言最终并没有按照时间顺序排列，也没有经过证人的签字确认。或许这些资料对于媒体来说是一场饕餮盛宴，但在法庭上的价值不过聊胜于无。

塞恩和潘哈尔斯基建议将取证地点挪移至奥斯维辛委员会下属的法律部，并依照波兰刑法取证要求进行。终于在4月中旬，他们成功地将这一想法付诸实践。他们的团队也迎来了另一位拥有战前司法工作经验的检察官文森特·亚洛辛斯基。另外，他本人也是奥斯维辛集中营的幸存者。那些今日读来仍令人气噎喉堵的证词终于能够一丝不苟地被整理保留下来，这在很大程度上还要归功于那些证人们，感谢他们愿意毫无保留地去回忆讲述令他们万念俱灰的噩梦。

路易吉·费里挽起自己特洛尔式外套的袖子，伸出小臂，露出集中营囚犯编号刺青：B7525。这个一头乌发的男孩还不满13岁，但过去这一年里发生的事情早就冷血无情地将天真无邪的岁月从他的身上彻底剥离。他用德语告诉塞恩和亚洛辛斯基："我见过很多儿童的尸体，有的甚至还是婴孩，都是鲜血淋淋的。[3]" 1944年6月，在的里雅斯特塔，一群意大利警察破门而入来抓他犹太血统的祖母，路易吉虽然因生长在天主教家庭本可幸免于难，但他还是毅然决然地决定跟随祖母。他们在去往集中营的货运火车上尚能同在一个车厢，但到了集中营就立刻被分开。数月之后，男孩得知自己的祖母已经惨死在毒气室里。就连他自己，也是在来自维也纳的集中营犹太医生奥托·沃尔肯的照料下才得以苟活。

罗曼·戈德曼几乎是路易吉·费里的同龄人，大概就年长他一岁半不到。他出生于马佐夫舍省的托马舒夫市，当塞恩和亚洛辛斯基向他取证的时候，他已住在克拉科夫督嘎街的孤儿院里了。他们一家在1943年7月被拉牛的火车从特雷布林卡运往奥斯维辛集中营，他与父母、姐姐在集中营里彻底断了联系。当时年幼的戈德曼能死里逃生纯属侥幸。那天，被称为"死亡天使"的约瑟夫·门格勒医生将戈德曼也划入了送往毒气室的80人名单中，一众死囚待在牢房里听天由命，只有戈德曼幸运地逃了出去，后来一直混迹在往焚尸炉搬运尸体的囚工队伍中。他说："我不止一次见过驶往集中营的各种交通工具。营里的医生会在他们下车之后直接挑选出其中为数不多身强体健的人送往集中营，剩下的人都会被径直带去毒气室。因为我的工作位置，我可以将事情来龙去脉观察得一清二楚。"[4] 像戈德曼这样的囚工会用毒气里死去囚犯剩下的食物充饥，对此德国狱卒睁一只眼闭一只眼也就过去了。

尤金妮娅·哈尔布莱希，1919年生人，1943年1月与父母一同被运往奥斯维辛集中营。之前在克拉科夫犹太人隔离区，她尚有一份可以被允许出入门禁的工作，而当她跨入奥斯维辛集中营的时候，她就清楚地意识到"在这里，没有一个犹太人可以逃出生天[5]"。这个新世

第一章 奥斯维辛 1945

界给她带来的最初的震撼就是惨无人道的拳打脚踢、放犬伤人和令人作呕的卫生条件。她后来对塞恩和亚洛辛斯基说："每个夜晚，女狱卒们都会挑几个或者十几个女人，把她们生生打死。"有些人为了结束自己的煎熬，甚至会一了百了地撞向高压电线。哈尔布莱希也不是没想过结束自己的生命，她后来也承认说："将我从自杀的念头中叫醒的唯有我的母亲。"但尽管拼尽了全力，她最终还是没能够将她的母亲从惨死毒气室的命运中拯救出来。与此同时，另一个噩耗降临在了哈尔布莱希的头上：她的亲弟弟在克拉科夫犹太人公墓被盖世太保射杀。相较而言，尤金妮娅似乎更受命运的眷顾，她熬过了好几轮毒气室名单筛选，还获得了赖斯科附属营一个相对清闲的文职工作，该营的主要工作就是种植供给党卫队的蔬菜。但在那里也可以看到焚尸炉烟囱之上无穷无尽、遮天蔽日的浓烟。

证人证言有着不可估量的价值，但还需要在奥斯维辛进行专业的实地调查来佐证。塞恩和法律部的同事们都希望在最短的时间里调查集中营旧址。今天看来也许难以置信，但当时他们在很长一段时间里都没有办法申请到车辆，最终成行时已然是1945年5月了。

有一张不太清晰的照片记录了那时法律部成员前往奥斯维辛的场景。塞恩、潘哈尔斯基和亚洛辛斯基坐在起重机装配的长椅上，同行的还有三名女检察官，分别是克里斯蒂娜·申曼斯卡、斯黛芬妮娅·赛特梅耶尔和雅德维嘉·沃依切霍夫斯卡。"申曼斯卡精通德语，倒是波兰语有时说得词不达意。"[6]几年之后亚洛辛斯基回忆道,"我们时不时就被迫乘坐起重车工作,这都拜那些部委领导所赐。后来我们和一个私家车车主达成了协议,轮流使用这辆车。"[7]申曼斯卡说:"所以我们经常在周一离开克拉科夫,周六回来,然后下周一又前往集中营旧址。[8]"

因为大本营(奥斯维辛一号营)现属军方的管辖范围,所以克拉科夫委员会下属法律部的工作开展只能寄希望于军方的善意。起初他们的合作还算差强人意。波兰小分队被允许夜宿在前集中营行政部的办公楼里。塞恩和潘哈尔斯基当时就是室友,在后来的几年里他们也不分彼此地亲密合作。从1945年5月11日到5月25日,他们一起查访了集中营医院。和他们同行的还有司法鉴定所的摄影师斯坦尼斯瓦夫·乌彻科。当时在医院里住了差不多400个病人,都是集中营的幸存者。塞恩在记录中写道:"所有人……都营养不良,瘦骨嶙峋,大部分人因此卧床不起。"[9]克拉拉·赫乌密茨基,一个30岁的波兰女人,体重只有25公斤,和她在1943年刚被抓捕时相比轻了3/4。比她年长几岁的荷兰籍犹太女人贝蒂·斯宾诺萨,只有23公斤。她甚至不能独立在床上保持坐姿。现阶段,波兰红十字会的医生和修女负责照料这些病人,除此之外还有受过医疗培训的集中营幸存者、苏联医生和后勤人员。虽然他们已经尽心尽力,但还是没能挽救所有人的生命。珍妮特·阿帕里西奥,1903年生人,塞恩查访医院时她的意识还尚未混沌,但是身体已经极度虚弱。十几天后她就撒手人寰,那时距离集中营解放还不到四个月,而像她这样的例子比比皆是。

克里斯蒂娜·申曼斯卡后来回忆说:那些曾经的集中营囚犯由于营养不良导致的极度消瘦给她留下了毛骨悚然的观感。其实也不只是他们,还有绞刑架、焚尸炉的遗迹、毒气室外女囚头发堆成的小山。从她一篇笔记中我们读到:"我所看到的一切,进犯到我所能承受的极限。走在这里,我鞋底的土地像是能渗出鲜血。如果我见过曾经的布什辛卡,我大概就能体会到灵魂的震颤。焚尸炉的滚滚浓烟,特别是当它们让空气都变暖的时候,就像是仇怨戾气在沸腾迸发;而焚烧留下的骨灰飘零四散,肥沃了周遭的土地,这样的景象怕是闻所未闻吧。[10]"骇人听闻的恐怕还有一张乌彻科当时替塞恩拍的照片,照片的注释里写着:"布什辛卡—5号焚尸炉原址,未焚尽的人类遗体残骸。"[11]

布什辛卡,也被德国人称为比克瑙,这是他们用毒气室进行大规模灭绝的地方。现在这个区域受波兰人管辖,集中营的警卫也归克拉科夫地方政府调遣。警卫人数不多,武装力量薄弱,工资待遇也有限,导致他们无法兢兢业业地完成任务。塞恩和潘哈尔斯基几个月后在报告中写道:"正因如此,当地的民众会才能伺机溜进营房,损毁里面对于法律部工作来说具有司法意义和馆藏价值的文件及物品。"[12]

虽然举步维艰,但是克拉科夫委员会还是做出了卓越的贡献。他们查看了集中营里的物品,尽己所能保护了德国人留下的文件。申曼斯卡记得他们"在集中营各个犄角旮旯里寻找这些文件：它们散落在不同空间的土地里、地板上，很大一部分藏在昔日行政部的办公楼里。塞恩法官说我们得先把所有带字的纸张搜集起来，然后再判断它们有没有用。我们就是用这样的方式做了集中营的文件收集，甚至连垃圾堆和臭水沟都没有放过，最后把它们放进巨大的纸箱里，用起重车一趟一趟运回了克拉科夫[13]"。在司法鉴定所里，这些文件被从污垢和排泄物中清洗出来，再在红外线下进行研读。

他们在其中获得了例如名单、信件和德国集中营负责人下达的命令。11号牢房，也被称作失落之牢和死亡之牢，塞恩和潘哈尔斯基在它的阁楼上找到了囚犯的名册。塞恩告诉马尔斯哈克："在寻找文件的过程中，我去过破败杂乱的营房，到过满是积水的地下室，那儿才能找到真正意义上被弃如草芥的纸张。在一座营房焚烧后的残迹中我发现了他们审讯囚犯的问题清单，还在其他地方找到了集中营的设计图纸。我们需要尽力收集更多文件，因为每一张纸都可能是德军屠杀的罪证。"

法律部不仅缺人，还缺交通工具，那辆克拉科夫市政府临时下拨的起重机并不是天天都能如愿上路。塞恩和潘哈尔斯基紧张地说："那些装在箱子里等着被车运走的文件就曾两度被抢走。[14]"即使预审法官随后介入，也没能要回那些文件。克拉科夫小分队只听到那边说："不行！这是战利品，我们说什么都不会给的。[15]"

更糟糕的是，5月底军方领导就开始严格限制波兰人前往和拍摄集中

第一章 奥斯维辛 1945

营所在区域。与此同时，部分营房被破坏、拆毁。11号牢房外的绞刑架也不见了。毒气室和焚尸炉所在的营房房顶还新建了一个跳舞的广场。

克拉科夫的律师们于是先向国会议员耶什·康纳兹基寻求帮助；后来又去找新上任的司法部长，同是奥斯维辛幸存者的亨利克·锡菲娅特科夫斯基；除此之外，还联系了副总理斯坦尼斯瓦夫·亚努什；但均以失败告终。走投无路之下塞恩和潘哈尔斯基向波兰德国战争罪行研究委员会总部主席团写了一封措辞强烈的信，在信中他们"要求保护奥斯维辛集中营的完整和自由出入其中取证的权利[16]"。但彼时所谓的波兰共和国政府，几个月前刚刚成立，既没有勇气，也没有兴趣来蹚这趟浑水。

起初，奥斯维辛和比克瑙还有为德国战俘和上西里西亚、奥珀来地区民众设立的安置营，但很快该地区的通行就被完全禁止了。塞恩和潘哈尔斯基还写道："有人掘地三尺寻找当时集中营囚犯藏在地下或营房墙壁里的黄金和其他宝藏。由于营房被改建得面目全非，哪怕是在其中关押了数年的囚犯也要费尽九牛二虎之力才能找到。"因此两位律师再次要求"波兰政要开放集中营并保护其完整"[17]。自然，这又是他们不切实际的幻想。康纳兹基议员也义愤填膺，无论是司法部长，还是总理，抑或是一些最德高望重的波兰领导都只畏缩自保。"所谓的波兰人民政府里竟没有一个人敢施以援手守护比克瑙的宝藏"[18]。

即便越来越多的海外代表团开始赴奥斯维辛考察，也没有对法律部的工作产生助益。卢森堡外长约瑟夫·伯克在9月26日的访查中只去了比克瑙部分区域，因为其参观主营的请求遭到了拒绝。塞恩和潘哈尔斯基记录道：即便"人尽皆知这里是德军震惊世界的战争罪行案发地，我们也需要付出相应的努力……让奥斯维辛能够在世界面前维持现状，成为希特勒丧尽天良之暴行声嘶力竭的见证，同时作为一处能够悼念来自欧洲各地，在这场无差别屠戮中遇难同胞的公祭地"[19]。

集中营旧址的部分区域作为博物馆在1947年对外开放。而当时，也就是1945年，塞恩还在竭尽全力与时间赛跑。他司法鉴定所多年的同事扬·马尔凯维奇后来回忆说："他遵循法医科学原则，付出了以往两倍甚至三倍的努力，以最快速度保护了大量的物证。"[20]

克拉科夫小分队去过的地方远不止奥斯维辛，还有所谓的收复地，那里当时还住了好些德国人。亚洛辛斯基后来写道："当时那座城市大部分的街道都改了名字，到处是断壁残垣，如果要驶离这里需要兜兜转转避开满地砖头，但是又不知道该往哪儿开。如果问当地的土著——德国人，他们一旦看到（汽车）引擎盖上的白鹰①通常就会敷衍说这里没有畅通无阻的街道。即使有些人愿意回答，也会坚持说那街道原来的德语名。"如果司机在梅斯沃维采没有注意到巡逻的士兵，可能

---

① 白鹰象征波兰民族的历史文化和人民英勇不屈的爱国精神，自13世纪末以来一直为波兰国徽的重要组成。——译者注。后无特别注明，页下均为译者注。

就会引发激烈的冲突：""……他会端起枪冲着我们车的方向准备射击。直到我们的尖叫让司机停下车辆，那个士兵才把枪背回肩上继续执勤。这样危急情况发生过好几次，还有一回司机……乱开车，我们差点儿翻车从桥上掉进河里。"[21]

而1945年7月卡托维兹和弗罗茨瓦夫之行收获颇丰。塞恩和他的同事们搜查了已经人去楼空的浩克建筑公司大楼。他用沉着温和的语气对马尔斯哈克描述道："我和我的伙伴们不得不走进那栋可能在下一秒就坍塌成废墟的大楼，不得不在残垣和砖头中间寻寻觅觅，经历了这些艰辛，总算没有无功而返。我突然在地上发现了一卷纸张，将它拾起来摊开：眼前是布什辛卡四个大型焚尸炉的精密结构图。"

1945年暮春，奥斯维辛委员会下属的法律部已经成为波兰德国罪行研究委员会克拉科夫分会，格罗兹卡街法院大楼一层还辟了三间办公室供其使用。塞恩和潘哈尔斯基二人除了检察官亚洛辛斯基，还获得了法官斯坦尼斯拉夫·什蒙达的帮助。这四位司法工作者保护了波兰总督府和纳粹党文件、毛特豪森集中营囚犯和强制劳工名单等物证资料；还对克拉科夫边境克热斯瓦维采地区德国恐怖暴行的受害者遗体进行了发掘。

然而在塞恩身上留下最深刻印象的还是奥斯维辛集中营。他在1945年8月一次公开演说中疾言厉色地说道："疾风和河流将奥斯维辛殉难者的骨灰带到了波兰的每一个角落，肥沃她的土地，塑造她复仇者的灵魂。而就是这样的复仇者精神会一如当年将十字军的不可一世碾为尘埃那般战胜一切。[22]"这是有着德国血统的塞恩坚守的信仰。十几年之后，在明斯特国家法院接受取证时他说："像奥斯维辛—比克瑙集中营这样体量的罪孽已经颠覆了所有在人际关系中被接受的善恶、对错、法制和无序的判断标准，这也解释了为什么它超过了任何一个预审法官判断的能力范围。[23]"

在1965年10月与塞恩的会面中，莱奥珀德·马尔斯哈克来不及得到自己所有想要的答案。他寄希望于下一次访谈："下一次我希望他能谈谈希特勒党卫队奥斯威辛罪行的其他方面。可是很遗憾，再也不会有下次了。"几周之后，塞恩于美因河畔法兰克福早逝。甚至这次行程也与奥斯维辛集中营紧密相关。这位克拉科夫律师为奥斯维辛集中营奉献了自己战后全部的人生。

第二章　德罗布奈尔

在克拉科夫老城广场盛名远播的维盛耐克饭店里，艾尔弗瑞德·费黛凯维奇的告别之夜还在继续。那是1946年，时任波兰德国罪行研究委员会会长的费黛凯维奇即将外派。席间有时任克拉科夫分会会长的扬·塞恩和政治家博莱斯瓦夫·德罗布奈尔。

20世纪30年代下半叶，他们在与此刻完全不同的境遇里相识。德罗布奈尔因政治活动被逮捕关押，等待审判。而当时年轻的见习律师，也是后来的法官助理扬·塞恩则要协助预审法官玛丽安·瑞斯托夫对德罗布奈尔进行调查。

战后，共产主义的经历可谓锦上添花；而过去镇压工人运动的行为会摧毁多年的职业生涯。但在维盛耐克饭店塞恩并没有试图装作不认识德罗布奈尔的样子，后者后来也写道："他向我走过来，打了个照面，问我介不介意他前来，我说哪里的话。毕竟上面给了他调查希特勒罪行的高位重权[1]。"但即便如此德罗布奈尔也并没有打算将战前的龃龉一笔勾销。

1933年7月，扬·塞恩还是雅盖隆大学新鲜出炉的法学专业应届毕业生。当时他和弟弟雅库布一起加入了毕苏斯基青年联盟[①]2。弟弟刚刚结束了工科学校的课程，住在克拉科夫波德古勒区萨利纳勒那街（今利沃弗街）。塞恩给克拉科夫上诉法院院长写信说："我诚挚地请求您考虑任命我为克拉科夫地方法院见习律师[3]。"塞恩随这封申请书附上了故乡博布罗夫乡长和教区神父亲笔签字的"品德证明"。除此之外，法院还参考了省政府安全局的意见，他们表示："扬·塞恩硕士的言行举止无论是在道德层面还是政治层面都无可指摘"，符合国家公务员要求。[4]。

最终年轻的扬·塞恩律师通过了严格的审查，被正式任命为见习律师，两年之后他才成功转正。在这之前他长期囊中羞涩。1935年4月4日他"恳切"地向上诉法院院长申请"经济援助"。他在申请理由中写道："我是一个孤儿，我的生父对我完全不管不顾，家里远亲只给我50兹的生活费，这50兹我要用来支付房租、口粮和衣物的开销。我的经济

[①] 青年联盟，又称国家工会，前身为始创于1930年2月13日的"上校团"。该组织主张于高校间宣传反资本主义、反教权主义、反民主主义等性质的国家民族主义意识形态。

第二章　德罗布奈尔

状况着实是苦不堪言。"[5]这份申请最终被通过了，但是一个月50兹的经济援助从长远看并没有解决实质问题。

不久后，塞恩"出于自己严峻的经济状况"，向上级申请了克拉科夫格罗兹卡法院法警一职[6]，并于1935年7月1日正式上任。但是9月19日，塞恩就因为"身体状况堪忧"[7]被免去了职务。这并不是开除，地方法院仍然保留了他的编制。10月1日起，他又开始重新担任见习律师，月薪为160兹。之后塞恩被派去玛丽安·瑞斯托夫法官麾下工作，很快就获得了他的赏识。

法官之女汉娜·瑞斯托夫–利比朔夫斯卡回忆道："我父亲评价塞恩说，他完美集合了其德国先人一丝不苟的严谨与波兰人的赤子之心。他们在工作之外也维系着惺惺相惜的友谊。"[8]

此时在这个工作圈子里出现了我们熟悉的潘哈尔斯基副检察长。

瑞斯托夫–利比朔夫斯卡回忆说："潘哈尔斯基的夫人与我母亲特别交好。"

玛丽安·瑞斯托夫大概比塞恩大六岁，但他当时已是克拉科夫诉讼领域公认首屈一指的预审法官。他对工作充满了热情（和闲暇时玩橄榄球一样不遗余力），他并不害怕调查取证过程中错综复杂的政治势力。他多年后透露说："在那个时候，我几乎接手了克拉科夫地区所有与政治相关的案件"[9]。瑞斯托夫之所以如此行事也有一些个人原因。早在1920年他就参与了对抗苏联共产党的战争，比如他弟弟一年前战死在了沃伦前线[1]。

德罗布奈尔案就是20世纪30年代瑞斯托夫审理的众多案件当事人之一。1883年出生的德罗布奈尔是一名化学博士、克拉科夫市议员和资深工人运动活动家,之前就曾数次因偏激的行为吃过官司。他投身波兰社会党,支持民族独立但反对萨那齐亚[2]政权。

1936年1月从莫斯科参加完女儿的葬礼回到波兰以后,德罗布奈尔在克拉科夫、华沙和其他城市发表了演讲,并宣扬赞誉了苏联的社会现状。

在这一系列演讲的基础上刊印了题为《我看见了什么?》的小报。虽然作者删去了其中最具有争议的段落,但小报还是立即被停印了。德罗布奈尔最终成功地从印刷厂里救下了100多份无删减的小报,在友人之间传阅。

德罗布奈尔声称他在莫斯科可以无拘无束,去到所有地方;可以随心所欲,和任何人交谈而不被监听。他所看到的一切都令他心驰神

---

[1] 此处指波苏战争(1919年2月—1921年3月)——由于第一次世界大战后波、苏边境未明确导致的领土之争。沃伦州位于乌克兰西部,由于与波兰、白俄罗斯接壤,自古多领土纠纷。
[2] 萨那齐亚(Sanacja,取自拉丁语 sanatio,意为治愈)。萨那齐亚运动是波兰1926—1939年间的一场政治运动,得名于其在公共生活(国家和社会)层面实现道德治愈的主张。

第二章　德罗布奈尔

往："那里没有危机,相反,只有改革和发展。那里没有无业游民,只要你拿着票,就可以买到想买的一切。"[10]据他所言,那里施行"议会民主制",妇女们拥有同等的权利,工人们"享有高薪待遇",他用波兰语说道："而那里的医疗卫生和文化教育条件都处于领先水平。"

德罗布奈尔游历莫斯科的时候声称："苏联农民在集体农庄的待遇岂止尚可,简直是优渥。村民们对苏维埃政府非常满意。"据德罗布奈尔的描述,运河的建造者工作热情高涨,"完全不需要外力来勉强"。

这位政客从来没有隐藏自己建立"全新的,社会主义波兰"的梦想。而这一梦想需要工农"大解放运动"来实现。在预审法官瑞斯托夫眼里,这就是改变政体。

德罗布奈尔的头顶乌云笼罩,并不仅仅因为小报,还有他公共演讲的原因。根据1936年3月16日警方消息,他在给失业人群演讲的结束语中激情昂扬地喊道："工人阶级万岁!"[11],另一次他当众号召："同志们,起来!去战斗!这场战斗会危机四伏,血流成河,但也将是至高无上的荣光!"[12]。即便对于很多波兰社会党的同志来说,这样的口号也太过偏激。警察于1936年9月16日上午抵达了德罗布奈尔和他妻子的住处。这位政客被警方拘留,两天之后,也就是9月18日周五,瑞斯托夫预审法官对他进行了提审。

见习律师塞恩手写的笔录中德罗布奈尔说："我不认罪……我并没有对'暴力手段推翻现有国家政体'这一说法达成共识……"[13]被告承

认:"社会主义者同样也能在资本主义国家战斗。"笔录足足有三页之多。德罗布奈尔后来回忆道:"瑞斯托夫……完全不知道该问我什么,也不知道应该给我扣什么帽子。"¹⁴

最后预审法官决定将他临时拘留,他被收押在克拉科夫圣密哈乌监狱,并在两个月后释放。对他的调查也告一段落,但是这都是暂时的。

1937年3月3日,警察再次前往德罗布奈尔住所。搜查之后,他们又找到了更多共产主义相关资料。这一次夫妇二人都被拘留。德罗布奈尔的妻子露巴在三周之后重获自由,而德罗布奈尔就没这么幸运了。在前番针对他的指控之上又多了一条:《群众日报》。这份报纸从去年秋天就开始刊印,已连续发行了好几个月。报纸由波兰共产党出资,社会党撰写,而德罗布奈尔夫妇参与了该报克拉科夫版的修订工作。

3月5日取证流程重启,这位政客被再次提审。德罗布奈尔后来回忆道:"瑞斯托夫步步紧逼……我刚答完一个问题,他就抛出另一个……在整个过程中我都必须保持战时戒备。"[15]。分歧主要在笔录表达上的出入:"书记员塞恩博士①也对我表现出强烈的敌意,而我之所以犯

---

① 塞恩于1949年通过博士答辩,但此时为1937年。原文使用了"博士"的称呼,可能是德罗布奈尔多年后回忆时塞恩已取得了博士学位。——译者注

第二章　德罗布奈尔

了众怒，是因为我全程都保持着不卑不亢的淡定。"从保留的文件中可以得知，当时德罗布奈尔纠正了瑞斯托夫的若干措辞，但书记员一栏签的名字是"梅·科达什夫斯卡"[16]，而不是德罗布奈尔回忆中"年轻的见习律师塞恩博士"。从该案卷宗也可以推测：当时并不是塞恩给德罗布奈尔做的笔录，那显然德罗布奈尔描述的刻意为难也并不存在。不排除是多年之后这位克拉科夫的政客记忆衰退，蓄意夸大塞恩在此案调查中的角色。

德罗布奈尔被逮捕后的一整年都在牢房里等待审判。他绝食抗议了几天以要求加快调查速度。但瑞斯托夫和法院上下都不想让他感觉自在。于是预审法官对其展开了事无巨细的调查，甚至寄希望于被告主动配合：他同意让德罗布奈尔享有特制的餐食、被褥、书籍、订阅杂志，并且同意在自费的前提下让私人医生来照顾他的身体。塞恩当时仔细观摩瑞斯托夫的行事手段，在战后他也借鉴这种方式对待德国战犯，允许他们阅读、通信甚至同意他们将单人牢房换成双人牢房。或许是因为人道主义关怀，抑或是累积的感激之情，越是被善待的囚犯越倾向于配合法院提供有效证词。

在1937年6月28日最后一次提审中，德罗布奈尔向瑞斯托夫承认自己是建立"新型社会制度"的"工人阶级拥护者"，他希望将这一点落实为波兰社会党的官方态度[17]，但是却事与愿违。9月24日，他们对德罗布奈尔提起公诉，副检察长博格丹·申普瓦指控他"蓄谋发动武装革命……[18]"。根据刑法第96条，其罪应判处十年以下有期徒刑。

《图文日报》头版头条刊登："德罗布奈尔博士被指蓄意发动政变！"[19]1938年3月23日，也就是克拉科夫地方法院德罗布奈尔案庭审的两天前，几个颇有声望的波兰社会党活动家向法院自首。卡基米日·欧伊莎诺夫斯基副检察长欲判处德罗布奈尔六年有期徒刑。虽然他拒不认罪，但是自首的波兰社会党人用百分百的底气发誓说他一定不无辜。最终他于4月1日被判处三年有期徒刑。现场媒体这样描述道："判决以被告声嘶力竭的怒吼告终。"[20]

对于塞恩来说，波兰战前的最后几年算是好日子了。1937年6月，他高分通过了法官考试。克拉科夫上诉法院院长评价他："其人聪明、机敏；司法领域的专业知识掌握得全面、扎实，众人交口称赞；还非常踏实肯干，精益求精。在性格人品上，他绅士得体，同时也平易近人，谦逊有礼。为了成为法官他可谓不遗余力。"[21]不久后，塞恩就被任命为霍茹夫市戈罗茨基法院的法官助理。但因彼时瑞斯托夫被调任去了华沙，于是他一手培养的塞恩被留在了克拉科夫，代替他接手预审法官的工作。

1938年12月16日，最高法院撤销了对德罗布奈尔的原判。关于免除了其原判中剩余刑罚、恢复其公民权利的判决书被法院送时任波兰总统伊格纳奇·莫希奇茨基审批。但是直到大战爆发，判决书都没有被呈送至国家首脑办公室。1939年夏天，德罗布奈尔因身体亟须疗养离开了

第二章 德罗布奈尔

监狱。在占领期间他被送去了西伯利亚,后来加入了波兰爱国者联盟。这为他全新的政治职业生涯开辟了道路。

瑞斯托夫在1939年9月参加了波德二战,在战俘营关押数年后回到了波兰。由于战前长期从事司法调查工作,回国后他陷入了更大的危机。1945年在凯尔采地方法院求职无果后,他定居在了平丘夫,但那里于他而言也并非什么福地洞天。

汉娜·瑞斯托夫—利比朔夫斯卡称:"他曾两度被司法界除名。"

在这段对于瑞斯托夫来说最艰难的岁月里,塞恩并没有背信弃义。在1947年至1948年间塞恩还去平丘夫探望过他。

"他从纽伦堡给我父亲,实际上是给我带了一块瑞士表。"瑞斯托夫—利比朔夫斯卡回忆道。

1950年12月,汉娜·瑞斯托夫—利比朔夫斯卡接受了安全局的提审,询问其父在战前进行调查的相关事宜。其间她提到了德罗布奈尔,但是没有透露任何细节。而安全局官员却更关注他经手的另一桩案件——霍茹夫市审判。他们寻找一切可能对瑞斯托夫法官不利的证据,最终以建立对他的监视告终。平丘夫市政府公安局报告中表示:"他虽然还没有实施敌对行为,但他毕竟是当前社会现实的潜在敌人。"[22]在调查瑞斯托夫的过程中,安全局试图给"其他法官、检察官和公务员"安上参与"反动"[23]的帽子。这后果不堪设想。波兰第二共和国最高法院检察官,司法部人事处处长米耶彻斯瓦夫·谢威勒斯基的下场就是前车之鉴。战后，他曾在波兰国家最高法院对阿蒙·格特、鲁道夫·赫斯和阿尔伯特·福斯提起公诉。后来，他被捕，并于1953年被判处3年有期徒刑。虽然与谢威勒斯基相比，塞恩在战前不过只是个无名小卒，但这光景也足以让他担惊受怕，夜不能寐。他很走运，因为他的名字没有出现在瑞斯托夫案的卷宗里，但即便如此，他也引起了安全局的注意。应是一位克拉科夫安全局官员在记录中[25]将他称为：萨那齐亚检察官。当时的塞恩四面楚歌，对他的威胁也可能直接来自德罗布奈尔。

在维盛耐克饭店那次不期而遇并没有造成任何后果。后来德罗布奈尔应雅盖隆大学工会主席司济斯瓦夫·沃帕特卡之邀，回忆自己与塞恩在战前、战后的交集。薄薄一张约记于20世纪50年代，没有日期的纸张，被放入了塞恩的个人档案里。1962年，德罗布奈尔在《我的四次审判》一书中公开提到了塞恩在瑞斯托夫审查工作中扮演的角色，但并没有激起任何水花。简而言之，就是因为他的指控太过牵强无力，叙述也模棱两可；也是因为没人想无事生非，对此再刨根问底。

德罗布奈尔是个积年议员，但却被政权排除在了权力中心之外。国家安全局甚至认为他是"社会民主党活动家"，企图将他查个底朝天[26]。也正因为他们对德罗布奈尔心存猜忌，他只在过渡时期担任过一些重要的职务。1944年至1945新政权建立之初，德罗布奈尔主管过就业、社会保障、卫生健康相关政府工作，也担任过弗罗茨瓦夫市市长。1956年，在短暂的政治稳定时期，他在克拉科夫担任过波兰统一工

第二章　德罗布奈尔

人党省支部总书记。

塞恩在战后与共产主义政权一直保持着良好的关系。他的连襟塔杜什·普斯卡彻克曾于1957—1961年担任波兰人民共和国议会波兰统一工人党议员。于他更有助益的是他与"永远的总理"约瑟夫·西伦凯维兹的私交。

塞恩在司法鉴定所多年的手下玛丽亚·寇茨沃夫斯卡透露说："他们在学生时代就认识了。[27]"

西伦凯维兹比塞恩年长两岁，也曾在雅盖隆大学学习法律。战后，已是总理的他还时常致电司法鉴定所，开口便道："我是小尤呀，那边是小扬吗？"[28]。另一位颇具影响力，又与塞恩交好的政客是波兰社会民主党政治活动家卡基米日·卢辛奈克，他在写给塞恩的信中称其为："尊敬的，亲爱的教授！"[29]

如果没有这样的人脉，塞恩在1945年后怕是难成大器。但他后来卓越的成就很大程度上还是仰仗他自身过人的天赋和超人的勤勉。

第三章　战争

1946年6月。克拉科夫特别刑事法院检察院接到了检举，检举人是46岁的尤利娅·别洛瓦和小她11岁的亚当·沃伊塔什克。在德国占领时期他们曾是情侣，在波德古热区经营着一家餐厅。1942年店面被关停，沃伊塔什克被划入了强制劳工名单前往德国。这两位久经磨难的可怜人称：在一系列变故之后，他早就"面目全非"了。检察院很快意识到他们说的"他"指的是战时被餐饮协会雇用的扬·塞恩律师。

他们针对塞恩的指控非常严峻，1944年8月的行政法案里严肃规定了"参与希特勒法西斯暴行"和"背叛波兰民族[1]"等罪的量刑方式。如若他们的指控属实，塞恩将因协助"占领区政府通缉犯潜逃"获罪。甚至可能因此被判处死刑，更不用说剥夺公共权利和没收个人财产。

德国国防军在第二次世界大战开始不到一周，也就是1939年9月6日占领了克拉科夫。这座城市也成了德占区领土——波兰总督府的首都。

第三章　战争

那些指望新政府能像当年奥地利占领时期那样统治的人，怕是大失所望了。起初，城里每天都有人被逮捕、围捕、公开或秘密地处决、运往劳工营和集中营。精英阶层和地下组织成员士气逐渐消极萎靡，"好多人根本没有过反抗侵略者的念头，哪怕一瞬间"[2]。克拉科夫这座城市，在华沙的对比下，确实在恐怖势力面前显得软弱无力。画家索菲亚·丝特晏斯于1941年记录道："从表面上看，克拉科夫的生活与往日里并无二致，人们可以同往常一样看电影，喝咖啡，在大街上闲逛，去理发店剃头，孩子们也可以照常去学校……"[3]但是中学与大学已经被关停了。波兰的普通法院虽然还持续运作，但是基本只受理民事案件。当时还设立了德国特设民事法院，历史学家安德什伊·赫瓦尔巴将其称为"恐怖组织"[4]，德国政治军事特设法院也同样臭名昭著。

塞恩并没有以法官助理的身份回克拉科夫地方法院工作。他的妻子，索菲亚·塞恩在几年后称：塞恩想"避免在德国势力范围内的司法机关工作，以免再次被迫接受德国秩序下的民族主义"[5]。因此这位年轻的律师在长达一年的时间里并没有工作——至少没有一份稳定的，能在档案上体现的差事。他的亲眷亚瑟·塞恩猜测：塞恩在这段时间里是依靠父亲或表亲弗瓦迪斯瓦夫·格洛赫斯神父的接济过活。也不排除他在极其困难的时候接受过自己未婚妻家族的资助。

1940年8月17日，正巧是德国人将克拉科夫老城广场上的亚当·密茨凯维奇塑像推倒的那一天，扬·塞恩与小自己三岁的会计索菲亚·普斯卡彻克成婚了[6]。在后来的调查问卷中塞恩写道，索菲亚在战前靠"身为省政府退休官员遗孀的母亲接济"，在德国占领时期她"是政府机关一名编外人员"[7]。在她兄弟的问卷中，我们又获悉："她曾在克拉科夫一家民营餐厅工作。[8]"

这一切都不是空穴来风，更详尽的信息让我们了解到塞恩的岳丈一家确实来路不小。索菲亚的哥哥塔杜什在奥尔库什当医生。她的妹妹亚尼娜是个律师，已与扬·塔莱夫斯基医生喜结连理。她已亡故的父亲卡罗尔曾是波兰人民党皮雅斯特派成员。她的母亲路德维卡是个"小商贩的女儿"，但同时也是老城广场著名的哈维卡餐厅老板尤塞夫·鲁贝勒斯基的表亲。

"克拉科夫通"茨别格涅夫·莱希尼茨基这样描写鲁贝勒斯基："这位身材略显丰满的先生总是充满了自信……被克拉科夫人称作'猎人炖肉之王'。"这家餐厅很快就在克拉科夫人气榜上占据一隅，如果那些老饕在珀莱尔和文策尔都不见踪影，那就一定在克拉科夫的夜间避风港——哈维卡……对于游客来说，去那里就如同朝圣，正如他们所说："到了克拉科夫不去哈维卡瞧瞧就跟到了罗马没见到教皇一样。"[9]

鲁贝勒斯基是克拉科夫餐饮及相关产业从业者协会主席团成员。塞恩在1940年11月23日被任命为该协会秘书和办公室主任。战后他解释说："这是一个纯波兰机构，与德国人之间不过只有一些贸易往来，他们主要为我们提供砂糖和鸡蛋。[10]"机构成员可以低价购买大量砂糖、

第三章 战争

鸡蛋等食材，但这很快引发了投机行为。塞恩说："本与餐饮业毫无干系，各种身份地位的人，通过置办酒吧、小酒馆、餐厅、小餐吧、简餐店、咖啡店、茶馆等类似产业"以低价购得协会内部流通商品去自由市场倒卖。那时几乎每一个克拉科夫人都在想方设法生财，因为"即便是待遇颇丰的公务员们也难以仅靠薪资平衡收支"[11]。

1940年秋天，服务生亚当·沃伊塔什克在与尤利娅·别洛瓦一起在卡勒瓦雷斯卡街24号开了一家餐馆。离普斯彻克一家多年的住处萨摩伊斯卡街28号仅150米之遥，塞恩后来也搬来了这里。或许他是在婚后直接随妻子回娘家同住；也可能是因为1941年3月德国计划在波德古热建立犹太人隔离区并强制当地居民迁走，而隔离区边界的其中一段划在塞恩战前居住的利沃夫街，他这才搬离故居投奔岳丈了。

沃伊塔什克和塞恩的命运很快就交织在了一起。因为德国人意识到，克拉科夫市短时间内出现了太多餐厅。警长因此来向协会索要因卫生条件和店主专业能力不达标需被取缔的餐馆名录。对这些餐馆雇佣工来说，一旦榜上有名并不是意味着丢了工作这么简单，而是还面临去德国强制劳动的危险。塞恩说："我们决定不上交这个名录……而是给一个模棱两可、拖延时间的文字回复……"根据他战后的描述，当时等得不耐烦的德国人威胁鲁贝勒斯基说他这是在阻碍行政管理。塞恩灵机一动，向警长建议重新统计已注册餐饮企业并进行问卷调查，这个建议得到了官方的采纳。尽管占领区当局要求他在短时间内完成统计，但整个过程被人为拖延了好几个月。塞恩最终提交的报告满足了统治者对相关信息的需求，他在报告中指出：克拉科夫市内的餐厅约有100余家，与奥匈帝国时期不相上下，另有400余家注册商户并非所谓的餐厅，所以"在克拉科夫不存在餐饮行业发展过剩这一现象"。这一说法虽然被勉强接受，但是并没有为塞恩他们赢得多少时间——1941年8月底，德国人突然取缔了克拉科夫餐饮协会，并建立了以德国委员为首的餐饮——火腿企业联盟。新联盟吸收了原来协会的工作人员，塞恩就是"波兰文职人员之一"[12]，而其中也不乏德国员工的加入。委员长表示："城里的餐厅太多了，其中有很多如猪圈鸡舍一样肮脏，亟待清理"，至少在塞恩的印象中他是这么说的。而据塞恩称，后来他成功说服占领区当局，给商户下发了新的问卷，再次为整个行业争取了几个月的平静。

如果我们采信战后的调查结果，那么这么年轻的律师在当时确实将他所知德国当局对餐饮业的部署告知了克拉科夫餐饮人。他还利用和扩大公职人员之间的竞争矛盾，瓦解当前不利的政治布局。因为联盟主席施密德更愿意在这个框架下保护自己熟悉的餐饮人，于是塞恩他们尽力安排他走访更多的餐饮企业，接受这些餐饮企业家物质上的表示。而另一个德国政府官员劳滕巴赫，趁施密德1942年春季休假，"在一两天内……就关停了上百家联盟内的小餐厅"。不仅那些店面被记录在案，连店主都被提交劳动局处理。这些人走投无路，只能向塞恩寻求建议。

他们中就有沃伊塔什克和别洛瓦，"塞恩在1945年6月15日告诉我说：除了我的餐厅之外，还有很多其他的餐饮企业也被关停了。他让我一周后再来……但是一周后……他告诉我他无能为力，我的餐厅还是会被强制歇业，因为它不符合餐饮企业标准"[13]。塞恩原本寄希望于沃伊塔什克的餐厅能够通过联盟下属委员会的检验，但可惜事与愿违。后来，求告无门的沃伊塔什克和别洛瓦直接去找了施密特。据他所说，施密特同意重开他的小餐馆，并把与他的资料转交给了塞恩邻座的一个文职人员，但此人并没有受理，只是把它们放到……一旁，用德语回了一句："不"。一段时间后沃伊塔什克又去找过塞恩，希望他能通融一下，给个便利，但又一次无功而返。沃伊塔什克在1946年提道："……他说他已经无能为力了，因为我的资料已经被送去了劳动局，去德国劳工营怕是势在必行了。"虽然他从强制劳工队伍中潜逃，但最终还是被抓获发配去了格罗斯—罗森集中营[14]。

在别洛瓦看来，塞恩就是"毫无理由地关停了他们的餐厅"，目的就是让她和她的朋友"无以为生"。塞恩用一副公事公办的样子告诉他们："不要再对重开餐厅心存幻想"，这也意味着沃伊塔什克"去德国劳工营已是板上钉钉的事实"[15]。

这件事情的人证之一是45岁的阿涅拉·维泰克，占领时期她曾在卡勒瓦雷斯卡街38号开了一家餐厅。1942年她的店面也被关停了。她在取证时说："我曾经为了这件事情去过餐饮协会秘书塞恩的家里。"塞恩告诉她："这件事情由施密特全权做主，他无权过问。[16]"

战后，克拉科夫餐饮从业者联盟主席团也为塞恩辩护，我们从其出局的证明中读到了对塞恩的评价："他是个勤奋努力、事无巨细的员工，同时也是个明确自己立场的波兰好公民……在每一个环节他都尽可能保护波兰企业家的利益。他为了通知我们德国的下一步部署，牺牲了许多获得个人的荣誉、实现抱负的机会，在占领者执行毁灭性计划之前捍卫了整个行业。"[17]这一文件被收入本案卷宗，成为案件的转折点。

1946年7月，塞恩以被告的身份接受提审。他在副检察长亚当·雅盖勒斯基的面前声明："我不认为我有罪，"他解释说，"指控称是我导致了所有企业的关停，是我导致企业主被拘禁并发配前往劳工营，这纯粹是不准确、不客观的无稽之谈。在当时的情况下，我已经竭尽所能，一而再再而三地阻止了更坏的情况发生……我真的已经尽力了。"正如他所说，他帮助的基本都是职业的餐饮从业人员，而沃伊塔什克和别洛瓦并不在其列。

我们现在把时间倒回1942年施密特休假回来的时候，塞恩就像他后来提到的那样，试图说服他撤销劳滕巴赫的决定。塞恩还提醒他作为主席需着眼大局：关停餐厅会被联盟领导解读成宣战行为。并且指出，如果他对这些餐饮人见死不救，便会"失去他先前费尽心力赢得的权威地位"。此后施密特重开了部分餐厅，但不久后他"因滥用职权和亲波倾向"被调任去了华沙。而他的继任者对劳滕巴赫言听计从。

在施密特离任不久后，塞恩就被调去了所谓波兰总督府粮食农业

第三章 战争

部的下属部门。并在那里工作到德国占领时期结束,也就是1945年1月下旬。鲁贝勒斯基说:"在克拉科夫付出巨大代价重获独立之后,我们很想让塞恩继续留在协会工作,但他辞谢了这一提议,毅然决然地回归了司法系统。"他对雅盖勒斯基说:"我认为塞恩是百分之百的波兰人,他牺牲个人利益,在自己工作中为波兰人民殚精竭虑。"[18]另一个协会代表弗朗切什克·弥耶基克也持有类似看法:"在对扬·塞恩先生的评价上,我和联盟的各位同仁达成了高度一致,觉得像他这样绅士得体的波兰人如凤毛麟角,他为餐饮从业者与德国人在暗中斗争斡旋,呕心沥血,贡献良多。我不认为塞恩先生在这期间有任何行为玷污了他作为波兰人的荣光。"[19]至于沃伊塔什克被划入德国强制劳工名单这件事,弥耶基克形容称"这完全就是子虚乌有的指控,他将一切归咎于塞恩,而不是餐饮联盟。但事实上这件事就是劳动局在施密特的指示下操作的"。

1946年8月19日,沃伊塔什克和别洛瓦再一次接受了取证。在副检察长雅盖勒斯基的追问下,这次他们对塞恩的指控已不似第一次那般偏激。沃伊塔什克说:"我不确定,塞恩先生是否是导致我出现在赴德国劳工名单上的罪魁祸首。"但是他基于"所有名下餐饮企业被关停的人,都会去找塞恩要求重开餐厅[20]"这一事实,坚持认为"是塞恩导致了他的餐厅被关停"。别洛瓦倒是彻底撤销了原来的指控:"我没有任何证据来说明是塞恩将我和沃伊塔什克的餐厅关停,同样也无法证实是他

031

导致沃伊塔什克被送去德国强制劳动。"关于之前"塞恩想让他们无以为生"这一说辞，她表示："我当时可能气糊涂了，那全是气话。"如今她悔不当初，急切地希望撤回之前不实的指控[21]。

特别刑事法院检察官密哈乌·特兰巴沃维奇原本打算以"被告无罪[22]"终止诉讼。但不料此案引起了检察院监察部门的注意。他表示"如果部长对终止诉讼提出异议"这一判决很可能不被保留[23]。而司法部长亨利克·锡菲娅特科夫斯基对塞恩在德国罪行研究领域做出的杰出贡献一清二楚，对这一判决自然没有任何疑问。

从司法的角度来说，这件事情已暂告一个段落，两年之后这段过去引起了省公安厅的注意。1948年11月5日的记录中写道："塞恩被怀疑与德国人暗通款曲"。但调查很快便不了了之。塞恩过世之后加上的手写备注称："这些没有实操价值的资料都被销毁了。"15667/Ⅱ号档案显示：此案中曾对塞恩施行过监视手段[24]。这在内政部工作日志档案中也有迹可循，其中明确指出中央安全部曾在1954年对塞恩施行了密切关注。在另一栏里我们读到："相关资料已在1986年8月被销毁。"[25]

关于这位克拉科夫律师在占领时期的信息来源为1946年的案件卷宗。在天平的一端我们可以放上沃伊塔什克和别洛瓦的指控，另一端则是塞恩本人的辩词和餐饮协会主席团对他真情实感的维护，其中包括他妻子的亲戚尤塞夫·鲁贝勒斯基。就连检察院都给予了他充分的善意。

第三章 战争

而工会呢？调查人员对塞恩应该再熟悉不过，因为他供职的德国罪行研究委员会克拉科夫分会和特别刑事法院检察院在一处办公。两个机构在处理德国战争罪行案件的时候都会互通有无。但这并不代表终止塞恩案诉讼的法律程序不合规范。没有任何证据显示在占领时期塞恩有能力帮助餐饮企业摆脱被关停的命运。由于沃伊塔什克和别洛瓦并不是职业的餐饮从业人员，所以当时年轻的塞恩律师或许并没有看到妥善处理这件事情的可能性，也不排除他因此对待他们的态度比较敷衍。但是要将其作为判罚依据，着实太过勉强。在1942年，哪怕是最有钱有势的餐厅老板都无法高枕无忧——从战后塔杜什·普斯卡彻克填写的问卷中我们得知：当时连哈维卡餐厅都被德国人接管了，鲁贝勒斯基一家不得不"变卖家当维持生计"。尤塞夫甚至曾两度被捕，幸而有生之年等到了占领结束，才得以重操旧业[26]。

战后被问到兄弟姐妹情况的时候，塞恩显得有些含糊其辞。他的妹妹卡塔珊娜嫁给了社保局一位公职人员，塞恩写道：在占领时期，她"与丈夫一起做了点儿生意"。弟弟雅库布是个建筑技工，塞恩称："他当时是一名农民工。"而哥哥尤塞夫"耕耘维生，英年早逝[27]"。但这只不过是事实的冰山一角。

其实早在占领之初，德国领导人就怂恿有德意志血统的波兰人公开宣称自己为德意志裔人，也就是种族上的德国人。1940年秋天，塞恩的父亲老扬和塞恩的哥哥尤塞夫一同拿到了登比察县签发的德国侨胞身份证。塞恩父亲在身份证上的姓名是约翰,哥哥的是约瑟夫①28。

老扬·塞恩于1941年11月过世,安葬在登比察县纳戈申村。尤塞夫还曾担任过隔壁博布罗夫村的村长29。记者安德莱弗·纳果勒斯基猜想:"他是希望能用这种方式保护自己和家人"。30

如今密哈乌·塞恩在谈到家族关系和过世的村民时证实道:"德国侨胞的身份使我曾祖父可以在一些危难关头拯救博布罗夫村的村民,减轻德国人对他们的镇压。31"

当时博布罗夫村还涉嫌藏匿犹太人、苏联战俘和志愿军。1943年7月9日,一个周五的早晨,德国人暴力镇压该村,破坏数间农舍,处决了大约20名群众。博布罗夫村村民布罗尼斯瓦夫·哈尔拉回忆道:"他们将全村人都赶往一个地方,好像要射杀所有人一样。所幸悲剧并没有发生,他们只是查了所有人的侨胞证,然后将年轻力壮的姑娘小伙带去了德国(强制劳动)。"

尤塞夫是否像他的曾孙密哈乌为他辩护时说的那样:"是为了保护村民才没有对占领者进行反抗",并且利用自己职务之便,"使两个当地女子免受去德国强制劳动之苦"?如今在国家记忆研究院档案馆保存的当地居民战后取证笔录中,我并没有找到任何可以证实以上说法的信

---

① 此处身份证上为扬和尤塞夫在德语中分别对应的名字。

息，同样也没有找到任何对尤塞夫·塞恩不利的罪证。

1944年夏天，德国败局已定。前线退往博布罗夫村附近。塞恩一家左右为难，是留下，并承担因与德国合作被起诉的风险，还是直接逃离？梅莱茨国家军队指挥官康斯坦特·乌别尼斯基的家族回忆录里写道：他当时已为塞恩家族开具了安全通行证[33]。而新波兰的公民身份证国家军队可无权为他们签发。加之新上台的政党已公开表示将对"卖国贼"处以严峻的刑罚。1944年11月颁布的法案将矛头直指波兰总督府时期宣布自己属于德国侨胞之人或大肆宣扬自己德国血统者。虽然无法判断他们的行为是否基于"地下民族独立组织的部署"，但这些人，"无论后续如何量刑"，都会先被关押在集中营进行劳改。法案的后续条款还涉及没收财产，剥夺子女抚养权终身。[34]

综上原因，塞恩一家决定外迁。

尤瑟夫的孙子亚瑟·塞恩说："我们已经准备好撤离了，但最后关头克拉拉（尤瑟夫的妻子）踌躇不前。"后来他们的房子被附近的村民搜刮一空，她也被从家里赶了出来[35]。最终她在隔壁日拉库夫村的妹妹家落了脚，战后不久就因肺结核过世了。塞恩家在博布罗夫村的财产被全数充公，老宅原址上盖了学校和农舍。属于克拉拉的财产最后如数奉还，而她丈夫名下闲置的土地后来也被赎回。

1945年尤瑟夫从博布罗夫村离开，塞恩家的亲眷弗瓦迪斯瓦夫·格洛赫斯神父本想让他去奥斯维辛县的奥西克村替他打理教区田产。他的儿女背着他拒绝了这个提议。因此他不得不北上，最后在波美拉尼亚一带翁布热伊诺县附近的乌乔什村落了脚。1949年12月，他用尤塞夫·塞恩这一波兰语名提交了复籍申请。他在申请表上填写的出生地属实，但父母信息和出生日期就与事实相差甚远了[36]。据亚瑟说，他爷爷在战后化名为尤瑟夫·瑞赫利茨基[37]，在偏远地区伐木维生，与家里的联系仅靠与妹妹偶尔的交流维系。他于1958年过身，尸骨在多年后被迁往日拉库夫附近的斯特拉辛村与妻子合葬。

扬·塞恩律师一生无儿无女，在战争后期便收养照顾了自己"去世"兄长的孩子们：一开始他短暂抚养了尤塞夫和莱昂，后来更是把二儿子扬看顾到成年为止。小尤塞夫回忆起与他一起生活的日子说："他对我们挺严格的。"据家族传言，当时和女儿、女婿住在一起的路德维佳·普斯卡彻克就特别排斥这些寄于篱下的男孩子。每当扬下班回家，她都会对着他一通抱怨。小尤塞夫·塞恩的妻子弗朗切什卡·塞恩回忆说："她会给他们扣上各种莫须有的罪名，然后他们就得挨一顿板子。"小尤塞夫被纳果勒斯基追问时声称扬·塞恩还会用皮带抽他们。

大人们从不提及男孩们的父亲。孩子们最好对这段往事一无所知，这样他们才能安然度日。也许是出于同样的考虑，塞恩才会在问卷涉及哥哥的那一栏毫不犹豫地填上"死亡"。

第四章　威斯巴登

　　一架军用飞机在15点15分降落在华沙奥肯切机场。一辆载着"全副武装护卫队[1]"的起重车已经等候多时。而这样的小心谨慎也是事出有因：这个周六，也就是1946年3月30日，从美因河畔法兰克福上空押解至波兰的是美国第一批引渡的两个德国战犯——所谓瓦尔特兰帝国大区国[①]前区长亚瑟·格雷泽和波兰总督府华沙区长路德维克·费舍尔。两人都穿着便装，49岁的格雷泽头部包着绷带，《波兰电影纪事》[②]旁白向我们解释道："尽管看起来很像……但他确实不是被打了，这些绷

---

① 纳粹德国在第二次世界大战中占领的西部波兰领土上建立的行政区，其名源自波兰境内一条主要河流瓦尔塔河。
② 《波兰电影纪事》是1944.12.01—1994.12.28以影片播放形式发行的电影周刊，每次播放时长约为十分钟。自1995年起该刊停止上述发行方式，转而成立"纪事"电影工作室，用电影记录波兰国内重大历史事件。该工作室于2012年停止运行。

带是在他进行耳部手术之后缠上的。"[2]《波兰日报》的通讯员急不可耐地揭露道：这两个德国人在飞机上"甚至用了早餐"，他还补充说："格雷泽和费舍尔一开始都处于一种道德焦虑的绝望状态之中。但在得知他们抵达波兰之后不会直接面临处决，而是还要经历审判，其紧张的情绪就得到了缓和。"

他们在耶什·萨维茨基检察官和一队公安警官的陪同下于法兰克福登机。当时在德国美占区还驻留着德国战争罪行研究波兰军事使团的几名代表，这其中就有扬·塞恩法官。在之后的几周里，他一直想方设法将其他的纳粹战犯也一并引渡去波兰。

其实早在战争时期，波兰流亡政府就着手搜集了波兰德国占领区的德军罪证，以便在未来将战犯们绳之以法。流亡在外的波兰领导人也积极参与了联合国战争罪行委员会（UNWCC）的工作。趁着1945年年中美英两军实现了对德国多数地区的控制，波兰方面选派了警务联络官前往德国记录占领时期相关情况，主要对战后留在德国的集中营幸存者进行了取证。

这些联络官后来的命运鲜为人知。1945年7月美、英两国撤销对波兰流亡政府外交地位的认可，转为承认由共产党人领导的华沙民族团结临时政府。同年12月，英国建议华沙政府在莱茵军团领导下成立战争罪行调查波兰使团。1946年1月美国也对民族团结临时政府提出了相似建议。

该建议被临时政府采纳，1946年2月15日，国防部长、波兰军方

第四章　威斯巴登

首席顾问密哈乌·申米勒斯基元帅颁布了关于成立"战争罪行研究使团[3]"的57号指令。使团团长是最高军事法院副院长，法学博士玛丽安·姆什卡特中校。使团成员多数为军人，另外还有一些民事律师，比如德国罪行研究委员会克拉科夫分会主席扬·塞恩。

塞恩在那一时期的照片中穿着带有"司法部"肩章的上尉军装。他从不曾在军队服役，军方怎么可能给他一个"上尉"级别的军衔呢[4]？如随后颁布的政令所说："这样做是为了能够……或者更方便地完成一些工作任务。"[5]其实主要就是不想在美、英两军面前"降低使团的威信"[6]，另外，那个时候如果没有军衔，根本就无法"获得粮食补给、随军安营扎寨、行进实地考察"[7]。1946年2月，塞恩和他的副手潘哈尔斯克被召回首都，"换下军装，上缴军械，正式脱离军队管理"[8]。

对于波兰驻捷克外交官斯蒂芬·维布沃夫斯基来说，这身军装并没有给人留下什么好印象。他在捷克去德国的路上被使团成员拦下。同行的伊格纳茨·乌伊奇克上尉控诉说："我们在外交公寓玄关地板上睡了两天，连口热饭都没有，甚至没人关心我们的死活。[9]"他们直到抵达皮尔兹诺才得到波兰军事调解使团人员的接待，吃上了午饭。然后途经纽伦堡，前往美因河畔法兰克福。

3月26日，位于法兰克福的德国战争罪行研究波兰军事使团被分成了两个小组。第一组被分到英国莱茵军团，一路北上去巴特恩豪森。第二组被收入美军编队，前往距离相对较近的陶努斯山下著名疗养胜地威

039

斯巴登。塞恩和潘哈尔斯克代表波兰德国罪行研究委员会被分到了第二组，该组共有八名原始成员。而美占区寻求避难的战犯人数是全德国最多的，考虑到这一点，小组成员数量并不充分。

更令人担忧的是小组成员的英语水平并不支持他们用英文填写引渡申请。但可喜可贺的是他们成功说服了两名曾被关押在德国集中营的波兰律师加入这个团队。这两名律师已在美国战争罪行处（War Crimes Branch）工作了一段时间，经验丰富。可尽管如此，威斯巴登小组的人员还是不足，同时连运输工具、文件备份设施和统一的行事章程也不齐备。历史学家博格达·姆夏乌评价小组工作的时候写道：他们的行动"并不是深思熟虑或者严密组织的，反而比较具有机动性"。[10]

这一点也在塞恩驻威斯巴登的报告里得到了证实。他向华沙总部汇报说："我们的工作……因为缺少办公设备受到了很大的阻碍，现阶段我在手抄所有清洗华沙犹太人隔离区相关文件，以及其他从委员会角度看富有价值的资料。"塞恩强调说，如果这些资料不得到及时的保护，就可能导致它们产生"不可逆转的破坏或者长时间难见天日"[11]。

那个时期的媒体不太愿意聚焦这些困境。《波兰日报》1946年3月掷地有声的报道称："这些罪犯应该脱离那个对他们有利的体制，在他们烧杀抢掠的施暴地接受法律的制裁。波兰使团致力于查处所有藏身或供职于希特勒集中营里的嫌犯，并将它们引渡回波兰，交予司法机关除以严酷且公正的刑罚。[12]"但事实上，最后成功引渡至波兰的都是早就被英、美控制的战犯。

波兰伦敦流亡政府官员也是促成引渡不可或缺的助力。他们的到来一开始让分队成员有些担忧。塞恩写道：后来双方"被姆什卡特上校用一句'一心为公'团结在了一起，双方排除偏见，互利共赢"[13]。这些"伦敦人"负责了结之前在威斯巴登未尽的任务，并在之后共享卷宗。美国人则开始与华沙使团进行新一轮沟通。姆什卡特在头几天的工作报告里称："队里的氛围在我们看来并不是很友好……要获得他们的信任不是一件简单的事情，但是当你怀着开放真诚的态度去与其共事，相互信任的状态也并不是遥不可及的……"[14]塞恩和潘哈尔斯克的上尉军衔太低，以至于"他们没有资格和流亡政府同事，也就是拥有少校以上军衔的法官和检察官们在一处用餐"[15]，但他们很快就获得了美国人的垂青。

不仅是他们，英国人也特别积极地为使团贡献自己收集的资料，现在只需要使它们物尽其用。潘哈尔斯克解释说："基本上我们的任务就是事无巨细地查阅上万篇英文报告和（集中营）人员检索卡片，以便在此基础上填写严谨有据的引渡申请。我无法历数威斯巴登分队走访的战俘营和监狱，只知道光是塞恩法官和我就查访了不下十数个……"[16]在这之中就有慕尼黑附近的达豪集中营和斯图加特的祖文豪森集中营。

然而这并不是一段一劳永逸的旅程。4月初塞恩和姆什卡特飞去了伦敦，与联合国波兰代表商议使团的工作章程。首先需明确："引渡行为……是仅涉及主要战犯还是所有可举证证明伤害波兰国家和人民利益的嫌疑人……"[17]塞恩说当时与会者选择了涉案范围更广的后者，即所有可凭充足证据定罪的嫌疑人。重大嫌犯将提交国家最高法院审理，其他嫌犯将交由地方法院和特殊刑事法院审理。姆什卡特尤为支持大规模引渡，因为他担心如果不这样做，一旦战犯被美国释放，将与他们联手在新一轮国际冲突中对波兰施加报复。但大规模引渡最终并没有在塞恩供职使团期间板上钉钉。

在从大不列颠的回程中，克拉科夫律师塞恩在战争罪犯和疑犯登记中心（CROWCASS）所在地巴黎做了停留。美国人在那里使用的"复杂机器"给他留下了非常深刻的印象："从查舒尔茨这个人到得知他一头红发，曾是党卫队分队领袖只需要几分钟。"[18]

乌伊奇克上尉在写到这些旅行的时候都会带着些许嫉妒，因为自己作为军队臭名昭著的反侦察机关——公安部军事情报科（波兰当时的公安部军事反谍机关）军官参加"公费"差旅时完全得不到使团领导的信任，从而被边缘化。他对上司抱怨说："在头几天，或者说几乎就在开始那几个小时，耶什·赫莱姆频斯基上校便提醒我的同伴和未来同事对我留心提防，就因为我是从军事情报科来的……即便其他的队员都成群结队去找乐子，我也不准迈出威斯巴登半步。"[19]

同事们的不信任也算是情有可原。乌伊奇克用打字机不仅誊写引渡申请，还记录分队成员的性格特征。有时不吝中肯的褒奖，但有时

第四章　威斯巴登

也不留情面地批判。而他对塞恩的评价算是其中最正面的："他十分勤谨，对工作也极其负责……大部分的时间都泡在办公室里……如果要说专业能力，他肯定是整个使团中数一数二的。虽然在政治上不是很积极，但是民主立场十分坚定。"[20]这点反映出，塞恩接受波兰现行政体，或者说他至少给人留下了这样的印象。他和其他同事一样多次贡献自己的周补贴和月工资，投入国家重建基金[21]。

塞恩的同龄人姆什卡特，非常欣赏这位才能超群的手下，希望他能接过自己的衣钵。但是这个想法却遗憾落空了。塞恩在5月12日[22]就被调离了威斯巴登，再次返回德国已经是一年半之后了。

使团的工作与此同时有了实质性的进展。5月25日，9名在波兰德占领区犯下滔天罪行的战犯被美国专机押解至华沙。当飞机将降落在莫克托夫区机场的时候，停机坪上的《波兰电影纪事》拍摄团队早已就位。镜头前出现了所谓波兰总督府总督约瑟夫·布勒，克拉科夫总督库尔特·冯·布格斯多夫和奥斯维辛集中营指挥官鲁道夫·赫斯。《波兰电影纪事》旁白安德什伊·瓦皮茨基道："在不久前他们还能洋洋自得，从容自信地看向镜头。如今倒是巴不得自己不被注意。"[23]而上述三位都将面临塞恩提审。三天之后，也就是5月28日，普舒瓦夫集中营指挥官阿蒙·格特被波兰专机从德国引渡至波兰。他也同样来到了塞恩面前。

第五章　格特

　　史蒂芬·斯皮尔伯格的电影《辛德勒名单》里有一幕在我记忆中挥之不去。拉夫尔·费因斯扮演的普舒瓦夫集中营指挥官阿蒙·格特在自己别墅的阳台上居高临下地扫视脚下工作的集中营囚犯，他的视线停留在斗车旁一个女人身上。她驻足片刻，似乎是想系鞋带。格特光裸着上身，嘴上还叼着烟，突然拿枪瞄准了她，然后掐掉香烟，扣动了扳机。女人应声倒下，一命呜呼。他再一次推枪上膛，随意地把枪托架在肩上，朝着一个刚要在储藏室阶梯上坐下的女囚开了一枪。狙击手的游戏让他觉得索然无味，于是他回身投入了情人的怀抱，片刻后又懒懒散散地踱步到阳台上松松筋骨。

　　斯皮尔伯格并不需要绞尽脑汁发挥导演的想象力。电影中展现的场景是有真实照片记录和证人证言印证的。

　　格特在1944年9月第一次被盖世太保逮捕。他受到指控称他中饱私囊，未将从犹太人身上搜刮的金银细软全数上交；除此之外还私下将供

第五章 格特

给集中营的补给进行倒卖。布痕瓦尔德集中营指挥官卡尔—奥托·科勒因为类似的指控被党卫队和国家警察判处死刑,并在德国投降一个多月前枪决。而格特相较而言就要幸运得多。针对他的调查如蜗行一般缓慢,在战争后期他还被短暂拨派到了防空编队。

1945年5月4日,美国人将格特从巴伐利亚州巴特·特尔茨达豪集中营党卫军手中接管并加以控制。最终格特承认了自己在普舒瓦夫集中营中的职务,但仍然试图文过饰非美化自己的暴行。1946年2月20日,他向调查人员提交了数页手写答辩,并强调该行为完全出于自愿。他自称曾是出版商和农民,并写道:自1943年起他才成为普舒瓦夫集中营指挥官,该营同一时期有3000～12 000名囚犯不等。他声称集中营为囚犯们提供了良好的生活补给和卫生条件。营内"为数不多"的几次处决,都是对蓄意破坏和通敌的惩处。他表示1944年9月自己是因为外汇违法被逮捕。他义正词严地声明:"我以无所不能的上帝起誓——对真相我必知无不言,我所说的没有半句虚言,也绝不添油加醋。[1]"

他的名字被美国人列入党卫军名单,并在德国媒体上公开。之后就有一大批证人开始陆续指认格特的罪行。他们中一部分已在德国提供了证言,后来这位前集中营指挥官被华沙当局引渡提审。于是当格特抵达波兰的时候,美国人将之前收集的证人证言一并转交给了波兰人。

1946年5月29日,塞恩和斯坦尼斯瓦夫·什穆达法官完成了位于克拉科夫东南边境、波德古热区、普舒瓦夫区、利·杜哈茨卡区交界处的普舒瓦夫集中营旧址考察工作。他们在司法工作日志中写道："他们建造集中营的土地是强行从土地主的手中夺过来的，没有任何经济上的补偿……这些宝贵的土地就这样不明不白地被划入了波兰总督府名下。[2]"德国占领者摧毁了两处犹太人公墓，用墓地的碑石将铁轨铺到这里，将路修到这里。德国于1944年年初将普舒瓦夫劳动营更名为集中营，并迅速扩大了规模，不仅配备了自己的工坊，甚至还有独立的采石场。营地被铁丝网圈起，四周设立了瞭望塔和巨型探照灯。但在现场的塞恩和什穆达确信："这些遗留的建筑估计是行政部或贸易部的办公楼。营房的部分已被拆毁，所以如今我们只能用残留的集中营物件儿，破坏之后地基的废墟印证它曾经的存在。"留给德国罪行研究委员会克拉科夫分会的只有非常有限的诉讼准备时间，而眼前的工作却积压成山。虽然实地考察期间拍摄的照片并不能很好地还原两三年前铁网后面的世界，但是工作日志的记录却十分详尽，塞恩和什穆达写道："为了大规模屠杀囚犯，他们建造了毒气室，为了销毁谋杀的证据，他们设计建造了焚尸炉……但他们没有办法移动或销毁毒气室。"即使是没有那些装置，普舒瓦夫对于囚犯们来说也是人间炼狱。我们在记录中读到："对于以雅利安人自称的纳粹分子来说，集中营不过是他们犯了一点行政错误之后代替监狱的一个收押地。但对于犹太人来说，集中营就是蓄意设计并建造的种族灭绝工具。集中营里的犹太人就像是掉进陷阱里的动物一样被没有底线地折磨，被无法无天地大规模屠戮。"

第五章 格特

这与在克拉科夫和其他城市收集的证人证言描述完全一致。波兰总统夫人阿加塔·科恩豪瑟—杜达的爷爷雅库布·科恩豪瑟在格里维治市提供证词时描述格特"是个施虐狂；是个变态，只有鲜血能取悦他[3]"。其他的集中营幸存者也表达了类似的观点。他们列举了许多在清洗克拉科夫犹太人隔离区过程中和在普舒瓦夫集中营里被格特射杀或者在他的授意下被处决的人，但通常他们也只记得这些遇难者的姓氏。

与受害者形成鲜明对比的是指挥官优渥的生活。施迈泽·费舍尔于1943年3月从克拉科夫犹太人隔离区来到普舒瓦夫集中营，后在营内工坊做皮匠。他对塞恩说："我们负责为格特定制鞋子，各式各样的鞋子，包括皮鞋、毡靴、漆皮鞋……也为他情人和朋友定做，制式都非常奢华。"他解释说，所有用来做鞋的皮料都是当时清洗犹太人隔离区的时候搜刮来的。给格特，还有他情人、朋友裁制的衣服也是营地制衣工坊以类似的标准定做的。费舍尔说："我们在制作他的订单时会用十二万分的小心，因为一旦有一星半点不尽如他意，他就会以非人的方式毒打、折磨我们。[4]"

格特于1946年7月30日被克拉科夫蒙特皮赫街监狱收押，受到了相较而言极为人性化的对待。和在克拉科夫等待审判的纳粹头目鲁道夫·赫斯、约瑟夫·布勒、库特尔·冯·布格斯多夫一样，格特也可以"在看看新闻报纸、撰写回忆录、准备辩护之外，读一读德文的闲书"。监狱长另外还尽可能"让这些人保持良好的卫生、健康状态（如提供干净的内衣，允许放风散步）"。[5]而被抓获的地下党和反对党成员是不能指望在看守所和监狱享受同样好的待遇了，不仅如此，还有言说安全机关的特勤甚至会对造反者严刑拷打。

而对这些德国战犯并不需要严刑逼供，因为他们的罪证已经足够充分。给他们提供这样好的待遇其实还是出于别的考量。国家最高法院检察官塔杜什·兹普利安对克拉科夫同事密哈乌·特兰巴沃维奇解释说：针对格特和其同类的审判过程"一定会被海外观察者密切关注"。从这个角度出发，他认为"需要有意识地在审判期间让罪犯在生理上和道德上都保持最佳状态"[6]。

1946年格特较在普舒瓦夫任职时期明显清瘦了，在被美国俘虏时期他就抱怨过伙食太差。即便做了阶下囚，他都没有失去自信，或者说他死不承认自己的失败。克里斯蒂娜·申曼斯卡检察官回忆道："我在提审时对他说，'我对他是个维也纳人深感耻辱，因为我妈妈也是维也纳人，所以我不愿接受维也纳竟然能诞育出这样的禽兽。'"而格特用异常淡定的口吻脱口而出："拜托女士，任何一个社会都有人渣。"[7]

即便以上陈述属实，也在记录之外。因为根据8月12日塞恩用德语主持，扬·亚辛斯基、文森特·亚辛斯基和申曼斯卡列席的提审官方记录来看，格特并没有认罪的打算。

这位前集中营指挥官白称是奥地利人，曾有过两任妻子，现为离

第五章 格特

异状态，育有两个孩子[8]。他没说到自己的第三个孩子，即在战争结束几个月后出生的非婚生女儿莫妮卡。他如实介绍了自己在党卫队中的职位——高级突击队领袖，同上尉衔。他还简单陈述了自己在自家出版社的工作。他交代了自己在20世纪30年代初加入纳粹党的前因后果，"他称当时相信，这是一个……可以真正落实社会主义的政党，并可以因此降低失业率，改善当时奥地利萧条的经济形势"。用他自己的话说：他是在纳粹党于奥地利获得合法地位了之后，才开始缴纳党费，并开始参加"党内工作和活动"的。他承认："自己曾在1932或1933年宣誓对希特勒永远忠诚。"

之后他说自己在战争前几年负责登记马匹和其他在德占区缴获的家养动物。1942年他投奔到卢布林地区一个寂寂无闻的党卫队和国家警察领导奥迪洛·格洛博奇尼克麾下。当时他主要负责"采买军队建筑材料和各类工具"。他还曾负责在波尼亚托瓦查看周边"有无适合改造成犹太人劳工营的建筑"。他在大波兰省的布泽尼也负责执行了类似的任务。他还承认自己在贝乌热茨隔离区扒下犹太人身上的皮草和珠宝，将他们运到亨克尔飞机制造厂强制劳动，但却坚决否认将那些赃物占为己有。

他在提审时强调说："我对特雷布林卡集中营、索比堡集中营和贝乌热茨集中营的了解仅仅停留在它们的名字。"他承认曾向那边运输工具和建筑材料，但在之后才了解到"它们灭绝营的性质"。他保证说：

"我跟卢布林的玛依达内克集中营没有半点交集，更没有参与涉及驱逐扎莫希奇地区（波兰人）的任何行动"。

1943年年初，格特被调任至克拉科夫，负责普舒瓦夫劳工营建造工作，该营起初是为关押犹太人而建，但后来被用于收押波兰人。1943年3月，一部分犹太人因克拉科夫隔离区清洗被带到了普舒瓦夫。后来塔杜什·兹普利安和耶什·萨维茨基写道："拆毁犹太人隔离区……的场景，就好像但丁笔下的地狱。他们把人从家里连拖带拽地赶出来；肆意打骂；任意杀戮；在街上对着孩童扫射；将老弱病残直接抛出窗外，扔到街上；他们屠杀医院里所有的病人；搜刮房主全数的金银细软；使母子分离，家破人亡。总而言之，清洗犹太人隔离区的过程几乎是前无古人的野蛮。"[9]格特强调说："我在克拉科夫隔离区清洗中的任务仅仅就是把盖世太保决定关押到普舒瓦夫集中营的犹太人运送过去而已。"而当时射杀犹太人的都是秘密警察，跟他毫无瓜葛。"我自己通常只备一把手枪，执行任务全程中我从来没有用它打过一发子弹，瞄准过任何一个人。在清洗犹太人隔离区行动中我没有伤害过任何一个犹太人。"[10]但他的说法显然与目击者证言相悖。

次日，在另一次提审期间，塞恩又问及1943年3月事件。那些从隔离区被迫搬离，前往临近劳工营的犹太人会得到一张相应的身份证明。在去往普舒瓦夫的队伍里，没有身份证的犹太人会试图藏起来增加自己存活的概率。格特会在占领区犹太警察的帮助下揪出那些没有身份证的人，并将一部分就地正法。格特开脱道："开枪的是乌克兰警察，他们行刑的时候我并不在场。"[11]他保证他从来没有"亲自参与过任何"杀害孤儿院员工和医院病人的行动，而这也与目击者证词相矛盾。

针对塔勒诺夫斯基隔离区的清洗行动他也如是说。他回忆说当时确实破坏了部分犹太人藏身的防空洞，但他再一次否认了对其死亡负有个人责任，他强调："我没有使用过任何武器，没有杀过任何一个人。"

之后一次提审围绕格特滥用公款问题展开。在普舒瓦夫集中营他掠夺犹太人的钱财、珠宝和其他物品，但是他在塞恩面前却解释说自己只是遵照上级命令行事，坚持说："我从来没有将这些从犹太人身上搜刮来的任何东西占为己有。"除此之外，据他所言，所有集中营工坊为他制作的东西他都照价付款了。

集中营食物的分量在他看来是充足的，并且他声称自己已经在能力范围内进行了改善。他还跟塞恩细数了自己为承担重活儿的囚犯增加食物分量做出的努力。这位前指挥官甚至通过增加承担重活囚犯的人数来使所有人获得大份食物。他还用集中营马棚生产的肥料向农民购买了额外的农副产品给囚犯加餐。

他坚决否认关于他虐待囚犯的指控："在我审问囚犯的过程中，从来没有在生理或心理上虐待、殴打过任何人。说我放狗伤人是不确切的。"这些狗只会攻击"那些不小心靠近他们的人"。格特甚至自称是

"动物爱好者"。

他也拒绝承认自己曾数度修改集中营规定，也不认同对他按照个人意愿延长波兰囚犯刑期并施行规定以外刑罚的指控。按照规定，如果要禁食囚犯，"最多不能超过一天"；如果要处以囚犯站立禁闭，"最多不能超过12个小时"；如果要施以杖刑，"最多不能超过25下"；如果要在集中营执行死刑，需在司法判决的前提下或由盖世太保执行，而格特与两者都不沾边。据他解释，射杀囚犯的命令他们都是在发现他们身上配有武器之后下达的，他补充道："记得我们有一次射杀了40名囚犯……因为在他们下班回来的例行搜查中发现了手榴弹和燃料……我不想回忆，因为我在那次行动中不得不亲手杀了人。"根据他的证词，那是唯一一次，他"心怀慈悲"地在那个犯人被执行绞刑时，举枪射杀他以结束他的痛苦。

他坚决否认"普舒瓦夫集中营存在向囚犯注射汽油致其死亡"的指控，他坚定地说："这样的命令我既没有接收过也没有下达过"，并且补充道："我从来没有在集中营展开过筛选（病弱）囚犯的行动"。但随后他承认自己确实在1944年接收到了明确指令，将几百个没有工作能力的囚犯送往奥斯维辛。但他当时非常确信，奥斯维辛是他们为囚犯提供的……医院。他还提到了1944年下达的在奥斯维辛进行大规模屠杀的命令。送往奥斯维辛的囚犯筛选是于5月进行的，而毒气室直到秋季才停止工作，格特显然跳过了这个细节。但他没有漏掉自己

第五章　格特

早在1943年就曾从普舒瓦夫"运一些东西"去奥斯维辛。他确认说："我知道1940—1943年的奥斯维辛集中营是灭绝营，这其实在我们内部也不是什么秘密。"

在他承认上述信息的十几天后，公诉状就已经准备完毕了。检察官塔杜什·兹普利安掌握了塞恩和团队收集的格特反人类罪罪证，并对他提起公诉。根据他们的计算，格特在作为普舒瓦夫指挥官任期内导致约8000多人死亡，作为克拉科夫犹太人隔离区清洗员时期导致约2000多人死亡，其中许多为其亲手杀害，并"用骇人听闻的残忍方式践踏、折磨他们"。除此之外，公诉状还指他需为塔尔诺瓦隔离区清洗和杉布涅集中营案负责：上千条人命在清洗当时当地被处决，抑或在铁路转运过程中和其他的集中营中遇难。另外，他还面临私吞"隔离区居民和集中营囚犯"[12]的黄金、钱财、衣物、家具和其他财产的指控。

8月16日，塞恩在亚辛斯基不在场的情况下对这位前集中营指挥官再次进行了提审。被告当时对公诉书内容还不甚清楚。克拉科夫的预审法官塞恩一一陈述其被指控的罪行，并让被告表态。格特至此仍坚持自己是清白无辜的。他声明："我是一个思想健康的普通人。如果你们强加在我头上的一切指控属实，那我就该是病入膏肓了……的确。我也承认自己对囚犯比较严苛，对他们要求很多，但那也没有超出合理合法的范围。"[13]

他似乎已经知道自己无论如何都逃脱不了法律的制裁："他已经清

楚地认识到，自己败局已定。"但是他却拒绝通过配合认罪来减刑，在给他看了诉状之后，塞恩传唤证人指控其罪行。但他只是重复道："我再强调一次，这些对我的指控都是无稽之谈。"

格特想让年轻的米耶彻斯瓦夫·潘派尔作为人证之一出庭。潘派尔身为集中营囚犯时被指挥官办公室雇用为打字员和办公室文员，因此经手过许多重要的文件。很显然，格特毫不怀疑他的忠诚。但他并不知道，潘派尔早就与德国罪行研究委员会克拉科夫分会取得过联系，并且他丝毫没有要替这位前指挥官遮掩开脱的意思。据潘派尔所说，奥斯维辛委员会早在一年前就向他取证。几年之后他写道："此后不久，也就是1945年的夏天，塞恩就给我写了一封委托信，希望我写下自己在奥斯维辛集中营的经历。他那时正在准备对阿蒙·格特提起公诉，因此需要寻找与此案相关的人证物证"[14]。1946年7月，潘派尔向法官史蒙达提供了涉及这位前集中营指挥官的证言[15]。8月9日，他讲述了格特在卢布林的所作所为[16]。8月19日，塞恩对他进行了取证，这一次他可以直接与格特的答辩对峙，一步一步击碎了他编织的谎言。他详尽地说明了这个奥地利人是如何将犹太人身上搜刮的财产据为己有的："这些钱财是后来筛选病弱囚犯和将其运往集中营前剥取的，而格特完全没有，或者说只把其中很小的一部分交给了上级统治者。"[17]除此之外，他还否认了格特关于集中营食物供给的那套正面说辞："白糖在运到集中营之后即刻就会被成袋地运到城里卖掉，交易所得全部都用来填补格特日常的开

第五章 格特

销和军官厨房的采购花费……至上原则就是随意使用囚犯的食物来贴补家用。那些没有被拿去交易的食物……也会先成了军官厨房和党卫队厨房……的加餐,剩下的残羹冷炙才会被运去集中营囚犯厨房,即便是这些食物还随时可能被卖掉,以购置格特给朋友们的礼物,特别是给他即将启程回德国的朋友。"

从证人嘴里甚至出现了更为严重的指控:潘派尔声称曾见过令格特参与了贝乌热茨集中营、索比堡集中营和特雷布林卡集中营屠杀的文件。他对塞恩说:"1944年5月7日的筛选之后,有大约1400名囚犯被运往奥斯维辛集中营毒气室,其中还有大概400个孩子,这件事情格特不仅知情,甚至就是他主谋策划,党卫队行政部D局①批准执行的。格特自然也对囚犯是被送往毒气室而不是疗养营这件事情一清二楚。"据潘派尔所说,格特甚至"要求奥斯维辛在清空车辆之后将囚服还回来"。当一个囚犯对着他苦苦央求,希望能继续留在普舒瓦夫集中营的时候,他毫无人性地表示:"你已经活得够久的了。"

潘派尔还反驳格特自称只在极端情况下对罪犯施以死刑的说法,并称他个人认为只有当场射杀才能称得上是真正的死刑,除非他还想在杀死他们之前让他们卖命劳作,榨干他们的剩余价值。他会寻找各种

---

① 隶属纳粹党卫队中央经济与管理本部,主要负责管理集中营。——译者注

理由射杀囚犯……比如射杀在修路时在他看来没往斗车里放足量石砾的女囚。普舒瓦夫的每一个囚犯即使没有上百次，也见过数十次这样的场景。潘派尔还列举了普舒瓦夫集中营里被杖毙的事例，以及自己亲身体会过的被狗追咬的刑罚。还有一个囚犯在格特的命令下"被来福狗撕咬成块"。

类似的证词克拉科夫分会手头上已经掌握了很多。潘派尔多年后回忆说："塞恩教授后来向我描述了格特在面对公诉书时的反应。他根本没有读前面的内容，而是直接翻到了最后一页的证人名录。塞恩说他看到这么多名字时脱口而出说：'什么？这么多犹太人？他们还老糊弄我们说这些孙子一个都活不过这场战争。'"[18]

因此，格特再次坐在了被告席上接受塞恩的提审，这次是在检察官赫莲娜·图洛威绰瓦的见证和记录之下。克拉科夫预审法官塞恩询问：普舒瓦夫集中营分属谁的管辖，是在谁的授意下建立又是受谁的经费支持。除此之外他还询问了当年年迈的囚犯威尔汉姆·希洛维奇、其妻子等人在1944年夏天被射杀一事。奥地利人格特向塞恩解释说这些人是因为私藏武器并计划潜逃才被就地正法的[19]。但潘派尔却说他们之所以被灭口，是因为他们无意间成了格特贪污行为不合时宜的见证[20]。

1946年8月26日，《波兰日报》[21]预告了"普舒瓦夫集中营指挥官接受庭审"[21]。一天后，该案在克拉科夫杉纳兹卡街地方法院大楼开庭审理。司法部部长亨利克·锡菲娅特科夫斯基出席了该案在最高

第五章 格特

法院的审判。整个法院大厅可以容纳上百人,但即便如此也无法接纳所有想要列席庭审的群众。考虑到这点,这场审判通过收音机对外直播。塞恩拿到了两张楼座入场券,见证了这场"他们焚膏继晷努力促成的审判"[22]。

审判长由艾尔弗瑞德·艾默尔博士担任,他在战前就是一名职业律师。波兰政府为格特指派了两名辩护律师,他希望通过辩护减轻其中一些证人的指控,令法院酌情轻判。此外,国际法教授卢德维克·艾瑞希当庭论证了在波兰审判格特的合法性。

两位经验丰富的检察官:米耶彻斯瓦夫·谢威勒斯基和塔杜什·兹普利安对这位前集中营指挥官提起公诉。兹普利安说:"这是世界上第一场种族灭绝案的直接审判",他不仅是在给被告定罪,更想试图揭露"整个希特勒系统的阴谋"。他当庭发问:"整个德意志民族需要在全人类面前为这场惨绝人寰的屠杀负多少责任?[23]"

关于格特参与的所有行动,证人们都事无巨细地和盘托出。潘派尔也参与了指认。多年后他回忆道:"在审判之后我曾半开玩笑地对塞恩法官说,'先生,你是忍痛将我送上证人席的吧。如果当时格特试图在公众面前诋毁我,将我描述成他的共犯,那我岂不就成了众矢之的,万众唾骂的对象了吗?'塞恩试图安慰我:'不会的,我们早就预设过这种情况了。正因为我们充分了解了你的为人,所以假若格特真的意图以此攻击你,我们一定会立刻为你挺身而出的'。"[24]

潘派尔还质疑说这场审判似乎有些操之过急。的确，这场审判很快就结束了。1946年9月5日，这位前普舒瓦夫集中营指挥官就被判处死刑，但那是因为所需物证材料在很短的时间内就搜集完毕了，法院认为"（他）的罪已经远远超出了法律框架"[25]。这超高的效率或许可以看作是对史蒙达法官、雅辛斯基检察官以及兹普利安、谢威勒斯基、塞恩和其他律师们在庭前日以继夜工作成果的肯定。

格特还曾写信给波兰国家国会主席博莱斯瓦夫·庇厄鲁特祈求赦免，这一请求被庇厄鲁特拒绝。雅辛斯基检察官宣布死刑将在"卡米亚街监狱里执行"[26]。在此境况下，格特表示愿意为被判死刑的普舒瓦夫集中营犹太医生莱昂·格罗斯案提供证言。如果法院决定翻案，那格特作为证人势必要被传唤取证，死刑自然也可暂缓执行，但他的愿望终究还是落空了。

这位前集中营指挥官在9月13日天擦黑时被执行绞刑。麻绳被缩短了两次，显然他们之前并没有注意到这位死刑犯身高192厘米。"其中一名执行人员启动起重机将他吊向空中，格特甚至还来得及高喊出五个如他的自传一般的字眼：'希特勒万岁！'"[27]这五个字曾经定义了他的人生，如今定格了他的死亡。

《辛德勒名单》里也较为粗糙地重现了死刑执行的场景，但是斯皮尔伯格的电影却没有告诉世人，谁是塞恩。

第六章　赫斯

眼前这座单层砖石建筑有着自己独特的历史。在战时这里曾经是党卫队行政部的办公地点，如今已是奥斯维辛—比克瑙国家博物馆的游客休息室。休息室边上的空间氛围就截然不同了，那里由近至远排列着焚尸炉一号，指挥官办公室、指挥官别墅。从游客休息室的窗户望出去，最先映入眼帘的是木质的绞刑架。1947年4月16日一个云淡风轻的春日下午，奥斯维辛集中营一个并不起眼的指挥官鲁道夫·赫斯在这个绞刑架上被就地正法。他在党卫队中官至上级突击队大队领袖，同中校衔。但他作为战犯的定级却异常靠前，因为他指挥推进了欧洲最大集中营的种族灭绝任务："无论是阿提拉还是成吉思汗手上都不曾像这位普通的希特勒党卫军一样沾染过这么多人的鲜血，而他既不是施虐狂也并非性瘾者，甚至在任何一个层面都不曾超越正常范畴。"[1]关于扬·塞恩在赫斯案中扮演了怎样重要的角色，奥斯维辛—比克瑙国家博物馆员工皮特·赛特凯维奇如是说：

"他为此案收集的证人证言哪怕多年之后仍旧振聋发聩。"[2]

1945年4月当扬·塞恩在克拉科夫奥斯维辛委员会向第一批证人取证的时候，赫斯还在党卫队经济行政本部任职，负责调遣监察集中营工作的行政部D1局。月底德国投降之际，赫斯和同事一行人离开柏林一带，一路北上，先去了拉文斯布吕克集中营，后来又前往战败后归属英占区的弗伦斯堡。

赫斯也想过自我了结，他甚至也为妻子备好了毒药，但是最后考虑到孩子放弃了这一计划。他将两个儿子、三个女儿和妻子海德薇格安顿在德国北部圣米夏埃利斯东的小舅子家。自己化名弗朗斯·朗，在弗伦斯堡汉德威特一带的农场里找了一份工作，实则是计划逃亡去南美。

与此同时，塞恩从1945年5月起就曾数度造访奥斯维辛进行实地调查，收集整理那里找到的所有文件资料。在四散的废纸里他找到了焚尸炉一号的设计图纸，在卡托维兹的浩克建筑公司觅得了焚尸炉二号、三号的设计稿。1946年2月，他从司法部获得了一位比克瑙女囚偷偷复印的焚尸炉二号设计稿[3]。类似这样的宝贵发现还有很多，比如齐克隆B毒气罐和埃尔福特的Topf & Söhne公司承接奥斯维辛焚尸炉炉体建造订单的预付款收据。在文件里出现了很多类似"特殊对待""特别运输""消杀空间""淋浴房"的文

第六章　赫斯

饰表达，这是大屠杀相关的基本术语。而那些近距离目击了成千上万人死状的证人们很大程度上帮助我们解密了上述微妙表达背后的含义。

什洛莫·隆来自茹罗明，于1942年12月从华沙犹太人隔离区被送往姆瓦瓦，再从那里被转运至奥斯维辛集中营。在那里他被强制征用编入特遣队[①]，协助处理毒气室的善后工作。他向塞恩解释道："这个事情是这样操作的，他们把人用车运到牢房门口，然后我们负责帮忙把那些病重的人从车上搬下来，在牢房里脱掉他们的衣服……党卫军会在门口用棍子将那些脱光的囚犯赶进毒气室里。当毒气室完全被塞满的时候他们才会把门关上。"[4]

亨利克·塔贝尔，编号90124，他在隆到达奥斯维辛一个月之后被从克拉科夫犹太人隔离区送到这里。不久之后就被指派去焚尸炉一号处理遗体焚化工作。他说："那些尸体……是真正意义上的瘦骨嶙峋，几乎就是一堆骨架，所以焚化需要很长的时间。根据我后来在焚尸炉二号和三号的工作经验和观察得知，有脂肪的尸体燃烧得要快得多。[5]"那些骨瘦如柴的是已经在集中营被关押过一段时间的囚犯，而"有脂肪的

[①] 此处及下文中均指纳粹德国特遣队，是由纳粹灭绝营犹太囚犯组成的劳工队，通常参与毒气室受害者遗体处理。

尸体"是那群直接从火车站运往比克瑙毒气室的人。塔贝尔曾在比克瑙二号焚尸炉工作，后来又去了四号焚尸炉。他负责把尸体从毒气室里抬出来，然后理发师就会过来剪下女尸的长发。个别特遣队员会在党卫军的授意下将死者嘴里的金牙拔下来。如果由于粗心大意没有将这样的金牙保留下来，他们就会被活活烧死。

1944年秋季，隆和塔贝尔参与了特遣队的暴动抗议。他们能在之后留下性命可以说是奇迹。1945年1月，他们从前往德国的囚犯队伍中成功出逃，最终来到塞恩的身边，在苏联委员会的见证下于奥斯维辛提供了证人证言。

律师从专业的角度仔细衡量了他们和其他证人的证言，克拉科夫司法鉴定所对集中营储藏室的女性头发进行了鉴定，确认了其中的毒素成分。塞恩在卷宗中写下："在调查后可以确认——这些女性的头发是遗体被从毒气室里拖出去之后剪下的。"[6]

世界著名制图家艾乌甘奴什·罗美尔教授在1945年12月对奥斯维辛进行了地形勘测，之后论证得出：奥斯维辛集中营建造在一片根本无法生活的土地上。他写道："将十几万人塞在一个只有一潭死水的地方无疑是奥斯维辛的一种额外的虐待方式。"[7]调查报告中还附上了1941年弗罗茨瓦夫费迪南德·尊克教授调查后的书面证明，据称：集中营里使用的水甚至就不应该碰到嘴唇。

然而塞恩当时还不知道，这来之不易的证据会用于谁的制裁。

第六章　赫斯

英国人通过截获赫斯写给妻子的信锁定了他的位置。1946年3月与大儿子克劳斯一起身陷伦敦监狱的海德薇格·赫斯，许是在威胁恐吓之下供出了丈夫的化名和住址。3月11日，午夜之前，这位前集中营指挥官被英国陆军抓获。直到一个军官恐吓他要剁掉他的手指，他才肯摘下婚戒，刻在戒圈内侧的名字证实了被捕者的身份。

赫斯在经历了被捕和当晚审问过程中的殴打，很快就对自己参与奥斯威辛集中营的种族灭绝这一指控供认不讳。4月，他以证人的身份在纽伦堡国际军事法庭对该案进行了更加详尽的描述。在庭审过程中，他证实自己参与了对象以犹太人为主的大屠杀行动，并交代了使用毒气屠杀的全过程。除此之外，他还提到通过往囚犯体内注射汽油使之丧命，以及致命的活体医学实验和德占区特设法庭的草菅人命。

随后，赫斯在1946年5月被引渡到波兰。在华沙降落之后，这位前奥斯维辛集中营指挥官被国家最高法院检察院接收。国家最高法院检察长将收集的相关罪证移交给了塞恩。7月30日，赫斯被克拉科夫蒙特皮赫街的监狱收押。

不久后，著名的心理学家和犯罪学家斯塔尼斯瓦夫·巴塔维亚教授得到了研究赫斯的许可。而塞恩也在之后被授权负责提审这些移交波兰的德国战犯及其通信审查工作。

在与赫斯第一次见面之前，塞恩还要求给赫斯送去妻子的信件和阿尔伯特·冯·哈米索的《彼得·辛德勒的奇幻人生》，这个19世纪的故事讲述了一个兜售自己影子的人[8]。后来他又往蒙特皮赫街寄了哥伦布的航海日记和海因里希·泽考伦的《阿达尔伯特·拉特尔的歌曲》给赫斯[9]。他终于因在提审当日给赫斯买午饭，彻底获取了这位前集中营指挥官的好感。安德鲁·纳戈尔斯基曾在《纳粹猎人》[10]一书中专门开辟了一个章节来回忆塞恩，他说："塞恩认为被优待的罪犯其实在调查过程中更倾向配合，并因此袒露更多自己犯下的恶行。"

1946年中旬，塞恩手上已经掌握了大量关于奥斯维辛暴行的物证，还取得了赫斯在德国接受提审的英文笔录。但其实关于赫斯本身，他仍旧知之甚少。6月28日，他向威斯巴登德国战争罪行研究波兰军事使团请求分享其掌握的资料："据我所掌握的信息，现仅知赫斯的党卫军号是193616，出生于1900年，已婚，育有四子。事件紧急，请尽快答复。"[11]根据对方的信息，出生年月和赫斯本人提供的时间相吻合，但实际受洗年月却较他所说晚了整整一年。孩子的个数也对不上，或许他并没有算上在战时诞生的小女儿吧。

而塞恩还注意到了更加严重的出入。他在笔录中写道：奥斯维辛集中营使用毒气室和焚尸炉执行了"超过400万人"的灭绝计划。这个数据由一位证人计算提供，也得到了于1945年2月到3月间在奥斯维辛实地调查的苏联委员会的核实。而赫斯在审判过程中声称奥斯维辛的受害者事实上应该在150万人以内[13]，如今我们知道这一说法是符合事实的。此前他还有过不同的说法：在塞恩的提审时他说的是"几百万

第六章 赫斯

人",并且坚持说具体的人数他无法提供。[14]他清楚地知道人数的多少不会对他的判决结果有任何改变。

在1946年秋冬和1947年,塞恩又对他进行了十几次提审。其间塞恩对他进行了提问,也在他面前宣读了证人证言,出示了作为物证的相片、集中营图纸和其他文件。多年之后塞恩强调:虽然赫斯知道自己有权拒绝庭前答辩,但他非常积极地对罪证进行了解释说明,并针对问题给出了详尽的答复。提审并没有在蒙特皮赫街的监狱进行,而是都安排在工作日上午,格罗兹卡街德国罪行研究委员会克拉科夫分会"法官办公室[15]"里。米耶彻斯瓦夫·潘派尔后来在自己的回忆录里证实说:"我只亲眼见过鲁道夫·赫斯一次,就是在塞恩博士克拉科夫的办公室里"[16]。

这一定是极其罕见的场景。画面一边是一位37岁的律师,"西装革履,抽着戴翡翠滤嘴的香烟"[17],另一边是曾经意气风发,穿着党卫队军装,如今一身囚服,身陷囹圄,不修边幅的45岁中年男子。波兰希特勒罪行研究委员会多年的会长亚努什·古姆科夫斯基写道:"人们可能会将他妖魔化,觉得一个人野蛮的外表可能是其黑暗内驱力的映照。但事实上,鲁道夫·赫斯长相普通。他的脸并不会让人联想到残酷或者邪恶。他声音轻柔,音调偏高,行动有些迟缓。"[18]巴塔威亚对赫斯印象深刻:"他看着说话对象的眼睛里不仅透露着哀伤,还闪烁着一股因为羞愧和无措带来的不安",他"有一双骨节分明的精巧手掌,这双手从来不做任何手势"。他害羞，甚至有一些敏感，"他的一切都无法与'奥斯维辛'一词所代表的典型希特勒集中营指挥官形象相契合"[19]。

赫斯用德语做了庭前答辩，而塞恩正好精通这门语言，所以不必再雇翻译。笔录用波兰语撰写，随后再翻译成德语。这位前奥斯维辛集中营指挥官亲笔确认笔录内容与自己的描述相符。塞恩，以及出席每次提审的潘哈尔斯克和检察官克里斯蒂娜·申曼斯卡也分别在他的签名旁签字确认。申曼斯卡在几年后说：那一场提审对她来说是"人生的重大经历"[20]。米耶彻斯瓦夫·谢威勒斯基检察官参加了1946年9月28日第一次提审，几个月后他在国家最高法院对赫斯提起公诉。申曼斯卡回忆道："第一天塞恩法官就告诫（赫斯），必须确保关于自身和集中营的描述属实。赫斯回答，'我保证所说句句属实。'"

被告自称曾是土地资产管理人，五个孩子的父亲，天主教徒，现今如很多纳粹党员和党卫军一样是"上帝信徒"，"纯种的阿利亚人"，"德国籍德裔"[21]。他特别强调了自己的原生家庭和家里严格的宗教仪式，以及自己有负亲朋好友的期望，最终没能成为一个传教士。他提到自己16岁不到的时候，并没有像其他小孩一样去乡下亲戚家过暑假，而是加入了德意志皇家军队。他描述了自己在第一次世界大战中受的伤和继续参加战斗的激情，如打击波兰上西里西亚地区的人民起义。他还是交代了自己是怎样在1922年与阿道夫·希特勒牵扯在了一起，又是怎么因政治暗杀未遂受了几年牢狱之灾。在刑满释放后他遇到了党卫队首领

第六章 赫斯

海因里希·希姆莱。1934年，纳粹党在德国掌权之后他去什切青供职，后来又先后调去了达豪集中营和柏林附近的萨克森豪森集中营。最后，从1940年5月开始在波兰德占区的奥斯维辛集中营效力。

赫斯在第一次提审之后等了一月有余才等来第二次提审。在这期间塞恩和团队不仅搜集了佐证赫斯罪行的相关证据，还得到了集中营里赫斯同党的罪证。在1946年秋天振奋人心的大审判中，这位前集中营指挥官只是被告席中的一员。国家最高法院检察长在给克拉科夫特别刑事法院检察官的信中写道："赫斯案的审判对象中我们增加了约100名曾在奥斯维辛供职的狱卒和党卫军，他们现在经由专人押送前往波兰克拉科夫。请阁下尽可能为地方法院预审法官扬·塞恩在特别刑事法庭检察官提审被告或其他此案调查流程中给予帮助"[22]。

而这一阶段，塞恩正在积极地向其他证人取证。其中有一些证人提到了赫斯的名字，并且对他提出了严峻的指控。奥斯维辛集中营5647号囚犯弗瓦迪斯瓦夫·费伊凯描述了集中营内部恶劣的卫生条件，没有尽头的饥饿、肆意射杀以及致命的活体实验；还提到了筛选病弱或需要长期治疗囚犯。他说："1942年，他们以治疗伤寒斑疹的名义成立了特别消杀小组……消灭虱子的同时也消灭了所有患病的囚犯。同时，集中营指挥官赫斯利用政治部和纳粹医生下达并实施了消灭所有医院病患和患病劳动力的命令。他们从关押感染者的牢房里拖走了约800名囚犯，将他们送进了毒气室"。费伊凯还提及了向囚犯注射苯酚致其死亡的记忆："我记得1943年头几个月里集中营指挥部进行了这项行动。当时用这种方式处决了几十个男孩子，我只记得其中有八十几个来自卢布林和波兰其他城市。"[23]

另一个问题是比克瑙屠杀的责任归属问题。费伊凯说："赫斯一开始是集中营指挥官，后来作为犹太行动特别代表，负责准备行动所需的所有技术工具，在他的指挥下建成了奥斯维辛所有焚尸炉和毒气室……赫斯本人还会亲自协助铁路运输工作（将囚犯运往毒气室处决），特别是当其中有来自荷兰和比利时的犹太富人时。从布什辛卡前往附属集中营的时候，我曾经亲眼看见赫斯在手下陪同下进行囚犯运输工作。"

这一证词的有力补充来自于乔安·保罗·克莱梅尔的日记，1942年夏秋，他曾经在奥斯维辛集中营当营地医生。他提到了"特别行动"（即用毒气进行屠杀）和其他他参与过的罪行，同时还写到党卫队领导的饕餮盛宴。他的措辞非常简略，但是罪行昭然若揭。日记中写道："对于我来说，但丁笔下的地狱和这一切相比简直就是喜剧。"他还引用了友人对眼前所见的形容——"世界的直肠"。1946年秋天，塞恩收到了华沙司法部寄来的这本德语日记，并对其进行了研读、审查[24]。

赫斯在11月7日的第二次提审中向塞恩交代了更多关于奥斯维辛的事实。被告称：从1939年年末开始，战败后的波兰各地开始出现逐渐强势的群众起义，德占区当局对这些起义者进行了大规模围捕，以致监狱人满为患。于是德国安全部门起草了关于建造新集中营的计划，并将其

第六章 赫斯

选址定在了奥斯维辛。赫斯解释道:"因为那里早年间建有波兰炮兵的营房,现在正好可以用来关押囚犯,除此之外,奥斯维辛还坐落于西里西亚、波兰总督府、捷克斯洛伐克和奥地利中间,是名副其实的铁路枢纽。"[25]这一点在后来将全欧洲德占区犹太人运往这里的时候显得尤为重要。据赫斯说一开始他们打算在奥斯维辛关押10 000人。这里地处维斯瓦河和索瓦河流域大平原,如有需求可以随时加盖或者整改营房;而且此处与世隔绝,在强制迁出了这片土地上原本居住的波兰人和犹太人之后,这里越发显得人迹罕至。

1940年6月14日,从塔尔努夫运来的第一批政治犯抵达奥斯维辛。他们大部分都是波兰人,还有一小部分波兰犹太人,这是典型的集中营初期的囚犯组成比例。在1941年囚犯中还出现了苏军战俘。然而从次年春天起,囚犯中犹太人占了绝对的比重。集中营也进行了有计划的扩建,在一批以集中营囚犯为劳动力的工业企业旁建造了好些附属营。赫斯还罗列了附属营名称和他所记得的突击队领袖姓名。

此番他还跟塞恩列举了囚犯的类别,讲述了他们在集中营夜以继日的劳作;寥寥可数的食物以及如人间地狱般的生活条件;将双手交叉下垂再五花大绑两个小时这样严酷残忍的刑罚和处决。他还提到了惨不忍睹的卫生和医疗环境,由于医疗资源匮乏,传染病扩散肆虐。最终他还言及致命的活体医学实验,而在最后几次提审中,他谈到了犹太种族灭绝。

他称在1941年夏天希姆莱命令他"在奥斯维辛着手准备灭绝性设备"。他用他特有的、漠然的风格承认说:"而我确实执行了该命令。"[26]他解释道:"使用齐克隆B的毒气室设计图是由集中营建筑部主管……卡尔·比绍夫和我一起拟定的。"[27]他展开说:"我的第二项任务,也就是推进犹太种族灭绝任务的执行,是基于希姆莱的口头指令,与此同时我也在履行我作为地方党卫队领导和奥斯维辛集中营指挥官的常规职责。"[28]他补充说自己还在1943年秋天被调任去了总部,但是次年8月又回到了奥斯维辛督促犹太灭绝行动的进度。

申曼斯卡回忆说:"他心平气和地描述着这一切。唯一一次失态是在知道我们已经找到并保留了大量……集中营文件,并且根据这些物证可以基本还原……集中营真实情况的时候。他火冒三丈,因为他确信自己向党卫队手下下达了销毁一切集中营文件的命令,但是显然他们并没有执行。而众所周知,对于希特勒党卫队来说军令本应如圣旨一般。"[29]

赫斯在面对塞恩的答辩中,将自己的一切罪行定义为对命令的盲从。"我不止一次在大规模屠杀犹太人的行动中思考过,如果上帝的庇佑真的存在,那怎么会允许这样的事情发生?"他回忆道,"所有事情我都亲力亲为,包括接收被运送来的犹太人,包括把他们送进毒气室和焚尸炉,不过是想以身作则,我不想让我的手下觉得我将己所不欲之事施于他人。"[30]

在集中营里他目睹了无数囚犯在身体上崩溃,在精神上扭曲。

第六章　赫斯

他举例说："我见过苏联战俘们嘴边还喝着红菜汤，突然就倒地猝死了。"[31]他还见过一些囚犯无望的挣扎和惊人的求生欲。"那些特遣队的犹太人都心知肚明，当他们完成了自己的工作，被充分榨取之后，都会被毫不留情地处决。我亲眼见过一个特遣队员在布什辛卡焚尸炉边待焚化的尸堆里发现了自己的妻子。他的脚步停滞了一瞬，看得出来，那一刻他如同被五雷轰顶一般。但是过了一会儿他又开始继续干活，就像是什么都没有发生那样。"

塞恩有意将最难的话题放在了最后。

根据巴塔威亚的描述："鲁道夫·赫斯在一开始表现出来的抗拒态度已逐渐软化。"可以推测，提审大概是在塞恩的办公室里进行的。随着时间的推进，这位预审法官获得了赫斯的信任。赫斯其实并不多言，即便说也是简短几句，但内容却很有价值。在巴塔威亚看来，赫斯是个"情绪稳定、表达简练客观的人，在交代各类事件时措辞都极其精准，他会理清重要事件的发生顺序，展开描述要紧的细节。他经常在后续的谈话中回溯到之前的话题，补充自己的陈述。他确实时常回想自己提供的证词，或者说他并不是特别确定自己是否很好地描述了曾经的经历"。塞恩对此乐于见成。他会告知赫斯几次提审之间会有几日的间隔，但却不会如实告诉他下一次提审的主题。在等待提审空闲时间里，赫斯会着手撰写他被告知的下一次提审主题相关说明，并亲手将它转交给预审法官塞恩。塞恩补充说："他会主动描述了在他看来提审时容易忽略，但是对预审法官来说颇有价值的细节。"[32]

1946年至1947年，囚犯赫斯总结了犹太灭绝计划主要设计者的特征，其中包括海因里希·希姆莱、阿道夫·因赫曼以及奥斯维辛一众党卫队军官。他描述了德国政权和行政管理的组织结构，他还凭借自己的记忆复述了奥斯维辛集中营的规章条例。关于在其领导的集中营里施行的"犹太人问题的最终解决方案"，他单独写了一篇详尽的说明。在说明中他简单介绍了纳粹医生在集中营犯下的罪行，这些材料最后都成了提审笔录的补充。塞恩结束对他的庭前预审后，赫斯还写了一篇简短的自传。自传的波兰语译本的题目略显做作，叫《我的灵魂》（原文为：《我的精神》），赫斯在监狱内完成的手稿共计242页。

塞恩和巴塔威亚都曾经劝说赫斯主动书写这段历史。记者、文学家，奥斯维辛集中营幸存者耶什·拉维迟评价说："塞恩的工作着实不易。"在他看来，这本自传能最终问世，全凭塞恩的人格魅力，"塞恩作为波兰司法界的官方代表，同时也是被告最具威胁性的指控者……却成功说服赫斯书写自己的经历"。[33]正因如此，我们获得了出自施暴者之手，"关于这场难以想象的暴行还原度最高的证词"。历史学家也由此获得了"奥斯维辛集中营"这个课题中有关德国施暴者计划和其实施过程的基础信息。律师们"获得了对暴行计划者及其主要实施者提起公诉时可以利用的大量物证"。塞恩认为："对于每一个读者来说，赫斯的文字都是一条警戒线：告诫我们人性绝不可再堕落至此。"[34]

第六章 赫斯

克拉科夫律师塞恩知道自己手里掌握着多么有价值的证据。他和德国拉文斯布吕克集中营幸存者艾乌甘尼亚·寇茨卡一起将赫斯的手稿译成了波兰语，其中卡基米日·莱什申斯基的团队也为波兰语译本做出了一定的贡献。前奥斯维辛集中营指挥官赫斯的自传于1951年在《波兰希特勒罪行研究委员会期刊》首次发表，巴塔威亚教授为其作序。历史学家帕瓦乌·雅显尼察赞叹道："我们手上的这本书，一定是历史上绝无仅有，且后无来者的文献。"[35]1956年，赫斯的自传《鲁道夫·赫斯回忆录》以书籍的形式正式出版，塞恩为它撰写了序文。20世纪50年代末，这本自传来到了联邦德国读者的手中。

在回忆录的序文中塞恩写道，作者"逻辑清晰，记忆过人，在书中实事求是地讲述了这段历史"。[36]巴塔威亚也同样认为这位前集中营指挥官对"很多关键性问题做出了符合事实的解答"。而这不只是他的个人观点，因为"所有跟鲁道夫·赫斯过从甚密的人都觉得他的叙述十分客观"。克里斯蒂娜·申曼斯卡后来也确认说："他描述的所有事件，以及他在这些事件中扮演的角色都和我们了解到的真相相吻合。"[37]

他事无巨细，几乎毫无遗漏地为我们还原了纳粹德国的杀人方式，这在被提请公诉的一众党卫军主要战犯中绝无仅有。而且他还开诚布公地谈论了自己对于上下级的评价。

耶什·拉维迟却认为塞恩和巴塔威亚另有所图，凭借"赫斯写的东西收获暴利"[38]，此外他也对赫斯的自述心存疑惑。比如赫斯一再辩解说自己的所作所为是在意识形态的驱使下执行命令。在塞恩提审的过程中他严正申明："我在党卫队供职期间没有凭借职务之便中饱私囊，我的每一分钱都是正常的工资收入。"[39]他只承认奥斯维辛集中营供他使用的五个房间，后来增加到十个房间中的家具摆设全都使用了集中营工坊产品，因为"他们的价格比外面的市价低廉不少"。[40]而这与集中营6059号囚犯斯坦尼斯瓦夫·杜别勒的证词有着极其不同的画风。杜别勒曾在奥斯维辛担任园丁，主要在赫斯的家庭农场工作。他讲述了自己与海因里希·希姆莱以及其党卫队高级军官的近距离接触，还描述了为招待他们举办的那些奢华盛会。杜别勒当时负责为赫斯、他的家人和宾客们购置军队商店的卷烟、"油和鞋刷""屠宰场提供的新鲜肉禽……来自集中营牧场的牛奶……和奶油"，还有"白糖、面粉和植物黄油、烘焙所需食材、炖汤调料、面条、麦片、可可、肉桂、谷物、豆类和其他作物"。[41]"当时赫斯的食物储量是很可观的，从被运往奥斯维辛，又被直接送进毒气室的犹太人那里盘剥的大量食物都流入了赫斯的口袋。"将匈牙利运来的那批犹太人送进毒气室之后，赫斯又购入了"好几箱红酒"。其中一些物资还被送往德国，孝敬他妻子娘家。杜别勒接着说："有两个犹太女裁缝在赫斯家工作了大约一年半，其间她们一直用从犹太人身上搜刮财物……购置的布料用于给赫斯的妻子和女儿们裁制新衣。"他还提到了冬天为赫斯"囤"煤的经历，总而言之："他滥用职权，让囚犯们为他的个人需求卖命，还为一己私欲挪用营中物资。赫斯

第六章 赫斯

家装饰得极尽奢华，他妻子甚至对他说'我愿意在这里生活，在这里死去'。"在塞恩提审中假公济私这一条倒并非极刑之罪，但除此之外赫斯还面临着更加严峻的指控。

赫斯作为集中营指挥官，表示自己对其中实施的一切暴行负责。但他同时努力使预审法官塞恩相信他不过是严格按照集中营的规定和上级的命令行事。他试图辩解"我对于集中营收押和释放囚犯并没有任何的话语权"。[42]他将自己美化成一个为囚犯们着想，并致力于改善其生活的指挥官形象：比如他自称会向上反映监狱满员，请求上级为囚犯们下拨衣物，下令给牢房供暖。他还举例说："我会自发地给囚犯们提供送往毒气室的犹太人遗留下来的毛衣和厚实的里衣。之后还给他们分发了（其他）衣物。"据他说他还会下令严加看管集中营储藏室和监狱厨房，以防党卫军进去盗窃囚犯们的食物。他还亲自监督集中营的工作人员，确保公平地分发汤食。当他听说营内工厂殴打被雇用的囚犯，或接到囚工对企业饮食待遇投诉时，他甚至会介入干预，为他们讨回公道[44]。

但是这一套辩词并没有如预期般被接受。雅盖隆大学法医教授扬·奥勒勃利赫特，作为咨询专家，同时也作为前集中营第46688号囚犯接受塞恩取证时说："从始至终，集中营的生存条件……就是一场灾难，我们经常被分到爬满虱子的内衣裤，发给我们的被褥甚至不能满足最低的卫生要求，医疗保障就更是天方夜谭了。"据他估算，"集中营里

075

的死亡率应当是囚犯来源国平均自然死亡率的上百倍甚至上万倍"[45]。赫斯对此无从狡辩,只能将自己包装成一个面对囚犯高死亡率束手无策,对发生在奥斯维辛的一切并不知情或者力不从心的指挥官。他表示:"我相信所谓殴打罪犯的行为确实是个别存在的,但一定是在我不知情的情况下发生的。"他承认:"虽然我们有种种保护囚犯免受鞭挞之苦的管理条例,但是狱卒和党卫军殴打囚犯的事情从集中营建立之初便一直存在。"同时他也再次强调,"可对于囚犯在工作过程中被杀害的情况,我确实闻所未闻。[46]"

这些也在公诉书中得到了一定程度的体现,国家最高法院的检察官宣读:"赫斯作为一名以灭绝犹太人为目标的官员,就像是一个出色的屠宰厂厂长一样完成了自己的任务,冷血无情,借刀杀人,对于自己残忍无动于衷。那些被送去处决的人对他来说好像仅仅是一长串无意义的编号,而毒气室和焚尸炉只不过是这个巨型'死亡工厂'里的车间罢了。"[47]

大部分的证人其实没有见过赫斯亲手伤害囚犯。但是在普沃采取证的时候,编号109878的前奥斯维辛囚犯卡基米日·格拉博夫斯基回忆了这位指挥官用"非人"的方式对待囚犯:"他在一群工作的囚犯中间巡视,不小心就会踢到或者打到别人……如果他看到有些人因为疲惫放慢了脚步或者动作变得沉重,就会吩咐党卫队手下抽他们25鞭子。"[48]这些证词塑造出的是一个对囚犯没有半点怜悯之心的恶人形象。如果说他

第六章 赫斯

曾经设立过什么规定，那也一定不是为了善待囚犯，而是摧残他们。

编号62937的前囚犯，作家塔杜什·侯乌伊向塞恩透露了在集中营中任意射杀的事实，这意味着可以在未经党卫队总部确认的情况下任意对囚犯执行死刑[49]。卡基米日·弗朗查克向预审法官塞恩证实，赫斯在耶兰尼亚古拉"数次亲手……射杀了囚犯"。"有一次一个囚犯试图逃跑，他以连坐为由杀了好几个牢房的囚犯。"赫斯还用所谓的罚站来折磨他们，所有人，无论阴晴雨雪都必须在广场上站满十几个小时甚至更久。他还会下令"将逃跑囚犯的直系亲属抓到集中营来"[50]。卡基米日·格拉博夫斯基补充道："如果罪犯在逃跑途中被射杀，赫斯就会命人将他的尸体赤裸悬挂在囚工进出的大门口示众。1944年五六月的时候，有两三个地质勘测组的劳工在打晕了党卫队看守后逃跑，结果赫斯下令将同牢房的12个囚犯处以绞刑，还亲临了行刑现场。"[51]

这位前集中营指挥官不可能一个人看管营内所有的囚犯。他承认，他会免除出卖同伴逃跑计划囚犯的死刑，然后将他们发展成自己在集中营的眼线[52]。他不否认在集中营里实施鞭刑，但是他向塞恩保证："作为指挥官，他从来没有对任何一个囚犯无故施刑。"[53]他还确认自己对在奥斯维辛集中营中进行致命的活体医学实验是知情的，希姆莱命令他选送实验所需女子，并亲自观察她们死亡的过程。[54]

在1947年1月11日这场关键的提审中，他表达了类似忏悔的言论："今天，我回忆着自己的所作所为……真正意识到自己误入了歧途。如今我细数着这个组织的荒唐行径，但过去我也身在其中，也是这份罪孽的帮凶。在党卫队这样一个组织里耳濡目染，使我曾坚信希特勒和这个组织上级下达的所有命令都是高明正确的，而且我会认为以任何方式逃避组织的任务和指示都是低劣且无能的表现。基于此，我在我所处的任何岗位上都会拼尽全力直到最后一刻，即使我知道在集中营的工作中不乏泯灭人性的内容，我也会一丝不苟地执行所有的命令。"[55]

塞恩将这些话都附在了这位前集中营指挥官回忆录的序言中，但是他并不能确定，这是不是他真实的想法。他指出："他承认的罪行和罪孽的方式仅仅是对它们进行了简要的陈述……或者说在他的所有叙述中，他从来没有承认过自身的罪恶……从来没有正视过自己的错误，说到自己时他至多提到过一些私事和家事……他所招认的，在其任期内奥斯维辛—布什辛卡集中营的犯罪事实都由于客观现实因素或者他所谓的个人原因与他并没有直接的联系。"[56]

塞恩说1月11日是庭前最后一次提审[57]。但是从卷宗上的信息看，这位克拉科夫预审法官在1月31日再一次对他进行了提审[58]。

这时赫斯将被单独审判的消息已经传开。1月10日，全国最高法院检察长通知了位于柏林的波兰军事使团："这次庭审对象只有集中营指挥官鲁道夫·赫斯，而克拉科夫地方法院针对集中营100多名涉案人员的大审判将在之后举行。[59]"此次审判由克拉科夫和卡托维兹联合组织，审判地点最终定在华沙市中心珀维希莱区，斯姆林科夫斯卡街的波

第六章 赫斯

兰教师联盟大楼一间设备齐全的报告厅内。自1946年12月起,已在那里举行了路德维克·菲舍尔和其三名同党的审判。

1947年2月19日,赫斯被蒙特皮赫监狱所移送至莫科托夫斯基监狱。两天后检察长通知塞恩审判时间推迟至3月11日,并且要求"暂缓呈交剩余的庭审物证"。其实现阶段掌握的证据已经足够充分,是预审法官塞恩还在不断补充。显然他还计划向曾是奥斯维辛集中营62933号囚犯的首相约瑟夫·西伦凯维兹取证,从检察院记录来看,"他当时提供的证词无关痛痒,没有参考价值[60]",西伦凯维兹直到国家最高法院庭审时才贡献了有效的证词。除了首相西伦凯维兹,波兰教师联盟的大楼报告厅第一排还坐了波兰司法部部长亨利克·锡菲娅特科夫斯基和劳动及社会保障部部长卡基米日·卢辛奈克,此外还有德国集中营幸存者。众多来自世界各地的观察员和记者列席了该审判。审判全程被翻译成法、英、俄三种语言。

米耶彻斯瓦夫·谢威勒斯基和塔杜什·兹普利安根据塞恩提供的材料对被告提起了公诉,认为赫斯作为集中营指挥官,应对奥斯维辛集中营非人的生存条件、对囚犯的精神和肉体折磨以及人尽皆知的屠杀行为负责。赫斯面临的另一个指控是参与利用比克瑙毒气室毒杀欧洲犹太人的种族灭绝行动。在此基础上还追加了在集中营内部强制囚犯劳动以获得经济收益、非法占用囚犯财产、将囚犯直接送进毒气室执行死刑等指控[61]。被告赫斯知道自己罪无可恕,因此只是试图减轻自己的情节,对证人提供的奥斯维辛受害者人数进行了辩解。

　　检察官们和之前塞恩的想法不谋而合，他们一致认为给赫斯个人定罪相较而言倒是其次的。"针对鲁道夫·赫斯的审判实质上是对催生集中营、灭绝营此类产物之意识形态的审判，"[62]亚努什·古姆科夫斯基如是评价道。

　　4月2日，国家最高法院审判长阿尔弗雷德·艾默尔宣读了判决书。判决书上这样写道：赫斯"并不仅仅是希姆莱不辨是非的手下。他那时身在其位……很多的行为附带了集中营规定和党卫队命令之外的个人意志……"法庭强调："命令"并不能使其逃脱责任，毕竟是他自行选择了执行一个罪行罄竹难书的组织下达的命令"。[63]

　　审判过程中通过了在赫斯担任指挥官的奥斯维辛集中营里执行其死刑的动议。1947年4月初，赫斯被转运至瓦多维兹监狱。在那里他重拾了天主教信仰，忏悔祷告，分食圣餐。他的传记透露"他并没有完全信教"，"他只是找到了改变的方向，但却还没看清方向所指引的道路尽头"。[64]这位前集中营指挥官直到生命的最后都将自己视为命运的受害者，而对自己亲手酿成的惨剧熟视无睹。

　　4月16日清晨，在得知总统博莱斯瓦夫·庇厄鲁特没有给予赫斯豁免权之后，他被押送前往奥斯维辛，并在9点之后被带往刑场。从卷宗上看，当时只有几个人在行刑现场，其中包括一名天主教神父，但在留存下来的相片中可以看到不少围观群众的身影。

第六章 赫斯

克里斯蒂娜·申曼斯卡回忆说:"我和塞恩法官亲临了奥斯维辛集中营赫斯死刑的执行现场。他们特地仿照集中营当时的形制为他搭建了绞刑架,因为不想他被一个普通的绞刑架吊死,然后彻底摆脱在这里惨死的生命。"[65]申曼斯卡这样描述这位刽子手人生最后的时刻:"我看到他朝着刑场方向走去,我刻意逃向了反方向,因为我不想看到这个场面。但是我从围观者的口述中得知:这位死刑犯在生命最后一刻平静地接受了自己的命运,'就像他阅兵游行时那样'。"负责监督死刑执行的检察官扬·玛祖凯维奇也佐证说:"鲁道夫·赫斯从头至尾都表现得十分淡定,也没有留下任何遗言。"[66]

在赫斯写给妻子的诀别书中我们读到:"我直到在这里,在波兰的监狱中,才认识到什么是人性。才知道我,作为奥斯维辛集中营指挥官给波兰民族带来了多少苦痛和伤害……而他们所展现的人性和宽容更是让我羞愧难当。"[67]或许我们可以以将这理解成是他对塞恩的感激吧。

第七章　利耶贝亨舍尔和其他人

早晨9点钟声敲响时,观众席已经座无隙地。这场审判并不缺少像司法部副部长莱昂·查恩和熟识塞恩的博莱斯瓦夫·德罗布奈尔议员这样声名显赫的见证者。那是1947年11月24日,周一。奥斯维辛罪犯集体审判在国家最高法院举行,这场审判如今在波兰也被称为第一次奥斯维辛审判。审判地点位于克拉科夫国家博物馆,那里在二战时期曾是德国运营的赌场。庭审全程用四种语言进行同声传译。

亚努什·古姆科夫斯基事后写道:"整个房间闪烁着新闻记者相机的镁光灯,快门的声音此起彼伏……波兰国家制片厂的工作人员纷纷架起丘比特摄影机……被告坐满了整整三排……第一排坐着'精英们',其中有集中营指挥官赫斯的继任者亚瑟·利耶贝亨舍尔。他45岁左右的年纪,中等身高,脸色苍白,深色的大眼睛深邃凹陷。看得出来他很紧张,更像是恐惧。他旁边坐着玛丽亚·曼德尔——一个平头整脸,模样俊俏的金发女子,面上好整以暇。与明显魂飞魄散的利耶贝亨舍尔相反,她尽量让自己看起来从容不迫,甚至泰然自若。她时不时就会转头和利耶贝亨舍尔或者左侧的奥斯维辛政治部部长麦克斯·格拉布纳耳语两句。格拉布纳大概40几岁,严重谢顶,长了一张不苟言笑的脸。他身边坐着集中营指挥官继任者汉斯·奥迈尔。同一排的边上坐着克莱梅尔和蒙克两位医生。"[1]

被告中无人认罪。尽管如此,检察官们也已然在塞恩团队的努力下掌握了充足的证据。

1947年4月25日,国家最高法院检察长委托德国战争罪行研究委员克拉科夫分会对奥斯维辛集中营党卫军罪行进行调查。时间并不充裕——审判原定于8月,在奥斯维辛举行,但当时只有条件对零星几个关押在克拉科夫监狱的罪犯进行提审。在奥斯维辛审判中担任翻译的米耶彻斯瓦夫·潘派尔后来回忆道:"那几周塞恩不舍昼夜地工作,直到精疲力竭才休息。"[2]一个人即便是殚精竭虑也没法单独承担那样一个重担,所以后来克拉科夫的很多律师都自发地从旁协助,其中包括:斯塔尼斯瓦夫·什穆达、爱德华·潘哈尔斯基、亨利克·嘎瓦茨基、文森特·亚罗辛斯基、欧莱斯特·楚敕凯维奇、赫莲娜·图洛威绰瓦、弗朗切什克·瓦萨里和尤塞夫·斯坦科。

关于哪些嫌疑人需要在地方法院出庭,哪些需要坐上最高法院被告席,都得迅速有个决断。起初,第二组人数高达约100人,但他们最终从中精选了40人,其中有五名女性。他们中大部分都是党卫队高级军官，也有监狱长、狱卒，甚至司机。通过对他们的提审，塞恩及团队基本还原了集中营整体的关系网络。

塞恩亲自提审了几乎所有最重要的被告。同时还将证人分成两人或三人小组进行取证。7月2日，他向波兰德国战争罪行研究委员会总部寄送了一组奥斯维辛集中营党卫军照片。他在信中附言："我诚挚地拜托您将这组照片张贴在全华沙人流量最大的公共区域，以便让尽可能多的行人看到它们。"他还补充说：这组照片已经展贴在了克拉科夫老城广场和卡托维茨丹臣斯卡街的两面橱窗上。照片上用特大字体标注着："这是第一组奥斯维辛集中营党卫军，现呼吁所有知晓他们相关信息，或了解他们犯罪事实的群众尽快前往委员会（地址），以证人的身份揭发他们的罪行。"

类似的号召还出现在了各大媒体上。塞恩的信件中也写道："克拉科夫和卡托维兹的波兰报业公司已成功将这一信息发布在了纸媒和广播上，希望列位也能将这一行动在华沙落实。"为方便其执行，塞恩还附上了拟好的文案。

通过这一号召行动，证词笔录一下增加至几万页。

亚瑟·利耶贝亨舍尔在被美国人控制的很长一段时间里都坚信自己可以逃脱法律的制裁。当时还有集中营幸存者们前往占领区为其辩护。耶什·巴兰和切斯瓦夫·塔纳耶夫斯基表示：在利耶贝亨舍尔接管奥斯维辛集中营指挥部之后，营内的生活环境得到了极大的改善。马瑞

第七章　利耶贝亨舍尔和其他人

安·白维伊斯基甚至认为"利耶贝亨舍尔改变了奥斯维辛，将它从一个集中营变成了疗养所"[4]。1946年4月19日，前集中营指挥官利耶贝亨舍尔在达豪接受了德国战争罪行研究波兰军事使团少校罗穆尔德·克里莫维茨基的提审。利耶贝亨舍尔非常自信，声称："我跟大家相处十分融洽，正如所有波兰人所言，他们从来没有遇到过像我过这么好的指挥官。"[5]克里莫维茨基担心这位党卫军在波兰的审判会以无罪收场，因此他建议放弃对他的引渡。但事实不尽如人意，利耶贝亨舍尔还是在1946年11月抵达了波兰，并在次年4月从卡托维兹移交至克拉科夫。

5月7日，利耶贝亨舍尔第一次来到塞恩面前。那时的他还不知道，自己面对的是与一个比克里莫维茨基更胸有成竹的狠角色。被告利耶贝亨舍尔，1901年生人，自称是党卫队突击队大队领袖，"上帝信徒"，五个孩子的父亲，自认为"无论是在法律上还是行政上都无可指摘"[6]。他声称，"我在孩童时期就能说一口流利的波兰语"，但又急忙用德语解释说自己已经近30年没有说过了。

他显然在努力博取塞恩的好感。他言及自己从小在波兹南长大，提到了家中浓厚的宗教氛围，说起波兰邻居戈沃辛斯基一家时措辞也满怀温情，并强调他们曾经关系十分亲厚。他说一战后不久，大波兰省恢复成为新生波兰国家的一部分，因此他选择前往德国，并在军队服役了20年。他在1932年加入党卫队，当时希特勒还没有掌权，对此他解释道：参加党卫队的初衷是每周日的队内训练能让他回忆起"军旅生涯"。符合大家对党卫军认知的是，他表示自己脱离了福音教籍，但他却又对塞恩称自己实际上还是福音派的信徒。利耶贝亨舍尔否认自己在利赫滕堡的工作经历，声称自己正式参与党卫队工作是在1938年。即便是在克拉科夫法官塞恩向他展示了例如党卫队元老级成员名册以及鲁道夫·赫斯的狱中答辩等有力证据之后，他也完全没有要改口的意思。

利耶贝亨舍尔还试图弱化自己后来在党卫队中职务的重要性。他说："由于我是D1局局长，所以我对于集中营具体的管理模式并不是很清楚。"他声称虽然自己的职责是监督集中营工作，但并不知道原来"有那么多人饿死在营地里"，原来有"那么多人在这样非人的环境里居住"，"有这么多人被用毒气杀害……以及原来在集中营随时随地都有可能被处决"。塞恩听到后拿出了一系列利耶贝亨舍尔亲笔签名的文件，充分说明他对于集中营里发生的所有处决无不知悉。他反驳说，他之所以签字是因为当时没有充分理解文件里"特殊对待"一词的深意，他以为是"为囚犯提供特殊的医疗照顾"，根本没有想到这指的是谋杀。但这一说辞着实难以令人信服。被告之一汉斯·明希告诉塞恩："哪怕是个头脑简单的小兵，到了集中营以后用不了多久也能将什么是'特殊对待'摸个一清二楚。"[7]

提审第二天，利耶贝亨舍尔用类似的方式辩解道："我作为一个一直在D1局工作的人，对下属集中营内部是否在大规模屠杀苏联俘虏这件事……确实无从知晓。"[8]当塞恩出示了证据之后，他不得不承认确实

第七章　利耶贝亨舍尔和其他人

曾上报过一次涉及处决180多名囚犯的情况。

提审内容几乎都围绕着利耶贝亨舍尔作为奥斯维辛指挥官的工作展开。他在1943年11月正式走马上任，主要对主营（也就是奥斯维辛一号营）和党卫队屯驻地负责。同时，弗里德里希·哈特恩斯坦被任命为比克瑙一代焚尸炉指挥官。而利耶贝亨舍尔却称："关于在哈特恩斯坦负责的这段时间内奥斯维辛焚尸炉是否处于活跃的状态，我不得而知。"他还说赫斯证词中提到在其卸任之后，集中营开始对犹太人进行种族灭绝这一说法"并不属实"。另外，他对主营中关押的囚犯确实厚道，这就是为什么当时的囚犯会为他提供有利的证言。他声称在1944年5月他还因处事"过于软弱"被贬去了玛伊达耐克集中营（当时集中营几乎是空的）任指挥官。

克里斯蒂娜·申曼斯卡在提审中负责笔录，她表示被告"谎话连篇"，并且"对那些针对他的指控概不承认"[9]。

当利耶贝亨舍尔开始意识到自己的处境极不乐观的时候，他用狱中的铅笔给塞恩写了一封75页情绪饱满的长信。在信中感谢了塞恩法官在提审过程中给予了"充满人性的关怀和善意的对待"。他再次强调自己在作为指挥官的任期内，为改善集中营囚犯的生活条件付出了诸多努力，而这并不是出于上级的命令，他称其为"遵循自己内心的指令"。他还再次强调，囚犯当中无论是"波兰人、犹太人还是德国人"都在战后自发地为他做了有利的证明。他还在信中表示：希望在他的案子上"公平与真相"能战胜一切。在信的结尾他描绘了对未来世界的愿景，他希望未来波兰、德国，"还有疆域辽阔的俄罗斯"都能抛却历史仇怨，幸福地生活，希望能用"原谅和遗忘"的藩篱将"这些暗沉污秽的往事"与未来彻底割裂。他说他已经做好准备在之后的提审中坦白自己工作的细节[10]。申曼斯卡解释说："但我们并没有采纳他的这个提议，因为当时我们已经掌握了所有需要的集中营信息，主要来源是赫斯十分详尽的证词。"[11]

然而调查还需继续推进，塞恩主要对"利耶贝亨舍尔管理下集中营如同'疗养院'"这一说法进行了评估。8月26日，塞恩对赫斯案证人弗瓦迪斯瓦夫·费伊凯进行了取证。这位幸存者表示：在更换了指挥官之后，集中营医院的卫生条件依旧是如噩梦一般，"纳粹医生也仍旧会筛选出生病体弱……也就是那些他们认为无法继续工作的囚犯……然后将他们运往布什辛卡的毒气室处决"。对于费伊凯来说利耶贝亨舍尔只不过是"在表面上放宽了集中营的规定……但是内里什么也没有改变"[12]。

这一点在亨利克·嘎瓦茨基法官取证的过程中也得到了其他囚犯的证实和补充。证人亚当·斯塔普称这位指挥官会"因为一点小过错就对囚犯施以鞭刑"……或者下令殴打"；"还将囚犯关在储煤室里，一关就是几个月"；"他会低调组建自己的告密者网络"，甚至"将消防储水池注满水给囚犯做游泳池"，"还在24号牢房建了一个妓院供那些表现无

第七章 利耶贝亨舍尔和其他人

可指摘的犯人消遣"。但显然大家心知肚明，他根本就没有在原则上改变集中营的机制："11号牢房的枪决仍在继续执行，只不过变成在夜幕的遮掩下进行……布什辛卡毒气室……也还在昼夜不停地运作。""在建立了心腹网络之后，利耶贝亨舍尔又秘密成立了间谍团体。"[13]

所以他伪装的目的是什么呢？赫斯在奥斯维辛雇用的园丁斯坦尼斯瓦夫·杜别勒亲眼见证了其与党卫队首领希姆莱的谈话。杜别勒的证词中提到：希姆莱将赫斯调离奥斯维辛的原因是"英国广播大肆报道了奥斯维辛处决囚犯的情况"[14]，换一个指挥官应该能"让他们消停一阵"。所以奥斯维辛一切表面上的改变在亚努什·古姆科夫斯基看来，"压根就是纳粹德国当局的指示"，而不是出于"利耶贝亨舍尔所谓的好心"[15]。

奥斯维辛集中营党卫队的终极目标就是犹太人的种族灭绝。大学生欧文·巴特曾在集中营被雇用为文职人员，他告诉塞恩：他手上有一封利耶贝亨舍尔发出的电报，里面言及押解被选去"东方流放"的犹太人一事，而这就是屠杀的谜语。我们从这份文件可以得知，利耶贝亨舍尔在D1局工作时就"全程指挥了犹太种族灭绝行动"。另一位幸存者也补充道："我知道利耶贝亨舍尔曾经（在其成为奥斯维辛指挥官之后）亲自前往布什辛卡查看被筛选、押解至此的犹太人，而其中的大多数人都被送进了毒气室。"[16]

利耶贝亨舍尔的信誉在其他的问题上也遭到了质疑。党卫队突

089

击队大队领袖奥斯维辛分队成员弗朗茨·夏维尔·克劳斯的供词中提到：20世纪30年代，利耶贝亨舍尔还是利赫滕堡集中营指挥官副官的时候，他就跟随在其左右。[17]10月2日，当塞恩再次提审利耶贝亨舍尔的时候，他承认1935—1937年确实曾在利赫滕堡集中营供职，但当时他一直缠绵病榻，大部分的时间都待在疗养院里。就像他之前否认自己作为D1局局长后期在部门中的重要性那样，他再一次使用了不知情这一借口。他坚持申辩道："我确实在涉及筛选囚犯（Aussonderung）和特殊对待被筛选囚犯（Sonderbehandlung）的相关文件上签字了，但是我对这几个高频出现的名词并没有充分的了解。关于特殊对待背后'用毒气室和焚尸炉进行人类灭绝'的含义我也是'随着时间'慢慢琢磨出来的。"[18]

这次提审很快就结束了，因为关于利耶贝亨舍尔，塞恩依然心知肚明。

玛丽亚·曼德尔在庭审时对着镜头做了一个愚蠢的表情。但她的狱友伊丽莎白·鲁珀特显然被她逗乐了。时间回溯到1946年5月14日。当时的曼德尔作为战俘被美国人关押在达豪集中营，但是冥冥之中她知道有什么在等待着她。德国罪行研究委员会克拉科夫分会在那时已经掌握了曼德尔的部分基础信息："奥斯维辛－布什辛卡女集中营女狱卒……女囚们私下称她为'曼西亚杏仁'。她是个生性残暴无度的人，她甚至会私下霸凌女囚，对她们施以私刑。"[19]

第七章 利耶贝亨舍尔和其他人

关于她的调查最早由克拉科夫特别刑事法院检察院负责,为此搜集了一系列证人证言。9月,曼德尔被引渡到波兰,通过切什纳入境,在途经捷克斯洛伐克时,她遭受了自己曾经对女囚施以的暴行。在监狱记录里我们读到:"她遭遇了捷克人的殴打。鼻子上、右耳边、左眼周、下巴上和脖子上都有瘀青……右眼视力受损。"[20]据曼德尔后来自述,当时在火车站的月台上,有个美国人朝他们走过来,身边跟着一群身着便装的男女:"他问我们中谁是来自奥斯维辛的,我回答说我是……然后他们就开始打我,冲着我的脑袋打,还拉扯我的头发,直到从我的鼻子和嘴巴里淌出血来。"[21]

1947年5月19日,塞恩在赫莲娜·图洛威绰瓦检察官的陪同下提审了这位被告。35岁的曼德尔自称是一个"奥地利土生土长"[22]的民事公务员,"遵纪守法,至今未婚",1945年3月之前她都是天主教徒,后来成了为二战轴心国卖命的"上帝信徒"。她回忆起自己在乡下度过的童年:父亲是乡里的一名裁缝;此外还提到自己在城里接受过家丁、厨娘、女佣和在邮局工作的培训。她声称:"在奥地利被德国占领之后,我因为非纳粹党员的身份遭到了驱逐。"她别无出路,只能投奔舅舅,他是当时慕尼黑警察局局长。在他的建议下,也是看在不菲的报酬上,曼德尔接受了利赫滕堡集中营女狱卒这个工作。

她信誓旦旦地对塞恩说:"在接受这个差事之前……我真的不知道集中营是什么东西。"她觉得女囚在利赫滕堡集中营的生活条件不错,她从1939年春天开始供职的瑞文斯布克集中营的规格也类似，二战期间那里收押了许多波兰女子。如果波兰人和俄罗斯人在那受到了薄待，"多半是因为她们违反了集中营的规定"。这位前狱卒承认她确实"几度"对集中营女囚施以鞭刑，但那都经过了上级批准。她声称："我从来没有违反规定……亲手殴打过任何一名女囚，只有在她们实在言行无状的时候扇过耳光。"她说在瑞文斯布克集中营供职的最后一段时间里，"她听说他们在集中营医院进行一些实验"。但她同时保证自己绝没有参与其中。

之后的提审内容涉及奥斯维辛。曼德尔在1942年以积年狱卒的身份前往那里，后来位居比克瑙地区集中营女监狱长。她对塞恩说，从她供职的这段时间看，"集中营就像是一个巨大的粪坑"，每个牢房都人满为患，而且还没有铺设地板，营地里连自来水都没有，伤寒症疫情肆虐不止。她回忆说："在牢房和营地里终日躺满了来不及收拾的尸体。"她并不否认，有一些病人"经医生鉴定无法再回到工作岗位之后，会被送去焚尸炉"，而这些筛选出的囚犯名单会报送政治部确认。她承认："在初期，我确实亲自签字确认过几份这样的名单。"当塞恩给她看1943年8月21日500人左右的名单时，这位被告不得不承认：她并"不仅在初期"签字确认名单，但她仍然矢口否认参与过名单的筛选。

第二天，她对筛选的流程进行了详尽的描述，并提供了参与筛选的纳粹医生姓名，还坦白他们后来如何"用自然死亡的描述来掩盖非自

第七章 利耶贝亨舍尔和其他人

然死亡的事实"[23]。但她再一次强调自己并没有参与屠杀："我从没有在焚尸炉运作的那段时间里踏足过其所在的那片区域。"塞恩并没有驳斥她，而是当场宣读了女囚斯坦尼斯瓦娃·拉赫瓦乌的证词：她指控曼德尔将送进毒气室的犹太人身后遗物占为己有。曼德尔听后大哭不止，发誓说这不是实情。她同时否认自己曾建议"将所有囚犯都送去毒气室以阻断1943年至1944年冬天伤寒症的传播"。

之后的提审主要聚焦比克瑙集中营设立的刑罚，例如在特制的牢房中罚站一晚。这位奥地利人仍坚称自己作为女狱长其实并没有权力量定刑罚。塞恩这时拿出了她在行刑文件上的签字。曼德尔无力地辩解道："我的签名……只是走个形式。我的工作不过是将这些行刑文件给有量刑权力的指挥官看而已。"

预审法官接着询问了在囚犯身上进行的实验。曼德尔交代说集中营员工对于在健康人体上做实验这件事确是知情的。但她再次否认了自己在这件事情中的责任："我并不了解这些实验具体是什么，也不知道是出于什么目进行……我也不清楚是否有囚犯因这实验……丧命。"在其他事情上她也如出一辙地予以否认。她声称：并没有听说过在集中营里杀死新生儿和其母亲的暴行。"她不记得"1943年12月近千人遇难的清洗行动，但是根据塞恩宣读的证人证言，她不仅知情，还亲手射杀了囚犯。

她强调说自己已经尽己所能去改变1942年集中营人间炼狱般的惨

状,并"试图拯救囚犯的命运"。对于自己在瑞文斯布克加入纳粹党的一事,她解释说当时所有的狱卒都被强制要求持有党籍。

感到悔恨吗?她对塞恩说"我对于自己参与了这一切,以及在工作期间对集中营的妇女的所作所为深感悔恨……这一切……都罪无可恕"。克里斯蒂娜·申曼斯卡回忆说:"有一刻,她说她也不想做这些事情,但是她听命于人,没有选择的权利。塞恩法官听了之后问她:'既然如此,你为什么不直接辞去这份工作?'她考虑了一会儿答道,'我可能只能在怀孕的时候辞职吧。'塞恩又问,'那你为什么不要孩子呢?'曼德尔低垂了眼睑轻声说,'我试过了,但是一直没能怀上。'"[24]

在前狱长曼德尔的急救病例上可以看到隐晦的表述:"她说看不见,所以没能及时阅读与检察官的谈话笔录,但是却可以毫无障碍地缝补衣服[25]"。这一补充写于1947年6月(估计是11月才发现的)。尽管如此,6月13日,曼德尔在狱中给"检察官先生"写了一封26页的长信。我们可以认为这封信是写给塞恩的,这次通信是对于提审答辩的有力补充。曼德尔确实患有眼疾,这与克拉科夫的几次提审并无关系,而是途径捷克斯洛伐克时遭遇毒打的后果。在信中她写到自己早年经历了母亲缠绵病榻,后又在集中营消磨了12载光阴,自称深受命运的捉弄,终生不幸。她将自己的不幸与被关押在德军集中营的囚犯遭遇相提并论,且拒不承认自己的罪行:"我极尽可能,用尽一切方式帮助了每一个囚犯……但我毕竟没有下达命令的权力,而是只能在

第七章　利耶贝亨舍尔和其他人

所有事情上对指挥官言听计从。我对集中营里发生的事情并非一清二楚，因为营地也不是一隅之地。我非但没有杀过一个人，我还时常尽我所能，拯救囚犯们的命运。"[26]

后面两封信的口吻也大同小异。被告曼德尔强调说："我此番想再强调一下，我时常尽力帮助囚犯。我自认为将集中营的秩序、卫生、纪律和经济状况维持得井井有条。"

6月5日，塞恩请求波兰德国罪行研究委员会总部开展针对瑞文斯布克集中营的调查行动。一周不到的时间里他就得到了汉堡瑞文斯布克集中营审判收集的资料，其中有波兰证人的证言和幸存者赫莲娜·特兰凯维奇的日记打字稿。特兰凯维奇的记载中有一段涉及曼德尔："她极其种族歧视，两面三刀，百毒不侵，宛若野兽，像是一头目光如炬，怒发冲冠对你探出口鼻的金毛豹子，抑或一只悄无声息，不知不觉出现在你身后，用它坚实的脚掌将你重击在地的猞猁。在她掌管瑞文斯布克的日子里，妇女们……甚至害怕呼吸，因为曼德尔可以像猫一样轻手轻脚在四四方方牢房之间或是在她们身后骑自行车巡逻……直到她突然就像鹰隼一样朝着猎物扑去，对她拳打脚踢，拔光她的头发，百般折磨。她整天盘算着什么时候出手将谁击倒在地，又用什么方式使其煎熬痛苦。"[28]

塞恩请求格罗兹卡法院和其他城市的预审法官尽快对证人进行取证。他主要想要了解被告职务的具体性质，以及"她在与囚犯交往中究竟扮演了一个什么样的角色，是否存在虐待囚犯的事实，如果存在，具体以什么样的方式，他需要那些和曼德尔打过交道的人证提供更多、更确切的事实，例如迫害发生的具体时间、地点、受害者姓名"。[29]这些掌握曼德尔在瑞文斯布克和比克瑙集中营供职期间信息的人证接受了克拉科夫分会成员的取证，成员中就有扬·塞恩。

幸存者吉诺维法·乌兰向塞恩描述了自己在比克瑙如何遭遇曼德尔和狱长玛格特·德雷克塞尔毒打："她们用拳头和巴掌变着法儿地殴打我。她们轮流出手，一个打累了要休息，另一个就接上。当我逐渐失去意识的时候……她们其中一个……把滚烫的汤水洒在地上，然后把我踢到那一摊滚水里……在那一次毒打之后……我一整个月都不能咀嚼任何东西，只能吃流食。"[30]

泰莱撒·文钦斯卡对塞恩说："她……凶狠残酷，我亲眼见到她用极其残暴的方式打骂集中营医院的保洁人员，给了她一巴掌。"[31]

玛丽亚·布嘉什克也佐证说：在1943年狱长曼德尔会对从毒气室工作回来的特遣队员进行搜身，"如果她没有找到任何金银细软，就会鞭打一整个十人小组"。她还对塞恩说："玛丽亚·曼德尔……会参与每一次病弱囚犯的筛选……名单上的囚犯都会被送往25号牢房，然后特遣队会用车从那里将她们运往比克瑙焚尸炉边的毒气室。"曼德尔也会擅自将本不在名单里的女囚送进毒气室或惩罚营。[32]犹太人卢巴·赖斯补充道："她参与每一次名单筛选，具体点儿说就是参与了从集中营囚犯

第七章　利耶贝亨舍尔和其他人

中筛选送入毒气室灭绝的人员名单，而她的选择完全就是基于一己好恶。所以很多次曼德尔都将身强力壮的年轻女子葬送在名单之中。"赖斯还对塞恩描述了曼德尔"在她手下女囚心中豺狼虎豹般的形象"，她补充道："不仅是对于那些囚犯，曼德尔之于她的同僚和党卫军都是难以言说的恐惧。"[33]

奥斯维辛其他幸存者如安东尼亚·文格尔斯卡和玛丽亚·哈内尔—哈勒斯卡也对塞恩陈述了类似情况。

瑞文斯布克集中营关押女囚的证言记录了他们对曼德尔残酷无度的暴行声嘶力竭的控诉。因为戴了十字架就差点儿被折磨致死的亚历山德拉·瑞博斯卡对塞恩说："她基本上每一次都是没有任何理由地将囚犯们折磨到失去意识。"

索菲亚·蒙彻卡举例说曼德尔会因为"'芝麻绿豆大小的错处'借题打人，比如掉下的扣子，没有按照她的心意系好的头巾……为了一根头发她能将囚犯的头发拔得只剩下头皮为止"。[35]她传召囚犯时都让她们光着脚站在地上，故意使她们难堪受罪。

在塞恩收集的瑞文斯布克女囚证言中提到：在曼德尔供职期间，集中营在女囚身上进行了人体实验，将她们关进另辟的牢房里使她们饥饿致死，还把他们送去妓院供德国国防军的士兵消遣。那些得了性病的会直接被开枪打死，与集中营医院里病重的囚犯一般下场。

根据亚历山德拉·斯图尔的证词：曼德尔是因为被发现将囚犯身

上搜刮的财产占为己有被贬去奥斯维辛的。斯图尔总结道："在曼德尔走了之后整个集中营的管理都松快了不少。"[36]

而在克拉科夫曼德尔就不是可怕的曼西亚杏仁了。她甚至在被美军俘虏时对这段过去闭口不谈。斯坦尼斯瓦娃·拉赫瓦乌回忆起她在营区放风地的样子说："她走得很快，经常严肃地把手背在背后，低垂着头，眉头紧锁，这是她完全自发、自然状态下的行为。她在奥斯维辛的这段日子里憔悴了很多，虽然她还是一头金发，湛蓝的大眼睛依旧美丽迷人，但眼神中已经熄灭了属于曼德尔的气焰，氤氲着一种人性的哀伤……"[37]

曼德尔在给"检察官先生"的信中写道："我无法预见法院的判决结果，但是我相信正义。"[38]

德国投降之后马克西米利安·格拉布纳曾在苏占下奥地利州藏身，在那里的农场劳作度日。1945年8月3日地里来了一群警察，他没有反抗，束手就擒。此后他被送往维也纳，很快承认自己参与了奥斯维辛大屠杀。后来他又申辩说自己签字的供词是审讯人员使用非常规手段获得的。

逮捕格拉布纳的消息在8月10日通过克拉科夫波兰广播站公布。听众们从中得知，这个奥地利人手上折损了至少800 000条人命。文字版信息不久后也通过《波兰日报》公布。塞恩向克拉科夫特殊刑事法院检察官通报该案，在通报过程中将罪犯姓名误称为"恩斯特·格拉布纳"，称其在奥斯维辛集中营担任政治部部长，这意味着他可以"左右所有谋杀囚犯个人和集体屠杀的行为"。"他给人一种儒雅睿智的感觉，说话轻声细语，德语的遣词造句却极其精准犀利。他向来雷厉风行，精神抖擞。"塞恩还补充说，"我在了解了这些情况之后诚挚地请求检察官阁下尽快向奥地利提出申请，将他引渡至波兰，经由波兰法院审判。"[39]

但是维也纳政治使团直到一年后才向奥地利当局提交了格拉布纳的引渡申请。又过了几个月，克拉科夫特殊刑事法庭才完成引渡相关文件的填写。与此同时，这位前政治部部长并不打算被动等待奥地利方面的决议。1947年1月，他们在格拉布纳维也纳的牢房墙面上发现了一个缺口，作案工具也被搜出，证实了他要逃跑的意图。但他最终还是没能逃离法律的制裁。一开始他由于所谓的"沟通不力"被引渡去了南斯拉夫。终于在1947年7月被押送至波兰。

塞恩参与了证人证词的取证工作。欧文·巴特证实说："格拉布纳参与了沙金矿井和11号牢房的囚犯射杀，"并补充道，"我亲眼见到他眼睁睁看着他们用一号焚尸炉的毒气室杀死囚犯……他就是奥斯维辛集中营所有恐怖主义灭绝计划的始作俑者。"[41]他还说格拉布纳参与了筛选建设铁路的犹太人。菲力克斯·梅维克在关押期间曾被奥斯维辛政治部征用，他向塞恩确认说格拉布纳参与了筛选和射杀囚犯，并使用毒气进行大规模屠杀，此外还将死去犹太人的遗物占为己有："我在他的要求下帮他张罗安排过各种物件。"政治部还决定清理所谓的阿拉伯人,也就是那些极度消瘦的囚犯。梅维克总结说:"格拉布纳是一个冷酷无情、精于算计、无惧无畏的人,他毫无波澜地轻叩一下手指,就将鲜活的生命送给了死神。"关于1943年秋天格拉布纳辞去政治部主任一职他的解释是:"他不过是急于解除自己在奥斯维辛的管理权限,以摆脱对奥斯维辛大屠杀负有的责任。"[43]

扬·皮莱茨基在奥斯维辛是11号营的一名文员。11号营房是关押集中营内获罪囚犯的看守所。而格拉布纳所属部门可以决定该营房囚犯的命运:是继续关押,直接释放还是射杀。他对塞恩说:"他们先射杀女人,然后是男人……尸体就堆在那里,以至于(下一个)赴死的人一眼就知道等待自己的命运。"[43]对于皮莱茨基来说,格拉布纳在部门中有着绝对的话语权,这个团体锱铢必较,会因为最微不足道的失误射杀囚犯。

在寻找更多证人的过程中,塞恩向其他城市发送了求助的公文。回收的大部分证人证言笔录来自西里西亚。"格拉布纳对集中营里的所有囚犯来说都是恐惧一词的化身,"卡托维兹的博莱斯瓦夫·莱勒查克证实说,"当囚犯得知被分到格拉布纳管理的部门时,便会跟自己狱友永别,因为他会觉得自己已经半截入土了,而当这个囚犯最终平安归来……他也会被狱友们欢天喜地地簇拥迎接。"[44]

在克拉科夫监狱里,这个刽子手却声称已想不起在集中营供职期

第七章 利耶贝亨舍尔和其他人

间发生的事情了。当他刚在奥地利服法就擒的时候,他并不是一个心灰意冷,决意和盘托出的人。1947年9月,他当面向塞恩承认了自己党卫军的身份,并称自己在1939年加入了纳粹党。而他提供的这一信息与事实相悖,在塞恩掌握的资料里,被告早在1932年就同时成了党卫队突击队队员和纳粹党党员。

9月16日第一次提审笔录显示:格拉布纳,1905年生人,自称为警察局犯罪科警员,天主教徒,已婚,是三个孩子的父亲。他承认自己是奥地利女仆和斯洛伐克服务员的私生子,后来被一户伐木人家收养。他向塞恩讲述了自己的青年时代:"我当过牧羊人、农民工,也和养父母一起伐过木。"[45]他还说自己一开始加入了奥地利志愿军,后来又去了维也纳宪兵队和警察局犯罪科。在奥地利失陷之后,他由于私自为达豪集中营犹太人准备移民文件而两度短暂被捕。但是他却没有说明在犯有如此前科的情况下,他为何还能在纳粹德国得到后来的职务。

1939年,他身穿德国国防军的军装参与了侵略波兰的战争,不久后他又供职于西里西亚盖世太保组织。1940年春天他又被调职去了新建成的奥斯维辛集中营。他对塞恩说:"一开始我就不想在奥斯维辛工作,在很长一段时间里……我都想从那里逃离。"[46]他提到他们高速建设集中营并驱赶周边居民的事实,还言及1940年7月从第一批囚犯中逃走的塔杜什·维尤夫斯基,声称以一己之力阻止了对那些从犯的处决。而塞恩掌握的资料显示:格拉布纳所述的事件实际发生在1940年8月3日。

101

从文件中可以读到：这个奥地利人当时要求"严惩这些被捕的从犯"。其中还白纸黑字地写道："16名囚犯因此被射杀"。

格拉布纳和曼德尔的辩护方式基本相同。他承认"很多，甚至所有发生在奥斯维辛集中营的事都是违法的"[48]，但是同时否认自己在这些事情上的个人责任。他说："从奥斯维辛集中营发生的暴行和我职务之间的关联性上看，我不认为自己有任何罪过。我并不觉得是我造成了这些违法行为。"他向塞恩辩解说他被集中营的领导认为是"畏缩不前，甚至是败事有余"，指挥官鲁道夫·赫斯和亚瑟·利耶贝亨舍尔直截了当地批评他"太过软弱"。之所以还把他留在这个岗位上，是因为他知道集中营太多秘密，赫斯希望他留在可控的位置。他说自己与这位集中营总指挥官之间积累的嫌隙于1943年秋天爆发，他因为违法处决囚犯被最终罢免，并被逮捕审判。

他称接受了党卫队和纳粹警察的审判，最终成功辩护。而塞恩早已掌握了战时负责该案审判的维尔·汉森法官提供的证词和书面记录。汉森证实：格拉布纳被指在奥斯维辛谋杀了至少2000名囚犯。当时格拉布纳自称是依盖世太保的命令行事，但是证人们都否认了这一说法。汉森还说：格拉布纳不仅参与了囚犯筛选，还将囚犯处决伪造成自然死亡。另外他还确认当年党卫队队长希姆莱亲自驳斥了对于格拉布纳折磨囚犯的指控。

这些涉及党卫队高层的案件通常都很难以推进，但塞恩却偏要把

第七章　利耶贝亨舍尔和其他人

此案查个水落石出。他尤其想了解1943年夏天索斯诺维茨犹太人隔离区的清洗事件。奥斯维辛另一名党卫军威廉·克劳森称格拉布纳当时在这些事中表现得十分高明。[49]他声称自己在这件事情中的参与仅限于按规定登记从索斯诺维茨查抄出来的物品。但在塞恩向他展示了相关文件之后，他又承认自己还签署了将25个索斯诺维茨犹太人尸体转运去集中营的同意书。他同时又坚持说："政治部与（在犹太人隔离区进行的）镇压行动没有任何关系。"

不仅如此，他还试图弱化自己在奥斯维辛集中营中扮演的角色。他义正词严地说自己不曾在囚犯死后将他们的物品据为己有，从来没有组织过行动目标为波兰知识分子的间谍网络，也没有在囚犯逃跑之后射杀他们的同伴。他将利用毒气室和扫射造成的大规模屠杀都归咎于别人，特别是已经去世的赫斯和集中营医生爱德华·沃斯。他对塞恩声辩称，政治部之所以臭名昭著，是因为沃斯在不遗余力地向他泼脏水："我从来都没有下令射杀任何人……这些无稽之谈都是沃斯和他的手下散播出去的……事实上我与射杀或用毒气毒杀囚犯没有半点关系，我既不是命令的下达者，也不是命令的执行者。"[51]后来他又补充说以上仅仅涉及集中营登记和收押的囚犯。他承认："我那个时候作为政治部部长参与了将大量送往奥斯维辛的人直接送进毒气室处决的任务。"他对塞恩说："我和医生负责押送，然后再由看守们将囚犯赶进毒气室里……我在毒气室旁边待着，直到所有被送去的人都处决完毕……我在场就是为了保证没有人能逃出生天。"他也没有隐瞒自己参与了营地看守所"五次还是七次"囚犯筛选。他解释说："那些被选中处决的囚犯会被带往盥洗室扒光，（然后）被特遣队员从那里赶往墙根直接射杀。"他对塞恩法官收集的证人证言进行了确认，承认在集中营文件中将被射杀囚犯的死因都伪造成了自然死亡。[52]

格拉布纳要求将自己在塞恩提审前一日，也就是在9月17日于监狱写就的《奥斯维辛集中营报告》添加进此案卷宗。该文件共计40页打字稿，9月29日最后一次提审时，格拉布纳对《奥斯维辛集中营报告》中所有细小改动都进行了签字确认。报告逻辑混乱，语义模糊，很多地方赘述细节，其他方面又闪烁其词。格拉布纳还再次将自己与赫斯和其他集中营的高层划清界限，说他们是只知道满足一己私欲、目无法纪的"禽兽"[53]。他称"如果我在这样一个可怖的地方工作并犯下弥天大错，那也是因为我无法与暴力和命令抗衡"。直到现在他才意识到，他不应该执行那些伤天害理的命令，哪怕它来自最高层。他说："我会为自己曾在奥斯维辛供职，手上因此沾满鲜血而终身悔恨。"他还提到了集中营里那些在他授意下重获自由的囚犯。他甚至称自己曾偷偷将汽车机油倒进焚尸炉设备里破坏其运行。

他的答辩既没有说服塞恩，也没有说服法院。担任奥斯维辛焚尸炉主管的烘焙师艾里希·姆斯费尔特的辩词也显得十分无力。在接受塞恩提审时他非常详尽地描述了自己参与焚烧大量犹太人尸体的事实，并

第七章　利耶贝亨舍尔和其他人

在此基础上发誓称,"我从来没有参与过使用毒气室杀人",但也毫不避讳地说曾目睹过这个过程。他承认自己参与处决了被卢布林德国法庭判处死刑的三个德国人,但同时却声称自己:"没有参与过任何谋杀,觉得自己无罪。"[54]而证人们却先后指控他参与大规模屠杀。奥斯维辛集中营行政主管卡尔·莫克尔案的情况也十分类似。

集中营医生乔安·保罗·克莱梅尔教授却并不试图推卸自己的责任。他知道塞恩掌握了自己奥斯维辛工作期间的记录,因此他在被提审时只强调了自己在战时记录的事情。他首先承认,"我确实参与了毒气室的灭绝行动",并且详细描述了该行动每一次的流程。他在"毒气室旁边的医务室工作"时,也会将遇难者的遗物送给自己的熟人[55]。他也证实自己曾参与筛选病弱囚犯和用苯酚毒害他们的事实。他没有否认曾在筛选名单中为自己"预留"了几个人,等他们死后,他便可得到其部分器官用于研究[56]。塞恩后来感叹说:"我作为受过高等教育的人感到无比羞愧,像他这样一个在阅历和学识上都高我一等,受过高等社会科学和自然科学教育的人,竟然能对人类做出这样伤天害理的事情。"[57]

相较于克莱梅尔,1911年出生的党卫队下级突击队领袖,医学博士汉斯·明希手上的牌显然更好一些。

他作为美国战俘被控制之初并没有透露自己曾在奥斯维辛的经历。他编造说自己1944年曾在波兰总督府医院供职。后来他终于坦白称不仅在那里,奥斯维辛也是他外派工作的地点之一。但他义正词严地保证:"我从来没有在人体上进行过任何手术或实验。"而波兰德国战争罪行研究波兰军事使团恰恰怀疑他参与了在女囚身上进行的医学实验。[59]

1947年2月他被引渡至波兰,并在7月25日来到塞恩面前。他辩解说自己本想避免跟党卫队牵扯在一起,1943年他申请去德国国防军工作,但却很快被调往了武装党卫队。在柏林武装党卫队下属的卫生研究院里他从来没有见过任何人体实验。1944年年初,他被调往莱伊斯克,就职于奥斯维辛下属的"军事案件"分析实验室。员工中有十几名党卫军官和几十名奥斯维辛集中营囚犯,大多数都是相关领域的专家。被告坚持称:"我从来没有折磨伤害过任何一个囚犯,我和他们的相处都非常人性化,并且总在我的能力范围内为他们提供帮助。"[60]

1946年至1947年间,在奥斯维辛幸存者提供的德语证词基础上,我们成功与明希的妻子取得了联系。这些囚犯中还包括匈牙利格扎·曼斯菲尔德教授、捷克斯洛伐克瓦茨拉夫·托马赛克教授这样的权威专家。从这份文件当中我们了解到,这位德国医生确实为集中营的囚犯提供了帮助,甚至在莱伊斯克卫生研究所的囚犯中还形成了曼斯菲尔德教授口中"名副其实的明希医生崇拜",这位来自布达佩斯的教授还证明明希对自己也有救命之恩。德国希尔德斯海姆教区主教约瑟夫·戈德哈德·马钦斯将这一证据寄给了波兰大主教奥古斯特·哈隆德。该证据最终经国家最高法院传递到了塞恩手上。

因此,克拉科夫预审法官塞恩当时对明希产生了一定的信任,并

第七章 利耶贝亨舍尔和其他人

将莱伊斯克卫生研究院的档案交给了他。记录其提审笔录的克里斯蒂娜·申曼斯卡后来补充道:"明希医生(在牢房中)完成了这些文件的整合工作,包括浏览、整理以及在此基础上提出进行分类和修改的意见,修改内容主要涉及集中营里普遍饥饿的情况。"[62]

在浏览这些资料时,明希医生提出自己离开集中营的时间应该在1943年年底,除此之外他基本保留了自己先前的供词。他在10月6日第二次提审期间对塞恩说:"在研究院里我只从事细菌、血清和化学实验,目的是抑制集中营肆虐成灾的传染病。"[63]他声明:"我在莱伊斯克所做的一切都是以人类健康为己任,完全符合作为医生的职业操守。虽然没有得到授权,但我还是自行研发了对抗传染病的疫苗,并进行了活体实验……但是我不仅是在囚犯身上,也在党卫军和自己的身上进行了实验。"他还言及1944年夏天大量匈牙利犹太人被运往奥斯维辛毒气室一事。他称自己拒绝了参与病弱囚犯的筛选,他说:"我无法违背良知去做这样的事,当时我已在准备打点,一旦他们迫使我参加囚犯的筛选,我就逃去瑞士。正是因为这样显而易见的排斥,我才没有被安排参与任何筛选行动。"

塞恩没有任何的文件和证词来评估明希的说辞。留存的档案显示,塞恩根本没有如其他案子一样积极寻找他的罪证。为什么?是因为时间不足吗?是自上而下的指示和压力吗?还是他被明希蛊惑了?很有可能,这位纳粹医生不仅是给预审法官塞恩留下了很好的印象。申曼斯卡也回忆说："他是一个好人，非常绅士。"[64]这位女检察官补充道，她从明希口中和曾经的囚犯那里听到说法是一致的，他曾把特供给党卫队的香肠分给那些囚犯们，用伏特加招待他们，并为他们组织注射伤寒症疫苗。他还亲自去集中营医院探望好友——来利沃夫的微生物学家亨利克·梅塞尔，甚至安排他妻子前往探视。但是，他有没有可能一面帮助囚犯，一面又参与屠杀呢？无论是在调查还是审判过程中都没有出现这种猜测。

1947年12月22日，波兰最高国家法院宣读了判决。23人被判处死刑，16人中被处以监禁，其中6人被判处无期徒刑。只有明希一人无罪释放。

总统庇厄鲁特赦免克莱梅尔和亚瑟·布莱特维瑟两人的死刑，处以监禁，塞恩后来"委婉地，或者说过于委婉地形容克莱梅尔是受到了波兰司法界特殊对待的刽子手"[65]。此案以庇厄鲁特的赦免令落下帷幕。最终，21名死刑犯在1948年1月24日于监狱天井被处以绞刑。利耶贝亨舍尔、曼德尔、格拉布纳和姆斯费尔特赫然在列。

明希似乎是回了德国，定居在南巴伐利亚一代做乡村医生。在后来针对奥斯维辛的战犯审判中他作为证人和咨询专家出庭。但他之后自掘坟墓，晚节不保，可惜塞恩那时早已骨化形销。从他与德国周刊《明镜周刊》（*Der Spiegel*）记者的对话中可以推测：他在集中营的时候也参与过谋杀囚犯的行为。而在法国电台节目上他曾公开表达过对罗姆人的厌恶，轻描淡写地说他们都该被送进毒气室。

这些说辞引起了美因河畔法兰克福检察院的重视，他们因此对明希在奥斯维辛的所作所为启动了深入调查。他们怀疑：他不仅参与了在集中营铁路旁和营区医院里进行的囚犯筛选，还在囚犯身上进行了致死性医学实验。2000年，针对他的调查因其每况愈下的身体状况被迫停止。[66]一年后，负责调查明希反罗姆人言论的巴黎法院以相同原因撤销了对他的量刑，但认定他"煽动种族仇恨"并参与反人类谋杀。不久后，这位前纳粹医生在其90岁时寿终正寝。米耶彻斯瓦夫·潘派尔写道："如今……我确信，1947年明希之所以被无罪释放，是因为当时法院没有掌握集中营文件中与此案相关的关键性证据。"[67]

第八章　纽伦堡

此地满目疮痍，到处都是断壁残垣，像是经历了天崩地裂。埃德蒙·欧斯曼彻克在《切面》里摇笔弄舌："当我们想起美国飞行员的时候，我们深感震撼和敬佩，因为他们离开纽伦堡之后，除了监狱还巍峨耸立，其余的一切都灰飞烟灭。"[1]那是1945年的秋天，这位出版商并不为这座历史名城的覆灭感到遗憾，毕竟纳粹党在此处声势浩大的党派游行还历历在目，同样也是在这里通过了臭名昭著的纽伦堡种族法。如今，战争结束，对战犯的审判也将在纽伦堡的卍字符之下进行。纽伦堡国际军事法庭正式启动对纳粹政要的审判。

两年后塞恩出现在这里，纽伦堡主审早已是历史烟云。但美国军事法庭的审判还在继续，当时的审判对象为奥斯瓦尔德·波尔，党卫队人种及移民总部（RuSHA）突击队员，负责以德意志化为目标的波兰儿童外迁事宜。当时布勒已在克拉科夫待审，而塞恩彼时

第八章 纽伦堡

受司法部部长亨利克·希菲亚科夫斯基之命，负责收集德国国内与约瑟夫·布勒相关的物证。另外，时任德国罪行研究委员会克拉科夫分会会长的塞恩也想更深入地了解那些美国方面建议引渡到波兰的人犯。

一开始美方在引渡这件事情上并没有制造任何障碍：都是无条件向波兰移交战犯，不仅转交其契据，甚至提供了交通工具。但自从1947年春天开始，他们逐渐向波方要求出具相关的罪证，到了年底更是直接叫停了所有的引渡计划。与此同时，很多被他们羁押的战犯被释放回家。类似的情况也出现在了英占区。在与苏联愈演愈烈的冷战氛围里，西方阵营开始寻找同盟。这一背景下与纳粹主义的清算便不算是当务之急了，彼时的重中之重是反对共产主义。

爱德华·潘哈尔斯基检察官回忆说："早在1946年年底，美国人就开始以各种借口拒绝引渡战犯。[2]"即便如此，在之后的几个月里，波美制裁德国战犯的合作还在有序地进行。那些参与纽伦堡审判的检察官在波兰也都能得到由衷的尊重和爱戴。纽伦堡审判主要公诉人泰尔福德·泰勒将军对克拉科夫这座城市颇为着迷，特别中意瓦维尔城堡和玛丽亚教堂。他第一次步入玛丽亚教堂时深吸了一口气惊叹道："天呐，真希望在我们美国也有一座这样的教堂。"奥斯维辛之行也令他印象深刻，申曼斯卡说："他们不愿相信，这样的地方曾经真实存在过。"[4]

1947年夏天，纽伦堡国际法院受理了法本化工公司案，法本公司被指利用集中营囚犯作为劳力，于营区附近建造规模可观的布纳合成橡胶生产工厂。为此，美国检察官们赴波兰搜集物证。波兰纽伦堡代表，本纳德·阿赫特少校反馈说："克拉科夫预审法官扬·塞恩为其提供了有力的支持。"[5]而美国人此行的目的却不只是搜集德语文件。阿赫特写道："在与塞恩法官充分沟通之后，他们一致认为有必要向纽伦堡方面提供16名证人。"据他所说：后来他们同意由塞恩亲自在布纳—沃克橡胶厂挑选10名曾经的员工作为人证[6]。

和塞恩的交流使美国检察官收获颇丰。1947年5月，美国位于纽伦堡的战争罪行理事会还邀请塞恩法官前往进行为期三周的访问。[7]泰勒将军的继任者小乔塞亚·杜波伊斯强调说：这主要是因为塞恩"在过去对他们助益良多"[8]。但是身为克拉科夫分会会长，塞恩届时正在准备奥斯维辛案的审理，便搁置了这趟旅行。然而这一邀请并没有失效，阿赫特非常热情地再三劝说他前往。他在寄给塞恩的信中写道："期待您今年9月的来访，这里的人久仰阁下大名[9]，定会热情款待。"在另一封信里他补充说："我非常期待您的尽快来访，到时候阁下如果需要任何文件，大可以来这里亲自挑选。"这并不是一句客套话。阿赫特早先就曾将塞恩感兴趣的物证送去过克拉科夫，包括奥斯维辛集中营指挥官亚瑟·利耶贝亨舍尔，集中营医学实验和莱因哈德（Reinhardt）行

第八章 纽伦堡

动[①]——在波兰屠杀犹太人行动的相关证据。

秋天,当奥斯维辛集中营案正式结案之后,约定的访问终于被提上了议程。位于伦敦的联合国战争罪行委员会(UNWCC)波兰代表团主席玛丽安·姆什卡特上校对这次旅行寄予厚望。他在写给阿赫特的信中这样说道:"近日塞恩法官即将来访。请您务必让他明白,不要只着眼纽伦堡,还要积极推进慕尼黑、巴特萨尔茨乌夫伦,柏林……和上乌瑟尔的记录工作。"[11] 阿赫特对此颇为踌躇:"……我邀请他的本意是让他来这里度假(在主持了奥斯维辛审判之后),而不是继续工作。我希望这里的美景能将他拉回平淡静好的生活之中,然后再身心健康地去完成上校您的任务。"[12]

塞恩于10月21日离开波兰。这次的德国之行由他几经周折才取得护照的秘书申曼斯卡陪同前往。他们的等级划分简单明了:塞恩每日的餐标是七美元,申曼斯卡是五美元。但这在当时都已是着实不错的待遇。

美国人待客十分得体礼貌。申曼斯卡回忆说:"他们有礼有节,十

[①] 莱茵哈德行动是纳粹德国于1941年在德占波兰实施的系统性屠杀犹太人计划。该计划的目标是于1942年至1943年消灭贝乌热茨、索比堡和特雷布林卡三地的犹太民众。该计划造成约170万犹太人死亡,其大范围射杀行动还导致数量不明的波兰人、罗姆人以及苏联战犯遇难。

分体面地接待了我们。"[13]阿赫特也称："为了给扬·塞恩法官接风洗尘，泰勒将军在格兰德酒店的宴会厅举办了一场50人左右的鸡尾酒派对。"但是波兰官员记得泰勒将军的原话是："举办这场朴素的答谢宴是为了感谢之前自己与同事在波兰受到的宾至如归的招待。"[14]如今，塞恩和申曼斯卡也依旧礼数周全：美国检察官们和他们的家眷得到了"银质的烟嘴和身着克拉科夫和高山地区服饰的玩偶"，而泰勒将军收到了"他在克拉科夫时钟爱的尤瑟夫·海乌蒙斯基名画《驷马》的巨幅照片"[15]。

此次访问自然不单是为了觥筹交错。塞恩律师还借此机会近距离观摩了庭审过程。他在给国家最高法院检察长斯戴芬·库洛夫斯基的信中提到："在观摩过程中，我意识到我方人证的参与在纽伦堡审判中至关重要。"[16]同时他也积极地帮助公诉人们。阿赫特的报告中说："塞恩法官是唯一一个在法本公司本纳—沃克案上可以为（当地的美国检察官）提供可贵帮助的奥斯维辛集中营领域专家。此处我举个例子，那幅可以占满法庭整面墙的奥斯维辛和本纳—沃克工厂地图，就是在塞恩法官的建议和指导之下绘制的。"在另一个垄断集团克虏伯案审理的准备工作中"他们也与塞恩法官就该公司在奥斯维辛的行为展开了多次会议"[17]。

当谈论到后续罪犯引渡问题时，美方提议移交30名罪犯。塞恩和波兰德国战争罪行研究委员会会长亚努什·古姆科夫斯基参与该议题的讨论。起初，波兰委员会只要求引渡了九名罪犯。来自慕尼黑的弗瓦

第八章　纽伦堡

迪斯瓦夫·切霍夫斯基少校在给姆什卡特的报告中写道："在纽伦堡查验过当地相关资料并且进行深刻讨论之后，塞恩法官要求引渡所有罪犯（共30名），在这其中，对毛雷尔和布格的引渡尤为迫切……。"[18]供职于党卫队经济行政本部的格哈德·毛雷尔和威廉·布格被指滥用集中营囚犯为劳动力，并侵占其财产。塞恩将他们列入了即将于克拉科夫进行的奥斯维辛案审判对象之中。毛雷尔和布格随后接受了波兰法庭的审判。其中，塞恩和扬·布兰德斯对毛雷尔进行了提审。

在该案审判中，波方还需人种及移民总部相关人员出庭作证。塞恩在给切霍夫斯基的信中表示他认为有必要引渡八名人证。但最终只成功引渡了冈瑟·斯蒂尔。

同时，塞恩法官还在为了引渡英占区的汉斯·埃利希和赫尔曼·克鲁梅奔走。关于前者，一名纳粹德国国家安全局的前员工，塞恩这样写道："他计划和执行了德占区波兰人和犹太人的灭绝，是东方总计划①（General Plan Ost）的始作俑者。"[19]克鲁梅则是犹太大屠杀的设计者阿道夫·艾希曼的副手。而埃利希和克鲁梅从来都没出现在

---

① 东方总计划是在德里希·拉策尔"生存空间"（Lebensraum）概念基础上提出的，该计划将拓展德意志民族生存空间，在东欧建立殖民地作为入侵的中心任务。通过将犹太人和布尔什维克主义者与当地的经济落后建立联系散播纳粹反犹主义，最终将犹太人赶出家园，集中灭绝。

引渡波兰的战犯名单里。后者最终被判处无期徒刑，但那已然是60年代的事了。

华沙起义时期屠杀平民的罪魁祸首瑞内法斯的引渡尝试最后也以失败告终。1947年间瑞内法斯曾是美国作战情报中心（CIC）情报官，因此得到了西方盟友的保护[20]。而塞恩对此并不知情，他在回到克拉科夫之后还写道："我并没有调查少将海因茨·瑞内法斯，因为他不日将被移交给波兰当局，我在当地并没有足够的时间来查问他。"[21]然而，塞恩之后也再没有了审问他的机会。瑞内法斯定居在北海的叙尔特岛，且常年担任韦斯特兰市市长，颇有政绩。

相较引渡而言，取证还算是比较顺利。阿赫特的报告中提到："在纽伦堡旅行期间，法官塞恩从美国检察官的手中取得了波兰庭审所需的各类资料。"[22]这些主要是与种族和户籍总部行动以及布勒案相关的资料。塞恩在库洛夫斯基的要求下还寻找了1939年华沙投降书的原件，在现场查看了华沙犹太人隔离区起义的镇压者于尔根·斯特鲁普的报告。除此之外塞恩还从德国将波兰总督府总督汉斯·弗朗克的日记带回了波兰。汉斯·弗朗克于1946年被判处死刑，并于同年执行。

他的日记，共计约40册，11 000页左右，弗朗克在战后将它交给了美方。该日记在1945年至1946年间被斯坦尼斯瓦夫·皮欧特洛夫斯基检察官用作纽伦堡审判物证。他（后来和阿赫特一起）从中斡旋，希望美方将日记转交给波方。美方最终同意，并于1947年10月21日将日记交到了阿赫特手中。申曼斯卡多年后补充说:"泰勒将军说,这份文件应该属于波兰,这是整个德国占领时期的历史记录。"[23]如果要说取得日记这件事上塞恩的作用,那便是他在克拉科夫时对泰勒将军的盛情款待和与美国人数月的密切合作间接促成了此事。11月19日,塞恩在纽伦堡之行即将结束之时从阿赫特的手中接过了这本日记。申曼斯卡回忆说:"当时我们的喜悦是难以言传的。"[24]她在其他的场合回忆起这件事还道:"泰勒将军下令用两个大箱子帮我们把日记装好……同时我们还得到了泰勒将军的亲笔文书,允许我们免检出境。"[25]

塞恩和同事申曼斯卡在11月20日离开了纽伦堡。他在给阿赫特的信中写道:"这是一趟放松身心的旅行,但装着纪念品的箱子却两次从我们的头顶飞过。"[26]确实如此,在路过某一个车站时,由于火车一个急停,装着文件的箱子就从行李架上掉下来砸中了申曼斯卡的头。申曼斯卡回忆说:"当时我的上司说,'这没什么,这点小伤很快就好了',然而在下一个站台这箱子又砸下来伤到了塞恩。我说,'这没什么,不过是墓中的弗朗克对我们的报复。'"[27]在回到克拉科夫几个月里,塞恩对日记内容进行了研读调查[28]。日记在后来路德维克·费舍尔和约瑟夫·布勒的审判中发挥了重要的作用。

塞恩对于自己在德国为期近一个月的访问十分满意。他在给阿赫特的信中写道:"我想到在纽伦堡的旅居时光,以及和上校先生您的情谊就非常愉快。"[29]美国人对于这场合作的结果也心满意足。据申曼斯卡说：泰勒将军甚至提议"由美方出资，让这几位波兰客人在纽伦堡多留几日……（但）塞恩坚持说我们必须尽快回去，以便出席不久后即将开庭的奥斯维辛集中营案40名被告的庭审"。[30]

虽然克拉科夫预审法官塞恩如今为了调查布勒忙得分身乏术，但他仍愿意尽己所能为美方提供帮助。他在克拉科夫招待了柯特·蓬格，出借了运送囚犯名单以及在奥斯维辛集中营遇难的苏联战俘名册。后来，他又陆续为美方提供了更多其他的文件。阿赫特同时提到："很多人都会四处打听塞恩，昨天（约翰·爱德华）雷上校和他的夫人还不住地向我询问他的故事。"[31]

纽伦堡审判已经快进入尾声，但是成功引渡的概率却越来越低。1948年全年，美国一共只向波兰移交了16名罪犯，英国移交了14名。在这种情况下，波方决定裁减德国罪行研究波兰军事使团的成员。1948年8月布勒案审判结束后，希菲亚特科夫斯基又一次将塞恩派往了纽伦堡，命其与团长古姆科夫斯基一起重建使团。他们现阶段最大的任务是记录德国占领时期历史。克拉科夫律师塞恩最后亲自从德国带回了以美国检方档案为主的一系列资料，其中就有"波兰德国战争罪行审判所需的物证"。[32]与上一次相较，塞恩此次旅行显得非常简短仓促，只从8月12日待到了24日[33]。

波兰愈演愈烈的冷战氛围让塞恩再赴联邦德国的计划长期搁置。但波兰与其"盟友"美国的合作还是有条不紊地维持了几个月。在1948

第八章 纽伦堡

年12月司法部通过英国当局申请,授权委员会收集在"汉堡接受审判"的战犯:格尔德·冯·伦德施奈德元帅、艾里希·冯·曼施坦因和阿道夫·施特劳斯少将的罪证。希菲亚特科夫斯基部长建议塞恩以"利用手下德国军队在波兰境内进行军事犯罪"为指控,对以上三名战犯建立调查,并且叮嘱塞恩:此事"刻不容缓"[34]。

德国国防军行动的证人在华沙接受了塞恩和英国下议院议员埃尔文·琼斯检察官的取证,琼斯是塞恩的同龄人,已经在纽伦堡审判中获得了一定的工作经验。据书记员申曼斯卡回忆:他会说波兰语,但还是给自己配备了波兰语翻译和书记员。

取证的主题是德国在战争初期犯下的暴行。当时32岁的索菲亚·塞米克,作为一个来自利曼诺瓦的农场主,同时也是1939年9月12日德国士兵口中教区审判的目击者,亲眼看见德军如何冠冕堂皇地对她的波兰丈夫和12名犹太富人进行了审问,然后转眼间就将所有人判处死刑,并立刻在附近的采石场枪毙。塞米克说:"(我)丈夫是因人民警卫军指挥官的身份获罪,而那些犹太人,则是由于(在战前)向波兰政府捐款以置备武器。"[35]

卢布林的托玛舒夫附近大马伊达村屠杀的导火索是前夜冲突中死了一名德国士兵。9月20日,也就是次日清晨,德国人朝着手无寸铁的波兰战俘开火。其中就有25岁的塔杜什·诺瓦克,他倒下之后被压在两名伤者身下。卡基米日·哈伊杜凯维奇躺在同伴身旁,向圣母玛利亚

119

祷告。诺瓦克说:"在这时,我听到头顶有德国军人说话(他还活着),然后就向哈伊杜凯维奇补了致命的一枪。当所有的战俘都已经倒地不起时,扫射的枪声反而更是此起彼伏。"[36]那天共有42名波兰士兵遇难。诺瓦克大难不死,在德国士兵短暂离哨的瞬间成功出逃,找到了附近的一个马厩藏身。

这样的跌宕起伏的故事塞恩和琼斯都已经听了不下十数个了。它们发生在华沙、索斯诺维茨、沃维彻和很多其他小城市。申曼斯卡多年后回忆说:"乔斯(特意这样拼写,意指琼斯)检察官十分感激我们提供的资料最终成功将罪犯绳之以法。"[37]最后的证人证言被转交给了与希菲亚特科夫斯基部长同行的英国人。申曼斯卡回忆说:"部长首先发表了讲话,然后塞恩法官转交了卷宗,同时感谢了大家的辛勤付出。乔斯对部长和塞恩法官都表达了真挚的谢意,最后手捧着一束馥郁的玫瑰走向我……"这一切都发生在1949年6月,也就是签署北大西洋公约两个月,联邦德国成立一个月后。

伦德施奈德和施特劳斯当时都已重获自由。在8月开庭的汉堡审判中,被告席上有且仅有波兰战役时期德国南方集团军群总指挥曼施坦因的身影。德国国防军在波兰犯下的暴行仅是他罪孽的冰山一角。这位帝国元帅最终被判处18年有期徒刑,但在1952年便被提前释放,并在私下指导联邦德国新军——德国联邦国防军的建设工作。这个比塞恩足足年长了一辈的人,到头来比他还多活了八载。

第九章 布勒

这天早晨，狭窄的杉纳兹卡街上显得尤为拥挤。从《国家最高法院的希特勒战犯[①]审判》一书中我们可以读到："一场震撼了克拉科夫市民乃至全波兰人民，引发国际舆论哗然的审判即将开庭。"[1]那是1948年6月17日，周四，德占时期所谓波兰总督府总督汉斯·弗朗克的继任者约瑟夫·布勒在警卫的押送下抵达地方法院大厅。作者这样评价他："他表面上看起来人畜无害，还算年轻，身材微胖，一副缄默不言的典型德国官员形象，他举手投足都淡定自若、中庸得体、对待警卫和周围的人也有礼有节。"

休庭期间，在法官离开法庭之后，被告仍在非常积极地浏览物证，希望为后续的辩护做足准备。除了证人证言和自己的庭前答辩记录

[①] 是作者为了强调个人崇拜而使用的，中文不常见这样的用法。——译者注

之外，他还浏览了德占区行政部门当时颁布的各类文件。在不到一个月前，预审法官塞恩将该案卷宗，共计139卷，超过33 000页，全部移交给了检察院。

威斯巴登，1946年4月，塞恩填写了引渡布勒的申请文件。在理由一栏他写道："他涉嫌恐怖主义策划、谋杀以及非法将波兰公民遣送去奥斯维辛集中营等罪。"[2]这位波兰总督府前总督在约一年前就被美方控制，并在纽伦堡国际军事法庭作为证人出庭，后来他在德国接受了耶什·萨维茨基和斯戴芬·库洛夫斯基的提审，最终于5月被引渡至波兰。

不到一年之后，也就是在1947年3月4日，塞恩接手了布勒和克拉科夫前总督库特尔·冯·布格斯多夫案的调查工作。当时预计将在九个月后结案，后来在司法部的建议和介入下决定，将波兰德国罪行研究委员会克拉科夫分会这一阶段的一切力量集中在奥斯维辛案的审判准备工作上。等塞恩再腾出手来回头调查这位弗朗克的继任者时，已是1947年秋天了。塞恩在给国家最高法院检察院的信中写道："这一案……可以作为布勒继任者的审判，也可以将包括波兰总督府在内的这一体系作为审理对象。"[3]而塞恩个人更加倾向第二种方案，即将"波兰总督府看作德国当局灭绝计划中的一环"。他希望在审理过程中还原纳粹德国罪行的全貌。于是他研读了"东方总计划"的资料，试图证实："德国政治计划的长远目标其实是灭绝整个斯拉夫民族。"[4]他认为波兰总督府不过

第九章 布勒

是一个临时产物,"一个德国劳动力和战时资源的储备区";除此之外,他还尝试证明德国政府在这片土地上采用了"直接灭绝(犹太人,精英)方法"和通过占领区经贸、文化以及社会政策间接灭绝的手段。塞恩认为,布勒对于这些罪行的目的和结果了如指掌。他见证了在1942年1月20日万湖会议中前者,也就是"犹太人最终解决方案"的生成。关于后者的证据亦可以在"布勒收到的阶段性报告中"读到。

在案件审理的不同阶段都出现过使布勒和布格斯多夫一起接受审判的建议,甚至还建议将他们加入克拉科夫战犯大审判对象名单。对此塞恩强调:布勒,"作为波兰德占区……纳粹德国最高代表和政策的执行者,其是否单独接受审判对于民众来说……至关重要"。[5]

这一想法得到了大家的一致重视。库洛夫斯基检察官私心里也希望"布勒案的审判可以成为对波兰德占区政府的审判",并可以由此让大众认识到,它是"柏林市中心漫不经心发布的政令在波兰国内血腥执行"的罪魁祸首。他还表示"证据的主要来源应是书面资料,证人证言仅可作为个别阶段的描述性补充[6]"。

在这些原则的指引下,塞恩收集了以占领时期各类文件为主的物证。除了当时从纽伦堡带回的弗朗克日记,还有其他的政府工作日志和波兰总督府工作报告,《克拉考尔》杂志(*Krakauer Zeiting*)上的剪报以及福利委员会组织的社会援助资料。在进一步寻找物证时克拉科夫分会主席向国家记忆研究院、波兰西部联盟、文化艺术部以及各省政府、检察院，包括远在纽约的犹太研究院（YIVO）在内的各类机构发文求助。塞恩不愿意放过任何一个微小线索，哪怕像是德占期间克拉科夫生产了多少德国"大脱拉之火"（Tatrafeuer）牌伏特加，"它们都是为谁生产的？是特供给德国人还是也卖给波兰群众"这类细节[7]。

出乎意料的是获得这些信息比找到战时与布勒有过直接接触的波兰人或犹太人人证要容易得多，纳粹德国政要的证词反而在此案中扮演了更加重要的角色。塞恩充分利用了从纽伦堡运回的弗朗克日记，同时还要求布格斯多夫描述布勒的性格特点。1948年3月1日，布格斯多夫在监狱里洋洋洒洒写了13页的长篇大论。其中称布勒"与纳粹党和纳粹主义解除了实际联系"，但是在一定程度上又被弗朗克掌控，因此无力反抗柏林当局和波兰总督府各部部长。他还表示，布勒在占领时曾抱怨党卫队和秘密警察滥用权力，无孔不入，在私人谈话中他总是表现得像一个"和平与秩序"的拥护者。但他已然绝望放弃，认为"弗朗克博士不可能为了他与希姆莱反目成仇，因此他也不敢铤而走险"。克拉科夫前总督布格斯多夫总结道："在转变对波政策这件事情上，我从未在布勒博士那里获取任何支持。"[8]

塞恩在调查期间确保两名囚犯都能正常与外界通信，并应布勒的要求，通过监狱传达室向他传递妻子和孩子的相片，同时也满足了布格斯多夫和汉斯·明希医生关在同一个牢房的要求。布格斯多夫同时还请

第九章 布勒

求塞恩能够加快案件审理进度，尽快安排提审。但他显然必须得再耐心等待一段时间，因为这一阶段首要的任务是布勒案的审理。

在1948年4月7日一篇没有署名的笔记当中我们读到：案件的审理已经进入尾声，掌握的相关证据以"国内外收集的德语文件为主"，此外还有近4000米的德国电影的胶卷[9]。参与公诉书起草的扬·雅辛斯基检察官认为塞恩收集的物证"具有无法衡量的价值"。由于证据的数量庞大，他表示需要数月时间来准备诉状的草拟[10]。但华沙方面在衡量国际局势之后，坚持要求其在6月开庭。可能是由于冷战背景下西方盟友对德国的政策越来越宽松，也可能是为了让民众从不久前美国为西欧提供的经济援助——马歇尔计划上转移注意。

然而想要结案，还需要被告的庭前答辩。塞恩在1948年4月29日到5月5日之间对布勒进行了六次提审。提审流程没有任何改变：早上9点，这位前波兰总督府总督被警卫押送前往格罗茨卡街的克拉科夫分会办公楼，15点回到蒙特皮赫监狱。提审过程由嘉布瑞拉·古斯卡和瓦达·斯库利奇进行记录。塞恩的提问和被告的答辩全程被用德语一字一句地记载下来，布勒在阅读后根据需要亲手做了修改，并在确认无误后签字。另外，在提审之后他还撰写了简短的陈述作为提审笔录的补充。

塞恩的对手布勒其实是长他几岁的司法界同僚，1904年出生的他是一名"法学博士，官至部长，遵纪守法，是个土生土长的德国人[11]"，同时也是两个孩子的父亲。两人几年前都住在克拉克夫。布勒当时是波兰总督府的二把手，而塞恩则是餐饮协会背后的军师。如今风水轮流转。塞恩向他自我介绍时说："我是本案的预审法官，您在此案中将作为被告接受我的提审……您有权利选择自认为有效的辩护策略。"[12]布勒本可以拒绝答辩，但他没有选择这么做。他在答辩中自称出生在一个儿女众多的南德家庭，父亲是一名烘焙师。他强调说自己是一名天主教徒，并且从来没有脱离过教会，他的长兄还是一名牧师。关于他在寄宿学校和法学院的经历，他以寥寥数语便带过了。但他回忆了自己作为一个新鲜出炉的法官助理去纳粹分子汉斯·弗朗克律师事务所工作的经历。当弗朗克成为巴伐利亚州司法部部长之后，便将他纳入了自己的势力范围，后来又把他调去了柏林工作。20世纪30年代中期，他们曾先后在华沙、克拉科夫和扎克潘纳共事。

布勒在1933年春天，也就是阿道夫·希特勒掌权后不久加入了纳粹党。他强调说这么做完全是出于弗朗克对他的期望，他在之后的几年里与该组织的联系仅仅停留在缴纳党费。《我的奋斗》他只读了三分之一，关于纳粹党政策的是非他也没有进行过深刻的思考。于是塞恩向他展示了书中关于德国"向东方进犯"以取得生存空间的片段，同时向他施压："您是否将这个计划作为自己在波开展一切行动的精神武器？"此处塞恩指的是1939年秋天德国在战败波兰部分领土上建立了波兰总督府

第九章 布勒

一事。时任总督府总督就是入住瓦维尔城堡的弗朗克。而布勒作为"波兰地区总裁"副手在矿业大学的校舍里工作。他试图辩解："当时我将在波兰所做的一切都看作自己工作的分内之事，而非政治任务。"他言之凿凿，称自己的行为绝对没有违背内心的坚持，并且在1939年至1945年在任期间，他都是一个公正且有人性的官员。他尽力将话题引向自己释放遭遇围捕的雅盖隆大学教授一事。他公开谴责德国谋杀数千名波兰人的AB行动①，但这点由于书记员的临时离场并没有被记录下来。他还撤下了约勒丹公园门口"仅限德国人"的提示牌；支持和鼓励研发伤寒症疫苗以抗战疫情；除此之外在实现了德意志民族"利益合法化"的同时，不煽动对其他民族的歧视和仇恨。但这些并不足以使塞恩对他网开一面，他反问布勒："您口中德意志民族利益合法化的途径具体是什么呢？关闭学校、电影院和剧院？……屠杀对于你们来说是否不仅是生物上的灭绝，而且也意味着在所有层面的斩草除根？"布勒不愿意承认，但这就是德国当局当时的目的。

当场面比较不利的时候，这位弗朗克的继任者就开始用陷入回忆

---

① AB行动是纳粹德国于1940年春天在德占波兰实施的屠杀计划。该计划旨在系统性地消灭反对德国统治的波兰"领导阶级"成员，迫使波兰民族陷入无组织状态。行动中德军射杀了数千名知识分子，又另将上千人关押至奥斯维辛等集中营。

的沉默和无知这一借口遮掩。塞恩惊奇地反问说："您没有读过任何国际法的著作吗？（阿尔弗雷德·）维德罗斯、（诺伯特·）古尔克的大名您都没有印象吗？"当被告表示不了解海牙公约中陆战相关法律和约定时，塞恩顺势刨根问底："……难道德国没有签署海牙公约吗？难道德国是被强迫签署同意书的吗？"布勒对此的解释十分无力，他表示波兰的沦陷以及苏德之间签订的条约"创造了新的国际形势"，至此波兰总督府不再具有占领区的特性，因此相关法律于此就并不适用。塞恩于是反驳道："波兰总督府"一词，本就是德国人用来形容波兰德占区领土的。

布勒还将自己身上背负的人命嫁祸给党卫队、安全警察、德国国防军，以及他的前辈亚瑟·塞斯—英夸特，如果有必要，他也可以推到一年半前在纽伦堡被执行死刑的弗朗克身上。他说自己"没有自由且完全受制于波兰总督府总督"[13]。他严肃否认了波兰总督府总督有着王朝内阁宰相俾斯麦一般熏天权势的说法。

他的辩护可谓漏洞百出。他声称地方总督和郡县首领上呈给他的报告内容他都不知情，甚至连他亲手写给希特勒的报告他都没有从头至尾通读过，因此他才没有意识到德国滔天的罪恶。但后来他又大肆宣扬自己是如何反对这些政策："我坚持不懈地反对向德国运送劳动力一事；还不断从中斡旋，希望能够结束逮捕和射杀俘虏的行径。"塞恩说他完全就是颠倒黑白，他曾经将向德国运送农产品和劳动力作为自己的

第九章 布勒

功绩，完全无视其中充斥的"强迫和暴力"。但被告试图辩解说他相信强迫和暴力仅在非常极端的情况下才会发生，而塞恩恰恰能够证明那才是常态。1940年10月2日希特勒当着弗朗克的面说："波兰人唯一的主人就是德国人。"此外还有其他的文件可以佐证：AB行动从占领初期就是一个旨在"灭绝波兰民族，特别是该民族统治阶层的计划"[14]。布勒这样评价希特勒和希姆莱的言论："我极其震惊，无比羞愧。"他声称这些话他"一个字"也没有听过，还说自己那时"太过年轻稚嫩"。

而这个"年轻稚嫩的官员"却成了名副其实掌握生杀大权的上帝，在弗朗克的授意下布勒也手握了豁免权。在塞恩面前他试图证明自己对囚犯十分仁慈，但塞恩法官反问道："那您在……遇到庇护犹太人案件时，为什么没有利用自己的豁免权放那些人一条生路呢？您认为这就是仁慈？"布勒多次强调，这是因为人们告诉他，在1948年藏匿犹太人是导致伤寒病毒携带和传播的罪魁祸首。关于死刑他这样解释：这主要是为了树立典型以震慑其他人。他有一次拒绝使用豁免权就是因为：对方以为犹太人提供庇护换取"高昂的酬金"[15]。在速记本此句的边页上，或许是塞恩，用红色铅笔写着一行字："奸邪小人！"

在波兰总督府辖区的犹太人灭绝是第四次提审的主要议题。布勒对此答辩道："当时在波兰民众之间谣言四起，称犹太人都被杀光了，我对此深表怀疑。"他声称对于奥斯维辛在战时是灭绝营一事毫不知情。他也不了解1941年间德国在波兰总督府准备抗击苏联的行动，当然也从未听闻华沙隔离区因"民众起义"被彻底清洗。

如今，他试图用"概不知情"来掩盖自己罄竹难书的暴行，他声称："关于将犹太人撵出住所这件事，我并不知道具体的细节。"他承认自己在克拉科夫时曾占用逃亡的犹太人索恩一家的房子，并且在他再度搬家时还带走了屋里的部分家具，但据他所说这一做法是"得到房管局许可的"。他声明："我从来没有将犹太人的任何财产占为己有。"

塞恩向他出示了纳粹德国安全局局长莱茵哈德·哈德利希提供的万湖会议纪要。文件中清晰地指出布勒在会上对在波兰总督府实施"犹太人问题的最终解决方案"，也就是纳粹分子所说的大屠杀提案表示支持。他当时言之凿凿称：在这250万亟待解决的犹太人中，大多数人是不配工作的。而如今这位弗朗克的接班人却狡辩说：他以为所谓的解决方案仅仅是指将犹太人迁居到"遥远的东方"去，以便将他们从警卫严厉的监视和"隔离区严酷的环境"里解救出来。关于在波兰总督府境内特雷布林卡集中营发生的屠杀事件，他仍旧以"在战时并不知情"这一说法搪塞，哪怕在塞恩指出该营的收支都是经由波兰总督府财政走账时他也拒不承认。

克拉科夫预审法官塞恩对这套"党卫队十恶不赦，而布勒本人无知无辜"的说辞自然不会买账。他理论道："（波兰总督府）要员和行政部官员基本都是党卫军……大部分（地方）总督也是党卫军，部门长官、乡县领导也都不例外。甚至他们中很多人还是您任命的。"[16]布勒却

第九章　布勒

解释说事实大相径庭，他并不相信党卫队，并且他尝试在自己的能力范围内限制其影响力。波兰总督府党卫队和警察局高层领导弗里德里希·威廉·克鲁格认为布勒难以胜任总督一职的原因就是他的对波政策太过软弱。

塞恩对此不为所动，对布勒发问："阁下，您是否承认……自己触犯反和平罪、反人类罪和战争罪，并因上述罪行给波兰民族和国家造成了损失？"布勒面不改色地回答："我只是纳粹党一名普通的党员，我只是尽了自己作为德国政府官员的分内义务，仅此而已。"

5月12日，也就是最后一次提审结束一周后，布勒写信给"预审法官先生"，试图想要修改自己的证词。他对塞恩说明，在德国的刑事案件审判中，法院判决有义务掌握对被告有利的证据："我斗胆问一句，这个原则在我的案件审理过程中是否适用？"[17]他同时要求查阅卷宗，包括弗朗克的日记，并提出需将自己昨天在狱中写下的十几页自述作为证据的补充。自述内容基本都是布勒提审答辩的重复：例如他试图限制纳粹党在波兰总督府的影响力，促成中学和高校复学，除此之外还施舍穷人吃食补给。另外，他还对总督府限制波兰民众文化生活这一指控进行了反驳，并用在占领时上演的戏剧、举办的交响乐演奏会和肖邦展览佐证自己的观点。他指出，在华沙起义时期，他曾抗议过将平民运往集中营，并且再一次强调自己曾试图将AB行动引入正规，还说他颁布禁止犹太人搬离克拉科夫时携带资产的行政令，其初衷恰恰是为了保护他们，因为政令白纸黑字写得一清二楚，是不让其携带按规定会被罚没的财产。而在万湖会议期间他则是因为在撰写给弗朗克的报告，并没有听到哈德利希的发言。他声称："波兰总督府并没有参与……犹太人的迁入和迁出。"[18]

在结束调查之后，塞恩将相关物证上呈至国家最高法院检察院。但是于此克拉科夫分会的工作并没有告一段落。6月8日至12日，塞恩和亨利克·嘎瓦茨基法官在罗兹电影协会浏览了德国在波兰总督府时期186卷影像记录，还观看了当时德国在波兰总督府地区放映的反犹短片《濒危的人类》。利用掌握的视频材料，他们剪辑了一版德占傍晚波兰的纪录片，该片还原了彼时克拉科夫街头的暴乱，警方在乡野间的烧杀抢掠以及强征农业税的暴行。6月23日该影片在开庭同时于克拉科夫晨光影院放映。

审判持续了将近一个月之久。7月10日，国家最高法院审判长阿尔弗雷德·艾默尔判处布勒死刑。他的妻子和慕尼黑主教迈克尔·冯·福尔哈伯红衣主教都为他请求豁免，但是索求无果。他于8月21日浅夜被执行绞刑。最终他的遗体从蒙特皮赫监狱被送去了雅盖隆大学解剖学系。

《国家最高法院前的希特勒战犯》一书的作者们用这样的话作为布勒的结语："他并不是像希姆莱或者是赫斯这样直接将上千，甚至上百万条生命付之一炬的杀手。布勒……他是个懦夫，一个投机者，一个

第九章 布勒

甚至对纳粹主义的信条不屑一顾，但却因为深谙为官之道而内化它，将它贯彻落实的人。如果没有像他一样的棋子，希特勒、希姆莱和弗朗克就是软弱无力的摆设……没有这样的布勒们，希特勒针对波兰的灭绝计划便是纸上谈兵。"[19]

1948年9月14日和15日，塞恩终于开始对布格斯多夫进行提审。和布勒一样，布格斯多夫也是一名法律博士，但是比塞恩年长了一代，他出生于1886年，有两个已经成年的孩子。他自称是一个非常虔诚的福音教徒。书记员克里斯蒂娜·申曼斯卡在数年后确认说："冯·布格斯多夫确实是一个非常虔诚的人，他给妻子写的每一封信都是引用圣经开篇的。"[20]

这位前克拉科夫总督在塞恩面前辩解说自己并不是纳粹分子，他在1933年春天加入纳粹党仅仅是因为"他们当时在裁减和调查非党员身份的政府官员"[21]。而关于他冲锋队队员这一身份他解释说：他作为该组织高级官员不能"穿日常的便服"出现。除此之外，这一身份对他的工作并没有什么作用和影响："我在自己的职权范围内致力于保护每一个人，无论他的种族、出身和政治属性。"在他的职业生涯中，还有外派去萨克森和奥地利（从属于德国后）的经历，之后又被调任去德国的保护国：捷克和摩拉维亚，最后才来到了德占波兰。并于1943年11月被正式任命为克拉科夫地区总督，不久后他开始着手领导地方纳粹党。

133

他将自己和一众亲信描绘成知书达理的谦谦君子："我们不过是身在其位。波兰民族人才辈出，为世界贡献过肖邦、玛丽·居里等伟人，因此它应该和其他欧洲民族一样被平等对待……"[22]他并不否认知悉大规模抓捕和处决，但却辩解说自己与那些作恶的人没有任何关系，他对此也无能为力。此外，他对参与屠杀一事拒不承认，还提及自己曾多次出面保护波兰人和犹太人。

证人证言和收集的文件都能够佐证他的说辞。塞恩认为：布格斯多夫在其任职克拉科夫总督期间确实从中斡旋，成功地从盖世太保手中解救出克拉科夫商会员工里莱昂珀德·维德明斯基，还为因持械和支持游击队被判处死刑的亚当、斯蒂芬和扬·莫彻科夫斯基挺身而出。在他的努力下，三人逃过了绞刑架，被送往弗洛森比格集中营。且除了亚当·莫彻科夫斯基，另外两人都活到了战后。布勒在8月12日，也就是他死期将至之际，因前克拉科夫总督一案被再次提审，他将布格斯多夫对待波兰人的态度形容为"一贯正面"[23]。检方称："此案调查过程中收集的证据都对布格斯多夫十分有利，尤其在其他对波兰民族明显怀着仇视态度的希特勒政府官员的映衬下。"[24]

1948年12月6日，克拉科夫地方法院以战时在波兰非法逮捕判处布格斯多夫三年有期徒刑。但这位前总督不久后就重获自由，回到了德国。

那布勒真的就不值得这样仁慈的对待吗？关于这一话题的讨论在

第九章　布勒

1948年持续活跃。7月25日，为数不多不受当局管控的天主教杂志之一《普世周刊》刊登了一篇艾乌甘尼亚·寇茨卡题为《无名之恶》的文章。作者曾是瑞文斯布克集中营的女囚，克拉科夫审判的书记员（同时也是后来鲁道夫·赫斯狱中自白书的译者），她提出了一个观点：在塞恩收集的所有物证中，关于布勒个人的证据其实是"相对较少"的。她写道，这位所谓波兰总督府的前领导人"完全是死于弗朗克、党卫队和秘密警察罪恶半径的阴影之下"。寇茨卡认为，他"罄竹难书之罪，被判死刑也无可厚非"，但他毕竟也曾反对过当街搜捕，反对过暴力驱赶扎莫希奇地区民众，反对过使用集体责任法。[25]波兰纽伦堡代表团成员斯坦尼斯瓦夫·皮欧特洛夫斯基对这些观点进行了驳斥。他表示："光凭（弗朗克日记）第一册就可以草拟布勒的公诉书，将约瑟夫·布勒'首相'送上绞刑架……"[26]他举例说：日记中记录了他作为德国政要参与AB行动，并伪饰1943年10月2日事件，称此前波兰民众因不满波兰总督府"重建工作策划了暗杀行动"，该事件是总督府对此进行的"自卫反击"。波兰总督府也正是以此为由，进行了数次当街处刑。

担任克拉科夫审判公诉人之一的耶什·萨维茨基检察官对皮欧特洛夫斯基的观点表示赞同。在他与米耶彻斯瓦夫·潘派尔的私人谈话中他也曾提到："仅凭布勒在万湖会议上屠杀250万波兰总督府犹太人的提议，也足够将他量为死刑。"还有这样一种观点：认为如果弗朗克和布勒一同接受审判的话，前者毫无悬念会被判处死刑，但后者"极有可能只被判处10～15年有期徒刑。但是波兰需要他的死作为清算纳粹德国占领波兰那些悲惨岁月的象征"。

可以肯定的是，那些布勒案调查中收集的大部头至今都是研究德国占领时期政策的重要参考。在浏览波兰人民共和国档案时，联邦德国历史学家汉斯·冯·克兰哈尔斯评价说：塞恩整理的资料是他在波兰看过的"最坚实可靠，难出其右"[28]的审判卷宗。

布勒的审判是在波兰国家最高法院举行的最后一场审判。1948年10月，塞恩开始了自己好几年都没有休过的假期。但这个假期不久后便又猝不及防地结束了。这次的被告是国务卿恩斯特·布普尔，也就是弗朗克和布勒之后，波兰总督府的三把手。塞恩首先向证人进行了取证，后来又在1949年1月20日至22日先后三次在自己的办公室里提审被告。

布普尔，1887年生人，他自称是一个信仰新教的公务员，"一个已经退伍的上尉"[29]，同时也是一个先后在巴黎、伦敦和牛津深造的哲学博士，但对于他在1919年便是纳粹党前身，德国工人党（DAP）创始人一事却绝口不提。

自然他也对自己在1923年支持阿道夫·希特勒组织暗杀未遂一事三缄其口。他还辩解说他之所以出版过那些反犹书籍，纯粹只是因为自己是德国人民出版社（Deutscher Volksverlag）的老板，而且"那些书籍具有教育意义，语气客观中立"，他自认为也绝对算不上是"极端反犹分子"，他只是不喜欢世人"在法律上和医疗等领域"对犹太民族形象

第九章 布勒

的过度美化罢了。

他声称自己无论在党内或是党卫队都没有任何职务，没有得到过哪怕一枚"荣誉徽章"。但当塞恩对他出示收集的文件时，他才不得不承认自己曾经获得过"党内的荣誉金章、党卫队全国领袖荣誉奖章和党卫队骷髅戒指"。他同时也承认自己会在希特勒演讲前通读一遍他的讲稿，而仅片刻之前他还声称自己在20世纪20年代中期对希特勒的讲稿根本不置一词。

塞恩很显然对于1941年9月也就是布普尔在波兰总督府供职之后的事情更感兴趣。被告将德占波兰发生的恐怖罪行都归咎于弗里德里希·威廉·克鲁格，说他是"波兰总督府邪恶的灵魂"。他保证自己早在"欧洲民族共同体中"为波兰预留了位置。关于"东方总计划"，他申明："我对于毁灭波兰民族。以及在德国战胜后将波兰人民驱逐去西伯利亚这些计划一无所知。"[30]他否认自己"对波兰民族持有仇视态度，也否认自己造成了波兰民族的损失"，并声称自己从来没有"颁布过具有政治性质的决议"。他还称直到战后他才知道原来特雷布林卡"是类似集中营的存在"；无独有偶，关于玛伊达克集中营他也是在德国从卢布林撤军之后才有所耳闻。他说自己和侵占波兰艺术品这件事情没有半点牵连，而从波兰向德国输送劳动力一事则主要是"基于自愿报名的原则"[31]他还称自己在波兰总督府任职期间没有中饱私囊，并总结道："我不觉得自己有罪，我在波兰总督府时期所做的一切既符合德国法律法规，也没有违反国际法。"

　　检方对此不以为然，仍以反和平罪、反人类罪和战争罪对他提起了公诉。布普尔被判处了最重的刑罚，并于1950年12月15日执行绞刑。然而这还不是塞恩经手的最后一例死刑案。

第十章　毛雷尔

这天，在克拉科夫国营工厂里响起了电话铃声。如今担任会计部主任的米耶斯瓦夫·潘派尔拿起了听筒，对面是扬·塞恩熟悉的声音，不久前他刚从预审法官晋升为上诉法院副检察长。这位"习惯开门见山"[1]的律师直接开口问他对格哈德·毛雷尔这个名字有没有印象。潘派尔回答说："如雷贯耳。"当天他前往塞恩的办公室，努力搜索记忆中毛雷尔写给普舒瓦夫集中营指挥官阿曼·格特信中的签名，并尝试模仿。这位集中营幸存者说："塞恩十分宽慰，因为他终于遇到了一个认识毛雷尔，并可以作为其战争罪行见证者出庭的证人了。"

那是1950年年初，潘派尔之前提供的证词已经成功将格特送上了断头台。如今他因为另一桩案件被再次取证。这位出生于一户被同化犹太人家的幸存者数年后回忆道："毛雷尔属于那批怀着无出其右的热情和令人惊叹的效率追踪抓捕犹太人的党卫军。"而塞恩对毛雷尔进行的受害者身份问讯却意外引出其另一番言论：毛雷尔将阿道夫·希特勒政权比作资本寡头的工具，以此贬低工业巨头，丑化以美国和联邦德国为首的西方世界。

其中一张照片照得不清楚，另一张有一些破损，两张照片中格哈德·毛雷尔都穿着纳粹亲卫队的黑色军装。那套军装对应的是党卫队旗队领袖级别，相当于军队里的上校军衔。在一张黑白照中毛雷尔佩戴流苏肩章，另一张里他头戴饰有雄鹰和骷髅的军帽。他脸上春风得意的神色足以说明这两张相片都拍摄于纳粹德国的全盛时期。

对于毛雷尔来说第一次沉重的打击发生在1944年8月，当时他的妻子和三个孩子住在布痕瓦尔德集中营附近，四人在美军的一次空袭中不幸同时遇难；第二次就是1945年春天德国战败，从那之后毛雷尔化名为保罗·维泽四处逃难；第三次打击即是1947年3月他被美军抓获；第四次自然就是1948年1月他被引渡去波兰。

这位曾经的党卫军起先被运往莫科托夫斯基监狱，并在那里接受了短暂的提审。但华沙地方法院检察官并没有成功取证，案情直到他被押解至克拉科夫之后才有了实质性进展。

进展的基础就是潘派尔称在普舒瓦夫集中营亲眼见过毛雷尔的信件，他确信记得毛雷尔的签名，甚至记得他与格特的会面。他接受了亨利克·嘎瓦斯基的取证，详细描述了奥斯瓦尔德·波尔领导的党卫队经济行政本部的内部结构，被告毛雷尔就在其中负责监督

第十章 毛雷尔

集中营工作的D局供职。潘派尔说："众所周知，D小队的基调就是毛雷尔定下的，自然，其指令也多半体现了他的个人意志。"证人证言反映，毛雷尔负责给囚犯定罪；在文件里亲手写下判决；还负责将囚犯从一个集中营送往另一个集中营，而这不过就是死亡的另一种说法，很多囚犯甚至会直接死在转运的路上。1944年春天，他批准在奥斯维辛处决一批"没有产出或者工作不尽人意的"普舒瓦夫集中营囚犯，以便为一批从匈牙利运来的犹太人腾出位置，而这次的处决用的是口径最大的枪。

毛雷尔从1949年8月开始就被关押在克拉科夫蒙特皮赫街监狱，但他拒不认罪。他于监狱牢房里写就的声明中称："我不曾伤害过任何一个人。"[3]并坚持称自己仅为德国境内的集中营负责，所以这样类似普舒瓦夫集中营的事件与他根本没有任何关系。他同时还对波兰法院在此案中的审判权提出了质疑，因为据他所言：他从不曾在波兰境内活动，也不曾与波兰公民有过任何交集。但与此同时，他又声称自己曾经帮助囚犯重获自由，而其中就不乏波兰人。

塞恩对被告的答辩无动于衷。他在1950年10月5日的笔记中写道：被告"主导了所有集中营内的暴力和强制劳作"，"他用囚犯们的工作成果与德国工业企业家进行交易，特别是大型集团、垄断企业和资本公司，他们从党卫队那里获得自己所需的劳动力。而毛雷尔对这些囚犯工作强度根据毛雷尔的要求是：需要使他们精疲力竭以实现大规模的死亡[4]"。

毛雷尔与威廉·布格的同庭审判吸引了人们的注意。后者作为D4小队队长，在经济行政本部负责采买集中营囚犯的服装、食物和住宿。与阿曼·格特、鲁道夫·赫斯案或奥斯维辛审判相比，这次的审判采用了典型的党卫军审判流程。1950年秋天的局势与预判不尽相同。世界上两个敌对阵营的楚河汉界正在逐步深化。朝鲜战争仍在持续，其中苏联和他的盟军支持共产主义朝鲜，而美军则护卫韩国。在德国，占领区已经撤去，出现了贸易自由的联邦德国，其领土上有美、英、法三方驻军，而以易北河为界以东，则是苏联麾下的民主德国。华沙自然在冷战的任何一条前线都会无条件支持苏联，而德国战犯的审判也成了与资本主义比拼的一个战场。

毛雷尔较之布格在舆论上更易引起关注。塞恩出于这层考虑，并不想将两个案件捆绑在一起，他的笔记也可以佐证这一想法："将毛雷尔的行为和以德国上流社会精英、德国工业与银行业巨头为代表的委托人行为捆绑起来，可以将注意力引导到阶级问题上来。"而数百万于1932年至1933年投身纳粹党，后来又因纳粹德国的战争政策获利的德国人恰恰是用这样的思路逃脱了他们应承担的罪责。塞恩认为，"希特勒的屠杀计划"之所以能够顺利实施，"正是因为德国社会都被克虏伯们把控了"，这些工业巨头利用阿道夫·希特勒、赫尔曼·戈林和海因里

第十章 毛雷尔

希·希姆莱"来'焖熄'[①]工人阶级伸张正义维护自身权益的怒火，同时挑起争夺新型金融市场、零售市场和强制劳动力大军的战争"。如果从这个解读看，第二次世界大战就并非完全出于希特勒本人的意愿，而更多是出于"洞悉了世界主义和帝国主义的资本家们操控世界的欲望"。塞恩写道：在战败之后，那些资本家们在联邦德国"安然无恙，屹立不倒"，"潜心搭建新希特勒主义的地基和新型战争的温床"。美国确实在纽伦堡举行了声势浩大的企业家审判，其中就有像弗里克、克虏伯和法本这样的工业巨头，但是美国的做法仅仅是为了"解决垄断企业竞争导致的内部恩怨，此外美国也想借着审判的外壳为自己争取其专利的使用授权"。

克拉科夫律师塞恩建议在毛雷尔审判中，"所有出庭者，包括被告和其辩护律师都必须是国际帝国主义企业的反对者"。同时他还建议提及二战前"苏联和纳粹"之间的斗争以及战后莫斯科关于"德国民主化"的尝试。这些设想都清晰地体现了当时的政治基调。总之塞恩就是希望，这些收集的物证能够"经得起政治审查，并有利于现阶段的政治局势"。

如今这样的话必会引起任何一个检察官的激愤，但塞恩在早前

[①] 即直接隔绝氧气阻隔火源，此处用于形容扑灭怒火。——译者注

和1956年之后留下的笔记却没有引起任何反响。是什么分散了这种关注呢？

起初，当局对他相当慷慨。1945年政府直接给他分配了位于克拉科夫彻斯塔街1号近90平的住宅，步行几分钟就能到普兰特公园，去老城中心集市也远不了几分钟。宽敞的四个房间住下塞恩两口子、丈母娘和侄子绰绰有余。作为德国罪行研究委员会克拉科夫分会主席，后来任司法鉴定所所长的塞恩收入可观，他也觉得自己深受当局的器重赏识。1946年7月，塞恩荣获了银十字勋章，两年以后他又将金十字勋章收入囊中。

在这一阶段，当局并没有向塞恩索要回报。因为新政权亟须塞恩这样经验丰富又愿意承认和支持他们的人才。1945年7月，塞恩还向"欣欣向荣的波兰共和国"宣誓成为战前3月宪法的守护者，并且愿意"鞠躬尽瘁守卫民主波兰的国家自由、独立和富强"。他的总结中还写道[5]：公平是需要"没有偏私"地去衡量的。当时还属于"人民政权"建立的过渡阶段，哪怕几年后波兰国家最高法院德国战犯审判的法官席上还立着十字架。

但是时势变迁。下议院立法机构的无效选举充分说明波兰当局一旦大权在握，根本就不打算再拱手让人。"凡不反对者皆为友党"原则已经失效。执政者志得意满，要求民众更死心塌地的追随。此时那些身居高位的无党派人士便首当其冲成了众矢之的。但塞恩并

第十章 毛雷尔

没有加入共产党，1947年2月24日，也就是无效选举两个月之后，他加入了汇聚众多知识分子和手工艺者的民主党[6]。当时它已经不是一个独立组织了，而是波兰工人党下属团组织，1949年春天，塞恩当选民主党省委代表[7]，不久后的评选结果显示，他已经成为民主党省委党内法院成员[8]。说到他的社会政治活动，还需提到他也曾是波苏友好同盟（成立于1949年）[9]和克拉科夫军人家庭友好联盟的成员，后者活跃于1947年至1949年，其规定中写道："该组织是人民军下属社会组织，旨在为军人及其家属提供道德、智力以及物质帮助。"[10]该组织副主席之一是人民军指挥官弗朗切什克·科显莎彻克上校，他曾参加抗击解放游击队的战役。塞恩则是该组织荣誉法庭的成员，该部门旨在"解决组织内部成员矛盾，以及向为组织做出贡献的成员颁发荣誉"。

20世纪四五十年代，即便在战前仅有实习经验的律师在这个时期都会惴惴不安，更何况是拥有民主党党员、波苏友好同盟会会员和军人家庭友好联盟成员这样多重隐患身份的塞恩。塞恩眼看着自己的同僚朋友一个个丢了官，甚至如国家最高法院检察官米耶彻斯瓦夫·谢韦勒斯基那样锒铛入狱。他只能指望当局记得自己曾经做出的贡献，恳求明察自己与家人在占领时期的一切行为。因此在审理毛雷尔一案时，塞恩其实顶着巨大的压力。

与塞恩一起提审毛雷尔之前，副检察长扬·布兰德斯已经结束了调查工作。1951年上半叶他们与毛雷尔进行了八次会面，分别在1月、4月和5月。他们使被告知悉自己面临的指控并告知他可以行使保持沉默的权力。但是被告下定决心要开口。

毛雷尔，1907年生人，是个"书商兼编辑"[11]，他自称是"无儿无女的鳏夫"，生平从未违法乱纪。关于自己的青年时代他以三言两语掠过，马上又将话题转移到他在狱中写就的自传。他在20世纪30年代初加入了纳粹党，他说这么做纯粹是因为受到了"该党关于清零失业率宣传的蛊惑"。他声称并不了解纳粹党的计划，也不参与制定政策，他党员的身份仅仅体现在缴纳党费而已。而大家心知肚明，这不过是纳粹分子惯用的辩词。毛雷尔几乎也是在同一时间加入了党卫队，并在希特勒执政之后被授予正式官职。其间他从事过各种经营管理类的职务，和党卫队创办的企业建立了紧密的联系，其中主要有：德国煤矿（DEST）和德国军工（DAW）。1942年春天，他被调任前往新成立的经济行政本部，且被任命为以理查德·格吕斯克为领导的D局2小队队长。这个组织的总部位于柏林辖区的奥拉宁堡，负责审查和监督集中营工作，而D2小队则专门负责招聘集中营囚犯。

毛雷尔承认说："这些工业企业对作为劳动力的囚犯需求量非常的大。"他举了法本化工和亨克尔的例子，但实际上这样的公司数不胜

第十章 毛雷尔

数。这些企业一天支付几帝国马克①给囚犯,即便是这样他们也能赚个盆满钵满,因此,在集中营周边出现了许多的企业。一开始指挥官们觉得情况不妙,觉得这对于囚犯来说简直就是假期,他们不仅在企业的待遇十分优渥,还总对自己的领导说起集中营里的见闻。后来企业又投诉说那些指挥官总是将老弱病残的囚犯送来企业工作,而吝啬给予他们真正的内行人。毛雷尔得知后试图改变这种现状。他将所有的指挥官都提拔为集中营下属企业的负责人,这样一来企业的兴衰成败就与他们的利益休戚相关了。同时他还创立了以产出数量和质量为标准的员工竞争机制,工作表现突出的囚犯可以获得集中营商店的购物券,以购得聊胜于无的食物。

鲁道夫·赫斯在监狱牢房中写道:"毛雷尔常常为了囚犯的利益挺身而出。"[12]但这位前奥斯维辛指挥官却认为,他这么做是为了实现中心任务,即"用劳动力换取武器。而在这一点上他绝不接受妥协和任何条件"。而且这位 D 2 小队队长自然希望人满为患的集中营里尽可能多的犹太人都能够被雇用,哪怕只是去短期劳动。当然这也导致集中营本就居高不下的死亡率一路攀升。

被告肯定对此了如指掌,因为他时常巡视集中营和其周边的企

---

① 又名国家马克。为德国自 1924 年至 1948 年流通的货币。

业，比如法本化工在奥斯维辛附近的莫挪威次厂房。但在接受塞恩和布兰迪斯提审的时候他却一口咬定说并没有人向他反馈过集中营囚犯的饮食、疾病和死亡情况。而这与纳粹医生弗里德里希·恩特雷斯在战后向塞恩提供的证词完全相悖。

据毛雷尔所说，党卫队经济行政本部"尽力周全，防止囚犯过劳猝死。那些因身体状况欠佳从工作一线撤下来的囚犯在被医生治愈后会酌情分配更轻松一些的工作"。[13]但事实上在他们经历了筛选后，其中的一部分会被直接送去毒气室。而这位党卫军却辩解说："'筛选'这个词我根本就不知道，这是我第一次听到它。我在任期内对于奥斯维辛设有大规模屠杀人类的毒气室毫不知情……我也确实对在莫挪威次化工企业雇用的囚犯中进行筛选，并且将不符合工作标准的囚犯送去布什辛卡毒气室谋杀的细节不甚了解。"

他承认说，战后他才如梦初醒。如今，在他对这些事情有了进一步的了解之后，他深觉那些出售齐克隆B毒气罐用于人类屠杀，并且利用这些未来的受害者去建造毒气室和焚尸炉的私营企业简直是"丧心病狂"[14]。他声称自己在得知匈牙利犹太人屠杀之后并没有起疑，而是再往那边的公司输送了几批囚犯，"希望他们能以这种方式逃离赫斯的魔爪"。但同时他自己又承认，在战时大规模屠杀犹太人对他来说并不是秘密。

他声称对于各个集中营和工作小队的囚犯死亡情况并不清楚，但

第十章 毛雷尔

是这一辩词与塞恩和布兰迪斯掌握的文件记载情况不相符,该文件显示:当毛雷尔得知萨克森豪森集中营中的钟表工坊中25个工人已经死了一半时,是他下令找人把空缺补上的。

到了1944年年底,被雇用囚犯的人数总计高达400 000～500 000人。他承认这其中还包括德国人、法国人、波兰人、苏联人和荷兰人。他还说他不了解1907年的"海牙公约",并试图辩解:"我之前和现在都不知道,原来"海牙公约"里规定在涉及军工材料生产时禁止雇用敌对国公民……"[15]

他委婉地承认:"我知道这些囚犯都不是自愿前往集中营的。"但是他却又称从未听说过当街逮捕,以及囚犯被雇用公司主管和人事殴打虐待之类的事情。

而关于医学实验一事他也是到了战后才知悉。但在塞恩和布兰迪斯向他出示书面证据,证实他知晓他们将囚犯送去"实验牢房"[16]时,他辩解说他以为这些囚犯是前往协助动物实验的,他不知道如何解释,但当时他凭借自己的经验预见了这些实验需要护士的参与。他认为人体实验也同样是"丧心病狂"的。他承认自己有可能签署过党卫队提供的一份囚犯名单,上面的囚犯是奥斯维辛为满足斯特拉斯堡教授奥古斯特·希尔特(希望获取囚犯头骨的学者)研究杀害的。但是他声称,这属于"技术性问题"[17],他当时也不知道具体细节。如今他才觉得这一切"令人心惊":"我为加入了这个组织而感到无比后悔,这里充满了无所不用其极的杀人凶手。而如今那些暴徒受美国庇护,逍遥法外,当真是世风日下,令人唏嘘。"

毛雷尔的证词读起来并不像是为自己开脱之词,更像是在作为人证控诉德国工业巨鳄和袒护他们的美国人。他回忆道:"据我所知,其实大部分雇用集中营囚犯的劳工营都是在那些企业的授意下设立的,其中就包括亨克尔、梅塞施密特、HASAG(雨果·阿弗烈·施耐德有限公司)、宝马(巴伐利亚引擎制造股份有限公司)、勇克斯、赫尔曼·戈林国家工厂、克虏伯、法本化工,还有一些公司我已经不记得了。"[18]在之后的一次提审中他又提到了以下几个雇用集中营囚犯的企业,分别是:大众、西门子以及戴姆勒—奔驰。

毛雷尔描述了"帝国主义时代资本主义的贪婪和嗜血"[19],控诉了"统治者打着法本化工这类企业的旗号烧杀抢掠的非人行径"。他同意德国共产党领袖沃尔特·乌尔布里奇特的观点,认为他们以这些辐射全球的集团利益为名,暗地里却对全人类行前无古人之暴行。最终他得出了结论,认为真正"统治纳粹德国"[20]的其实是像法本这样的大型集团。从这个视角出发,德意志民族,甚至像毛雷尔这样的党卫军们倒成了这些工业巨头手下无知的羔羊了。

被告一再强调,如今法本化工的人"受美国包庇不仅逍遥法外,还官复原职"。不仅只有他们,他还提到了负责监督V-2火箭生产的乔治·瑞奇,当时火箭生产也同样雇用了集中营囚犯。毛雷尔称:"而在

第十章 毛雷尔

德国完成了资本主义化后,美国人将瑞奇和其他技术人员一起带往美国从事 V 射弹的开发,"[21]他还补充说,"我从美国杂志上得知 V–2 的开发者(韦恩赫尔)·冯·布劳恩教授现下也在美国。"而且他还是美国宇宙计划的联合发起人。其实在战后,苏联也参与了德国学者的抢夺,但这在当时的波兰属于禁忌话题。

在几次提审的间隙毛雷尔手写了补充说明。他再次控诉了一手遮天的资本,并强调自己由于对屠杀事件的无知和不具备决策权力始终被蒙在鼓里。他同时也历数了自己为改善囚犯的处境做出的努力。但是与他的罪行相比,这些善意不过杯水车薪。1951年12月6日,位于克拉科夫的小波兰省法院判处毛雷尔死刑,并于1953年4月2日执行。

1955年,塞恩用当时的腔调写道:"希特勒和他的棕发军团都已自食恶果,但是德国工业和金融寡头们却从这场翻天覆地的风暴中全身而退,不仅没有分崩离析,还找到了新的靠山……(但不论如何)那个将利用战争积累巨额财富的资本主义团体利益作为借口,滥杀无辜的日子已经一去不复返了。[22]"

1956年3月博莱斯瓦夫·庇厄鲁特逝世后,波兰在政治上迎来了小范围的解冻时期。塞恩已经不需要继续追踪帝国的阴谋诡计了。他甚至被允许前往西德了。但在他的职业生涯中从来没有更改过针对毛雷尔的调查结果。

第十一章 教授

　　大约正午时分，克拉科夫哥白尼街上的圣拉撒路国立医院供氧室发生了火灾。两名年轻医生耶什·欧莎茨基和茨别格涅夫·希奇斯瓦夫斯基当场遇难。两个小时后他们的同事，三人中工作经验最丰富的扬·奥雷姆斯也不幸去世。灾难发生后警察们，以及副检察长爱德华·潘哈尔斯基和30岁的预审法官扬·塞恩前往医院调查此事。那是1939年4月26日。

　　塞恩回忆说："我当时作为新晋法官助理被指派做一些调查阶段的司法工作，然后负责庭前调查。"[1]塞恩律师很快意识到，如果要将此案的"前因、过程、结果和最终灾难性后果的肇事者之间的关系都解释清楚，需要掌握以下几个方面的专业知识：机械科学、电子技术、火灾科学、燃气科学、法医学以及医疗化学"。塞恩自知并不具备这些素质，但他因为没有法医科学的学习背景，一时也不知道应该要向谁求教。即便如此，凭借着"案发现场的设备类型"他也锁定了调查方向。包括后

第十一章 教授

来和塞恩紧密合作的化学家扬·辛格蒙特·罗布尔在内的众人都一致推翻了之前所有的假设,认为火灾的原因就是"用明火点烟"[2]。证人证言也佐证了这一观点,据他们说曾见过奥雷姆斯和欧莎茨基轻率地在供氧室抽烟,并且在火灾现场也发现了"香烟滤嘴的残留"[3]。

很多年后克拉科夫司法鉴定所里塞恩的继任者扬·马尔凯维奇表示:"这场意外对塞恩的职业生涯影响深远。"[4]塞恩自己也表示:"从那之后我开始自学法医科学,了解它的作用和方法,除此之外还一并研习了法医学、毒理学、痕迹学等知识在犯罪调查实践中的使用范围和方法。"[5]对法医科学的兴趣在他战后针对德国罪行的调查中颇有助益。最后他也因为法医科学领域的过人成就被授予教授职称。

塞恩的下属,为司法鉴定所著书的达努塔·卢舍茨卡和塔杜什·波勒科夫斯基这样描写塞恩:"法医科学研究是他毕生的热情。"[6]他也以法医科学领域专家的职业态度对待着从1945年春天开始的奥斯维辛案相关调查。被标记(德语:Interessengebiet,即感兴趣的领域)划分出来的前集中营营地对于塞恩来说就是罪恶的泥沼。这里补充一下,这片土地面积共计40平方公里,这还不包括大片秋收之后闲置的田地。奥斯维辛案的调查流程和一般的犯罪调查并没有什么不同。需要进行现场调查取证,获取证人证言,对案情进度进行通报,保护罪证。集中营内,包括灭绝毒气室遗址在内的设施与作案工具无异。塞恩确信:"在任何一桩犯罪中,凶手都不可能不留下任何痕迹。"[7]这一普适原则也同样适用于奥斯维辛,最后也确实得到了令人宽慰的调查结果。

克拉科夫法官塞恩还将在为期数月的调查中收集的海量资料作为历史文献进行出版。早在1946年,波兰德国罪行研究委员会期刊就刊登了塞恩题为《集中营和奥斯维辛大屠杀》的近70页长文[8]。

奥斯维辛-比克瑙国家博物馆员工雅采克·拉罕德罗博士评价说:"当时除了幸存者撰写的记叙性书籍和文章外,没有多少像塞恩这样以奥斯维辛集中营为题的专著。"[9]

塞恩的文章被列为与菲利浦·弗雷德曼的《奥斯维辛!》(1945年)、路德维克·拉耶夫斯基的《党卫队国家安全部体制下的奥斯维辛》(1946年)齐名的先驱作品。

针对塞恩作品的第一篇评价就十分正面。塔杜什·侯乌伊认为塞恩的文章在这类先驱作品中是无出其右的好,他用"事实说话,客观地体现了主题,并且全面弱化了主观、道德视角"。而出版商亨利克·科勒汀斯基却形容塞恩的这篇随笔不过是"形式主义",并且"对某些问题闭口不谈"。但事实恰恰与科勒汀斯基的观感相反,塞恩对奥斯维辛问题的探讨可以说十分全面。

拉罕德洛细数道:"他描述了包括营地的源起、位置、组织和扩建。他介绍了其作为犹太人屠杀中心和集中营的功能性,以及在其中滥用囚犯劳动力的事实。他用语言还原了苏联战俘在其中的遭遇,以及在营中的生存环境,无尽的饥饿,在囚犯身上进行的医学实验,刑罚和处

第十一章 教授

决，毒气室和焚尸炉的使用以及如何毁尸灭迹。"

在阅读党卫队行政部原始资料的时候，克拉科夫律师塞恩更加确信："在（Sonderbehandlung）'特殊措施'（Sondermassnahme）'特别行动'（sonderaktion）这些代号之下，隐藏着德国统治者对几百万人的无情屠戮。"他同意克拉科夫矿业大学教授罗曼·达维多夫斯基的计算，认为"奥斯维辛的死难者人数极有可能在500万左右"[13]。而我们如今都知道，这一数字比事实高出了几倍。关于不细分死难者国籍这件事情当代的读者可能会觉得困惑。对此塞恩补充说，其实奥斯维辛中"数量最庞大的群体是波兰公民，也就是波兰人和犹太人，然后是俄罗斯人，南斯拉夫人和法国人，总的来说除了波兰人以外，大部分其他国籍的囚犯都有犹太血统"[14]。如今位于奥斯维辛的奥斯维辛—比克瑙国家博物馆这样介绍奥斯维辛集中营：集中营于1940年针对波兰囚犯而建，但德国人在1942年将奥斯维辛加入了大规模灭绝犹太人的计划中，而波兰就是"犹太人最多的一个国家"，仅波兰一国的犹太人就可以大大地增加受害者的数量，其中大多数犹太人是直接通过铁轨被送往了毒气室[15]。需要告诉塞恩的是：他们提到的这些被运送往集中营"立即屠杀的犹太人数量高达数十万"[16]。而塞恩当时在文章中大篇幅描写的其实是大约40万登记囚犯的命运，也就是那些被集中营登记在册，分配工作的囚犯。塞恩写道："囚犯的一天从4:30被闹钟叫醒开始，而结束时间根据工作地距离不同而有异，有的时候甚至会工作到深夜……晚上，这些囚犯从营地各处回到这里，鲜血淋淋、身心俱疲，用担架抬着、背上背着又或者用推车推着同伴的身体。而这由行尸走肉和真正的尸体编成的队列奏响了……集中营的交响曲。"凭着这样平直具体的描述，哪怕从未涉足奥斯维辛的人也能对那噩梦般的生活有些许体会。除此之外，塞恩还将其中一些囚犯的个人经历和客观史实相结合，希望能够触动到"尽可能多的读者"[17]。他很少长篇大论，而是善用画像、照片和表格来增强文章的可读性。

期刊和书籍两个版本后来都被"翻译成多国语言，包括英语、俄语、法语、捷克语、德语、塞尔维亚－克罗地亚语甚至印度尼西亚语"[18]。尽管如此，第二次世界大战之后，欧洲的分化很大程度上阻碍了该作品在西方读者群体中形成普遍的影响力。德国大屠杀学者西比尔·斯坦巴赫解释道：在西方，那些铁幕背后的出版物，"包括这位克拉科夫律师扬·塞恩的作品"都没有被给予充分的重视。[19]

塞恩其他描写二战时期的著作，包括关于华沙犹太人隔离区大清洗、东方总计划、纳粹国家秘密警察和波兰总督府的一系列作品命运也大同小异。米哈乌·帕特卡诺夫斯基评价说，塞恩在这些作品中"运用了历史学家的方法论：用丰富的一手史料文件来佐证自己的观点……其中大部分都是德文原件和来自欧洲各地证人证言的笔录"[20]。历史学并不在塞恩的专业范畴之内，但他却将其与人文主义的哲思进行了深刻的结合。塞恩引用了希波克拉底的诗词来为关于集

第十一章 教授

中营药物实验的文章开篇。后文佐证时又写到"纳粹医生,特别是党卫队医生无视了先贤们早在古时就确立的原则,即人类是万事万物的尺度,人类的所作所为本须要以人类利益至上为原则"。[21]他提到筛选病弱囚犯并"用毒气和射击"将其屠杀灭绝的事实时不禁疑惑:"纳粹德国时期,在晚年陷入无尽癫狂直至生命终结的弗莱德瑞克·尼采是否也是因为遭遇了这样的事情呢?"[22]

德国罪行研究委员会克拉科夫分会收集的材料中,只有一部分出于科教和出版目的被塞恩公开。后来塞恩自我批评道:"之所以没有出版余下这些成果主要是因为我没有时间,同时我也不认为这些文章已经成熟到可以出版的地步,我总是不断地去润色补充,还时常把已经完成的作品一改再改,最后还是觉得不尽如人意。"[23]如今,这上百卷"塞恩在工作时间以外焚膏继晷写就的"[24]卷宗已经对其他学者和记者开放了。帕特卡诺夫斯基感慨道:"试问在波兰还有第二个能如塞恩一样能者多劳,为纳粹罪行研究贡献了如此体量的德占时期历史物证不说,还精益求精到如此程度的人吗?"

塞恩在1945年至1953年任克拉科夫分会主席,同时还身兼数职。1948年10月他在奥斯维辛国家博物馆开馆一年多后荣升文献部部长。该部门员工整理完善了集中营营地内搜集的资料和德国战争罪行研究波兰军事使团从威斯巴登和纽伦堡发回的文件。

雅采克·拉罕德洛解释说:"是当时收集并系统性完善的第一手

资料使得20世纪50年代后期关于奥斯维辛集中营的历史研究得以有序展开。"

塞恩只在文献部待了两年，但之后他与奥斯维辛国家博物馆的联系依旧千丝万缕。

拉罕德洛说："他后来成了历史委员会主席，还积极参与委员会筹办的博物馆展览工作，但1947年仅开放了部分展厅。"

奥斯维辛博物馆的工作人员现如今都还留着委员会当时的会议纪要，我们从中可以读到："塞恩法官认为在设计博物馆展览的时候，我们应无条件优先考虑'消费者'，在这里也就是观众们。我们难道没有办法让观众们在短时间内看到一切吗？"[25]

塞恩的题为《目视检查》的博士论文与奥斯维辛并没有什么联系。这不过是一篇在帕特卡诺夫斯基看来关于"刑事诉讼程序和法医科学边界"的百页文章。这篇文章的主题是在作案、自杀或是意外现场法医科学的目视检查。克拉科夫法官塞恩的参考文献来源高达382个，其中很多都是德语原文。在列表中我们也找到了《关于辩证和历史唯物主义》以及《马克思主义理论导论》。但塞恩同时也引用了德国医生格哈德·布赫茨和费伦茨·奥尔索斯的著作，他们都曾于1943年在卡廷参与了被谋杀的波兰军官遗体尸检工作。

塞恩的博士论文导师是雅盖隆大学刑法学家弗瓦迪斯瓦夫·沃尔泰教授。其中一位评审是法医学专家扬·奥勒勃利赫特教授。这两位都

第十一章 教授

是克拉科夫当地德国占领时期罪行研究专家，同时也是德国集中营幸存者。两人对塞恩学术生涯的帮助不相上下。塞恩钦佩奥勒勃利赫特的学识，也直接将他称作自己的老师。[26]

塞恩于1949年2月通过的博士答辩打开了他晋升的大门。同年3月19日，司法部部长亨利克·希菲亚特科夫斯基就将其任命为司法鉴定所所长，根据战前的规定，该组织领导必须由法官担任。时任所长扬·辛格蒙特·罗贝尔以学术会长的名义留在了所里。塞恩和罗贝尔在员工之中都颇具声望。但他们之间的私人关系却水火不容。两人多年的手下玛丽亚·寇斯沃夫斯卡写道："这两人就像是针尖对麦芒。"[27]

她多年后对我解释道："这说白了就是两代人的代沟。"[28]

塞恩比上一任所长罗贝尔小了20岁，对机构未来的发展愿景与他完全不同。罗贝尔潜心研究毒理学，而塞恩对法医科学更感兴趣。马尔凯维奇称："虽然两人从事的学科和思维方式有着天壤之别，但是作为员工的榜样，他们不约而同地在研究和鉴定工作中保持着学者的精确、勤奋和严谨。"[29]

塞恩于1949年5月正式上任。几年后希菲亚特科夫斯基评价说："他接任时……时局艰难。所里缺东少西，空间狭窄、设施简陋，机构科研部门条件也非常艰苦。尽管如此，塞恩博士迎难而上，其颇具建设性的改革和出众的组织能力使得研究所迅速发展。"[30]事实上，战后头几年，研究所的员工驻扎在雅盖隆大学哥白尼街上的医学化学系教学楼里办公。1953年3月才搬迁至斯大林街（今维斯特布莱特）被称为采布拉底广场的新楼里。寇斯沃夫斯卡回忆说："我们之所以建楼装修都不缺资金，除了司法部的资助之外，完全（依靠的）是塞恩的人脉。因为他我们才能在这么短的时间内获得大量赞助的设备、玻璃、家具……"正因如此，塞恩才能颇为骄傲地向外界展示这些多为进口的现代化实验设备。

到1965年12月罗布尔去世时，司法鉴定所在罗布尔和塞恩的领导下已经完成了从服务性机构到学术研究机构的转变，但同时仍为法院和其他机构提供鉴定工作，这包括毒药发掘、足迹和作案工具鉴定、笔迹研究以及血液中的酒精含量检测。

塞恩在领导研究所的头几年里，还同时在德国罪行研究委员会克拉科夫分会工作（从1949年更名为"希特勒罪行研究委员会"）。寇斯沃夫斯卡回忆道：他总是"13点才来所里，不会早十分钟，也不会晚十分钟"。地方委员会解散之后，塞恩从早上开始就在研究所办公。寇斯科夫斯卡接着说："教授每天早上8点就坐着公务轿车来上班，他当时的司机切斯瓦夫·帕伊德卡总跟在他身后，拿着他的公文包。他标志性的伊顿帽和麂皮手套常常都会脱在——我的上帝——一尘不染的秘书室架子上，那可能是整个机构里最干净的家具了。他活脱脱就是新时代优雅的化身。"卢舍茨卡和波勒科夫斯基也佐证说："他在细节上也保持着学院派的追求，"还补充道，"他的这一性格特点也间接维持了机构里的整洁和秩序。"[23]

著书描写委员会历史的两位作者对这位上司给予了极其正面地评价："他是一个超人，将勤奋、责任心落实到了极致，将过人的原则性与职业操守完美结合……他是一众研究员里唯一的律师，但他找到了与这些手下特定的相处方式，在领导团队的同时，也成了他们的老师和榜样。"寇斯沃夫斯卡说塞恩还特别关心员工的家务事，甚至会帮助他们解决问题。他手下另外两个员工索菲亚·赫沃波夫斯卡和耶什·瓦本纪也证实了这一点。[33]他们回忆说塞恩会出席他们的婚礼，还和他们一起庆祝命名日。当他们和领导发生冲突的时候，塞恩还会尽力保护他们，寇斯沃夫斯卡笔记中写道：1951年，在庆祝波兰人民共和国法定节日五一劳动节的时候，研究所员工安德什伊·沃巴彻夫斯基"将枪折弯了丢在地上……这在当时是不得了的政治丑闻。但（塞恩）用他患有精神疾病这一理由帮助他摆脱了困境"[34]。或者说在一定程度上使他虎口脱险——沃巴彻夫斯基虽然被研究所解雇，但毕竟免除了牢狱之灾。

塞恩将自己在司法鉴定所的公务与学术和教学平衡得很好，他从1949年开始在雅盖隆大学法学院和司法部、检察院的法律课上教授调查技巧（后来又教授法医科学）。他回忆说："备课其实耗费了我很多时间和精力，我想尽量将课堂的质量维持在一个令人满意的水准，但可惜我在表达方面的确缺乏天赋，所以我必须将每一堂讲座的内容用逐字稿写下来。稿件的内容每年都会更新，并且我还会不断地去完善和丰富它。"[36]扬·马尔凯维奇说："他的讲座总是座无虚席。"[37]寇斯沃斯卡也表示认同："他深受学生的爱戴，而他的考试总是以两个原则性法律问题开场（即法律不溯及既往，没有人可以躲在对法律无知的背后）。"[38]

塞恩的讲师职称授予文件于1945年6月由时任雅盖隆大学校长泰奥多尔·马赫莱夫斯基宣读，而司法部部长希菲科夫斯基也全力支持塞恩在机构的工作，并使其连任。当时塞恩的手上还有十几份亟待翻译的学术文章。后来他也反思，认为"自己当时的学术和教学成果都十分匮乏"[39]。

奠定塞恩学术地位的成果是他在1950年10月司法部组织的刑法理论与实践研讨会上所做题为《波兰法医科学研究现状》的报告。后来塞恩在发言稿的基础上进行了修改、补充，并于次年发表在题为《法医科学与法医学现状》的文集中。这一短文如今看来充斥着意识形态表达。塞恩在博士论文里还多番引用了西方文学，而在此文中却称法医科学在东方与在那些利己主义的国家"有所不同（此处可以理解为东方更好），在那里，法医科学就像是维护资产阶级统治地位和保护私有财产的军队"。他呼吁"揭秘法医科学发展在资本主义国家的利益链"和应用在这些国家的"所谓学术技巧"[40]。他用较犀利的言论批判了波兰战前法医科学的发展成果。同时也不予置评地提到了苏联检察长安德什伊·维申斯基。

关于塞恩的学术成就，与他深交且可靠的弗瓦迪斯瓦夫·沃尔

第十一章 教授

泰、扬·奥勒勃利赫特和米哈乌·帕特卡诺夫斯基教授都给予了高度评价。但两人对他的会议报告和其他法医科学出版物并没有十分重视,更多地还是对他战后搜集整理的德国战争罪行文献和他对司法鉴定所的领导给予了肯定。

1954年秋天,塞恩被授予了讲师头衔,而此后七年不到的时间里,他就获得了终身教授职称。但是他还是更喜欢同事们叫他"法官先生"。1963年夏天,他被任命为雅盖隆大学刑法科新开的法医科学系主任。即便如此,他从未放弃过第二次世界大战的课题。他竭尽心力地为纳粹主义的受害人争取赔偿金。他还计划撰写关于奥斯维辛阴谋、揭露德国国防军罪行的文章,同时还在筹备出版汉斯·弗朗克日记节选,但这一切都因突如其来的死亡不了了之了。

第十二章　卡廷

1991年3月，彼时司法鉴定所的全面翻新已经持续很长一段时间了。年轻的工人在阁楼房梁和屋檐之间的隐秘处发现了一个密封的包裹，包裹里装着一个泛白的橘色文件夹，里面放着题为《卡廷遗物》的文件。工人将文件夹带回了家，然后又带上其中一部分文件去《克拉科夫时报》编辑部投稿，但最终这版内容并没有被刊登出去。一个月后，出于信任他将此事透露给了工头，又在他怂恿下于4月19号将文件带到了所里。而时任所长扬·马尔凯维奇和自称是档案员的国家安全局官员已经在场等候。该官员称："里面所有关于卡廷的文件保存状态非常理想，上面的文字都清晰可读，纸张都完好无损。"[1]省检察院很快完成了调查，该文件被藏匿在屋檐下已近40年之久，而这件事塞恩也牵涉其中。

1931年11月14日[2]，在克拉科夫波德古日区圣尤瑟夫教堂，30岁的波军中尉安东尼·布鲁赫涅维奇与小自己11岁的史蒂芬娜·达威斯基巴

第十二章 卡廷

喜结连理。扬·塞恩和其表兄，装甲部队中尉约瑟夫·撒萨德尼都是这场婚礼的见证者。

婚后不到一年，这对夫妻迎来了一个儿子。但好景不长，1939年9月，当时已是上尉的布鲁赫涅维奇率领轻型坦克营作战。在波军与德国厮杀时，苏联红军从东边重创波兰。最后布鲁赫涅维奇作为苏联的战俘被押往位于科济耶斯克的战俘营，并于1940年春天在斯摩棱斯克附近的卡廷森林被枪决。

布鲁赫涅维奇只是这场被苏联战俘营囚犯们称为"波兰公民大射杀行动"中22 000名卡廷遇难士兵中的一个。这些死难者没有经过任何审判，他们之所以遭此灾祸不过是因为苏联当时将其视作威胁。

卡廷惨案被尘封保密了整整三年，直到1943年4月才公之于众。当时德国人向世界公开表示发现了大量曾收押在科济耶斯克集中营的波兰士兵骸骨。尸体发掘和尸检由布莱斯劳（今弗罗茨瓦夫）西里西亚大学弗莱德瑞克·威尔汉姆校区法医哈德·布赫兹教授于现场完成。波兰红十字科技委员会和海外专家也专门飞到卡廷助力。同年，布赫兹的报告和国际医学委员会记录被德国政府收录在《关于卡廷惨案的官方材料》（*Amtliches Material zum Massenmord von Katyn*），并在柏林发表。

遇难者名单在波兰总督府纸媒《克拉科夫邮报》中顺利刊登。6月4日的名单中安东尼·布鲁赫涅维奇的名字赫然在列，他的尸身边发现了"持械许可、猎人证、名片和照片"[3]。很难想象当时这个消息竟然没有传到塞恩的耳朵里。

这些遇难军官的遗物分两批送去了位于克拉科夫的国家法医学与法医科学研究所化学系接受鉴定。当时负责这一工作的是扬·辛格蒙特·罗贝尔和他的同事们。

罗贝尔，1886年生人，化学博士，是个"神情严肃、不苟言笑，雷厉风行、极其敬业也十分严苛的人（有时甚至有点儿尖酸刻薄）"。[4] 如很多克拉科夫学者一样，他也曾被德国人囚禁在萨克森豪森集中营。1940年2月被释放的时候，他已是一副"受尽折磨、形销骨立的样子了"[5]。他回到了研究岗位上，暗地里还参与了地下党的密谋，不仅为他们讲授化学知识，还为他们制作毒药。

罗贝尔和他的团队检测了卡廷带回的物品，希望能够借此完成对部分受害者身份的初步鉴定，然后以排除法确定其余死难者身份。同时他还私下抄录了在遗体身上找到的日记和其他文件。罗贝尔将卡廷的文件资料拷贝了几份，应该是给自己留了一份，剩下的扩散给了他青年时期的朋友：弗朗切什克·比耶拉教授和克拉科夫地方军总指挥部中校安东尼·赫尼乌科。所以说，卡廷惨案的证据早在战时"波兰独立地下"运动时就被掌握，后续送到了远在伦敦的波兰共和国流亡政府手中。

1944年8月，德国人向罗贝尔索要卡廷惨案相关物证，并将其从克拉科夫运出。几个月后，整座城市已经在苏联的统治之下。而苏联不仅

第十二章　卡廷

从一开始就否认对卡廷惨案负有责任，还称卡廷惨案是1941年德国人犯下的罪行。

1945年1月22日，克拉科夫国家法医学与法医科学研究所化学系被司法鉴定所替代，罗贝尔出任该所所长。后来塞恩也被调至该所任职。罗贝尔"如蜜蜂般勤劳"的形象使塞恩对其印象深刻，两人有志一同，决心使所里焕然一新。[6]

在波兰，对于卡廷惨案知情就像是定时炸弹。赫尼乌科就因此被捕，从此杳无音讯。据塞恩向司法部的反映：罗贝尔只是"在1945年3月17日，被几个身穿制服的官员传唤去出差"。所里的实验员（扬·）帕特尔、化学和消防化学研究部主任（扬·）赫莱文斯基和罗贝尔博士的秘书，（伊尔玛·）福特纳女士也都遭遇了同样的传唤。最终罗贝尔和同事的结局还是要比赫尼乌科幸运得多，在经历了近两个月的问讯之后，他们被安然无恙地释放，回到了司法鉴定所的工作岗位上。

卡廷惨案的调查工作由克拉科夫特别刑事法院检察官罗曼·马提尼负责。但是他并不关心真相，而是想方设法坐实"德国才是卡廷惨案元凶"的说法。死难者家属，甚至著名文人的证人证言对他来说无关痛痒，倒是积极引用了学界对德国法医报告的批评。该评价的作者是雅盖隆大学教授扬·奥勒勃利赫特和波兹南大学教授瑟古什·谢噶莱维奇，他们指责格哈德·布赫兹和国际医学委员会的工作"漏洞百出，粗糙不堪"[7]，导致《关于卡廷惨案的官方材料》（*Amtliches Material zum*

Massenmord von Katyn）难以服众。马提尼检察官甚至开始追踪1943年亲临卡廷森林尸检现场的波兰人，其中就有作家斐迪南·戈特尔，但彼时他已经逃去了西方。

1946年3月30日，马提尼在克拉科夫被谋杀，虽然没有证据表明这与卡廷惨案相关，但是他的死毫无疑问使得卡廷惨案的调查暂时停摆。案子，包括与该案相关的几卷案宗，都被移交至波兰国家最高法院。该案的调查工作在德国战争罪行研究波兰军事委员会、德国罪行研究委员会总部及其地方分会等机构的协助下进行。

马提尼死后，"布赫兹教授和他的卡廷案研究"[8]文件夹落到了塞恩手里。1946年早春，波兰纽伦堡审判代表团团长斯戴芬·库洛夫斯基检察官要求塞恩尽快将相关文件寄送给他。当时国际军事法庭正在进行主要纳粹战犯的审判。在公诉书中苏联还添加了一条：德国需对卡廷惨案负责。德国罪行研究委员会总部将卡廷惨案文件袋从克拉科夫发往库洛夫斯基处。

塞恩于是前往威斯巴登。克里斯蒂娜·申曼斯卡在多年后称：塞恩去德国旅行时，带了"一个装有涉及在卡廷屠杀波兰军官大量资料"的文件袋，袋身上写着"卡廷"[9]。据申曼斯卡检察官说：这些资料是罗贝尔整理完善的，"我当时反复向塞恩建议在袋子上写类似'案宗'这样的模糊字眼，但法官先生他出于……愤世嫉俗的天性，坚持在我们带往纽伦堡的文件袋上写上了'卡廷'，这决定了它最后灰飞烟灭的命

第十二章 卡廷

运"。在某一个火车站,有个旅客一头闯进了火车驾驶室,将一个不大不小的文件袋丢进了锅炉火里。说的大概就是装着卡廷惨案资料的文件袋吧。这是申曼斯卡从克拉科夫分会内部员工口中听说的版本。

但是事实真是这样吗?塞恩如果要将罗贝尔对苏联不利的资料带去德国,他是要多天真无知、粗枝大叶才能将"卡廷"二字清清楚楚地写在文件袋上呢?此处不禁令人深思:将不支持德国责任论的卡廷惨案相关文件带去纽伦堡是否是官方命令?其实如果没有这次审判和公差的由头,要正大光明地销毁这些文件还并非易事。

而就是这一切促使申曼斯卡编造了文件在火车锅炉里被烧毁这样轰轰烈烈的故事。说不定作为克拉科夫分会秘书的申曼斯卡,确实被要求为库洛夫斯基准备关于布赫兹教授的文件,但多年后她关于卡廷案的记忆已经模糊,于是开始添油加醋。

值得留意的是,申曼斯卡后来说,1947年6月她在克拉科夫分会办公楼里遇到了一个人,她称此人是卡廷森林处决的幸存者,当时那发"本来应该打到他后脑勺的子弹意外地打到了下巴上",原本就要一命呜呼的他如今只是在脸上留下了一条"可怖的伤疤"。此人不久后便去了西方,并于同年在美国"卡廷暴行审判"中出庭作证。但事实上,这样的审判根本不存在。卡廷惨案直到20世纪50年代初才开始由美国国会特别调查委员会接手审理。而且据所有已知信息显示,没有任何人在卡廷惨案中"逃出生天"。

库洛夫斯基在从纽伦堡回波之后被任命为国家最高法院检察长，并继续负责卡廷惨案的审理工作。他开始研究1943年亲历卡廷尸检现场的证人证言和"卡廷案相关档案文件"[10]，大约就是德国人在战争结束之前从罗贝尔那里取得并带出克拉科夫的那些。同时他还致力于证明"从脑后射杀"本就是纳粹惯用的处决手段。

在马提尼之后，案件的调查工作由塞恩接手，库洛夫斯基和他的继任者塔杜什·兹普利安都曾干预过塞恩的工作。塞恩一口回绝了他们的帮助，甚至还在他们面前提出了自己对此案不同的观点。但是他后续的一系列行为让人觉得他是在有意混淆视听。比如他曾在1947年12月提到："我个人认为司法部是故意让海外员工学习当年带有（卡廷）案关键词的英美杂志和相关资料。"[11]另一次他又质疑当时为什么要在一个"偏僻无人又非交通枢纽的森林里进行这么重要的尸检工作"。[12]他和库洛夫斯基还一起去到了涅珀沃米兹卡平原考察，那里在德国占领时期射杀了众多波兰人和犹太人，除此之外还前往弗罗茨瓦夫，希望在那里找到案件相关证据，但是遍寻无果。针对将卡廷案相关资料运出克拉科夫一事塞恩问讯了恩斯特·布普尔凶杀案嫌疑人，但对方表示对此并不知情。

塞恩整理的卡廷案官方卷宗，特别是与他审理的纳粹案相比显得语义模糊。他令人钦佩的勤勉、崇高形象和才略智谋在卡廷案中都显得暗淡无光，在苏联当局已经确立的事实面前，塞恩在明面上只能做自己

第十二章 卡廷

必须做的事情。1949年春天，塞恩出任司法鉴定所所长，在那之后他大概也没再继续卡廷案的追查。从库洛夫斯基和兹普利安手中获取的卷宗最终于1952年12月被委员会华沙总部档案室存档。

同年司法鉴定所准备搬迁，扬·罗贝尔决定将藏在其他案件的档案袋里、自己整理和保存的卡廷案资料进行简化。他暗中拜托当时的办公室主任玛丽亚·寇斯沃夫斯卡施以援手。寇斯沃夫斯卡回忆说："我们当时只在深夜大门紧闭的情况下工作。"[13]直到波兰第三共和国时期她才坦白说："我不确定塞恩是在什么情况下、从谁那里得知我们在加工卡廷案相关文件的……总之最后罗贝尔博士对塞恩和盘托出了简化文件一事。"在那之后不久，塞恩和罗贝尔"达成共识，决定将文件藏匿在新的办公楼里"。[15]

寇斯沃夫斯卡的父亲，司法鉴定机构的老门房斯坦尼斯瓦夫·格雷吉尔也是这个秘密的守护者："在……塞恩的授意下，之前就与他在希特勒罪行研究委员会（地方）分会共事的我的父亲负责藏匿这些文件……他可以自行选择藏匿的位置。"[16]在女儿的帮助下，格雷吉尔准备了文件袋，亲手将它小心翼翼地放在了维斯特布莱特街办公楼的屋檐下。寇斯沃夫斯卡称："无论是……塞恩还是罗贝尔，甚至我都不想知道这个文件袋具体在哪里。"这是非常理智的做法：这样即便是安全局对他们进行提审，除了格雷吉尔之外也没人能说出文件袋的具体位置。

这四个人都以身犯险，必然也对彼此推心置腹。可能是为了避免

171

隔墙有耳，之后在与寇斯沃夫斯卡的谈话中，塞恩和罗贝尔对卡廷案资料之事绝口不提。寇斯沃夫斯卡的父亲在临终前写下了文件所藏的地点。但当时他已经虚弱得无法爬上房檐，亲手指出文件袋具体的位置了。

格雷吉尔于1957年12月逝世，罗贝尔于1962年春天过身，而塞恩也在他去世三年半之后离开了人世。寇斯沃夫斯卡此后数年独自保守着这个秘密。她在20世纪80年代中期退休后将文件袋的秘密告诉了司法鉴定所塞恩的继任者扬·马尔凯维奇教授。在波兰人民共和国末期司法鉴定所装修期间，两人将这一秘密告知了摄影家耶什·瑞思，并和他一起尝试寻找文件袋，只是没有想到最后被装修工人捷足先登。

文件袋的重见天日引发了媒体争相报道。之后弗朗切什卡·比耶拉克的外孙斯坦尼斯瓦夫·索伯莱夫斯基联系了检察院，提供了当年罗贝尔交予他外祖父的卡廷惨案完整文件。

战争结束几年后，惨死卡廷的上校遗孀斯黛芬妮娅·布鲁赫涅维奇前往格罗兹卡法院认领丈夫的死亡声明，死亡时间确认为1941年12月31日，当时斯摩棱斯克地区已是德国的囊中之物。直到1990年，苏联官方才承认，卡廷惨案是"一场惨痛的屠杀"。斯戴芬妮娅·布鲁赫涅维奇终于还是等到了真相大白的这天。她逝世于2002年1月2日，葬于克拉科夫拉科维奇公墓多年前扬·塞恩安息的那个墓穴之中。

第十三章　法兰克福

美因河畔法兰克福的广场上熙熙攘攘，从三周前这里就办起了圣诞集市。节日前夕这里还能给尚未准备礼物的人临时抱佛脚的机会，也能让钟情当地特产的游客满载而归。而此时一旁的市政大厅却在进行联邦德国历史上最声势浩大的一场审判。这个曾经召开市委大会的地方如今被征用为临时法庭。

1963年12月20日，被告席上坐了22名来自奥斯维辛的男子，一名功能性囚犯[①]、医生、卫生员和行政部代表们。集中营最后一任指挥官

[①] 指收押在纳粹集中营的德国罪犯，他们可以通过协助纳粹监管其他囚犯来换取狱中的特权。部分功能性囚犯甚至掌握狱中的生杀大权，是集中营组织结构的重要组成。由于时刻面临特权丧失的威胁，大部分功能性囚犯通过残忍暴戾地对待其他囚犯来迎合统治者，巩固自己的地位；但其中也有一部分人利用自己职能之便给狱友们提供了帮助。

理查德·贝尔已在半年前死于逮捕。于是记者们在此次审判中主要聚焦汉堡商人罗伯特·穆勒卡，他在奥斯维辛集中营曾担任指挥官鲁道夫·赫斯的副官。

穆勒卡当时已近古稀之年，但除他之外的其他被告人都与塞恩年纪相仿，也就是1902年至1911年生人。在战后他们以药师、医生、教师、手工艺者的身份平静生活了数年之久……如今他们依然受司法特权的荫蔽，甚至借此逍遥法外。

检察院以多次实施故意杀人和参与杀人罪对他们提起公诉。此案很大一部分人证、物证都来自波兰，塞恩对此功不可没，他还特意从克拉科夫赶赴法兰克福出席了案件开庭。

新生的联邦德国并没有打算和纳粹主义彻底清算。总理康拉德·阿登纳希望用清晰、厚重的边际将纳粹德国的过去割裂出去。在公开场合，人们对于奥斯维辛话题几乎从不置喙。政府很多举足轻重的职位仍由前纳粹党员担任，其中甚至还有曾经的党卫队军官和战犯。统治阶层延续性的象征就是汉斯·格洛布克：在阿道夫·希特勒执政时期他是纽伦堡种族法的制定者之一，而联邦德国时期他又接任阿登纳，成了在位多年的联邦政府首相。

但是几年之后，他们的世界警铃大作，这些棕发杀手注定无法高枕无忧。1958年12月，在路德维希堡成立了纳粹主义罪犯司法调查总部。在联邦德国的黑森，检察长一职自1956年起由弗列兹·鲍尔担任，

第十三章　法兰克福

其办公地位于法兰克福。鲍尔是一名犹太裔律师，同时也是活跃的社会民主党人，在20世纪30年代曾被囚禁于赫贝格集中营，后来被迫移民。1949年回到德国后，他因"纳粹猎人"的头衔声名鹊起。阿道夫·艾希曼在阿根廷被绑架送往以色列法庭审判一事也有他的秘密参与。他盼望在联邦德国也能举行一场类似的庭审，以正视听，以儆效尤。

事情也在朝着他所希望的方向发展：1959年，位于卡尔斯鲁厄的联邦法院授权美因河畔法兰克福国家法庭开始着手针对奥斯维辛罪行的调查。鲍尔这次终于可以正大光明地行事了。作为检察长，他就像是交响乐团的总指挥。而这个乐团中的乐手有：检察官汉内斯·格罗斯曼、约阿希姆·库格勒、弗里德里希·沃格尔、格哈德·维斯。这四人均是塞恩的后生，除了第一个，其他人甚至都比他小了整整一代，都是在战争结束之际或者战后没多久才步入成人世界的。

法兰克福的检察官们雷厉风行地收集物证，并对证人进行了取证。但是他们也心知肚明，至关重要的档案材料都在波兰，而且那里还生活着许多奥斯维辛的幸存者。鲍尔的手下们也都拜读过塞恩撰写的集中营专著德语译本。1960年2月，格罗斯曼致信邀请克拉科夫学者塞恩前往法兰克福，与当地检察官们一起交流探讨奥斯维辛话题中"最具争议的问题"[1]。其实路德维希堡调查总部部长欧文·舒勒就曾表达过和塞恩会面的意愿，并且确信与塞恩的会面对总部"当前和未来的工作"都将会有诸多裨益[2]。

格罗斯曼通过奥地利人赫尔曼·兰贝因与塞恩建立联系并传递了信件，兰贝因是奥斯维辛的幸存者，也是后来国际奥斯维辛集中营委员会秘书长和创始人之一。他曾是奥地利的政治活动家，在1956年之后，他与塞恩合作组织了国际奥斯维辛集中营委员会论坛。20世纪50年代，也是在他的帮助下，塞恩找到了赫斯监狱日记的联邦德国出版商。如今，他也将不惜一切代价支持法兰克福检察院的工作。

塞恩赴黑森的行程并非易事。当时的欧洲被铁幕一分为二：联邦德国作为北约成员与波兰人民共和国并没有建立邦交。所以去联邦德国的路必须从中立的奥地利绕行。由于兰贝因当时并不在奥地利，所以塞恩暂住在了另一位奥斯维辛幸存者奥托·沃尔肯维也纳的家中。塞恩直到在奥地利才获得了去往联邦德国的签证。而法兰克福检察院资助的奥地利—法兰克福来回路费也得通过转账划入国际奥斯维辛集中营委员会奥地利银行的账户中。当时兰贝因在给塞恩的信中写道："尊敬的教授！请告知我……您是想坐头等卧铺车厢还是二等车厢的硬卧。"[3] 兰贝因大概是考虑到硬卧还能节省几百先令。

最终塞恩在1960年3月1日抵达法兰克福，根据首相约瑟夫·西伦凯维兹的指示，塞恩"仅代表他个人"[4]出席一切活动。在午后的会面中格罗斯曼和沃格尔作为东道主代表出席，晚间鲍尔和舒勒也加入了他们。后来鲍尔回忆说："初次见面不过是为了制造一种必要的人际氛围"[5]。舒勒觉得："塞恩教授一开始非常拘谨，（但是）给人感觉十分得

第十三章 法兰克福

体、友善、踏实"[6]。克拉科夫律师塞恩当时质问他们：为什么联邦德国的检察院在战争结束15年之后才开始着手调查奥斯维辛案。最后东道主们成功地使波兰来客们相信了他们想要将那些战犯绳之以法的决心。舒勒评价说，于是第二天塞恩就"活跃多了"。

德国人主要还是对波兰方面掌握的物证非常感兴趣。克拉科夫律师解释说，最关键的文件其实都储藏在华沙希特勒罪行研究委员会总部的档案馆里，还有一些被收藏在奥斯维辛国家博物馆。他承诺告知在华沙、在联邦德国波兰军事代表团办公楼和其他城市的哪些地方可以为联邦德国方面提供这些文件。鲍尔说："塞恩说的自然是查看原件，"他接着解释道，"因为寄送的……照片副本很可能就是伪造的。"[7]

在之后的几天，塞恩指点了沃格尔哪些人值得作为人证进行取证。沃格尔针对克拉科夫名单上的七个被告问了塞恩一些问题。比如他想知道，是否能对住在波兰的奥斯维辛幸存者进行取证，以什么方式将证人邀请来法兰克福是最理想的，以及还有哪些人需要被提起公诉。

塞恩还面见了纽伦堡预审法官和来自波恩和慕尼黑的检察官们，他们负责对德国二战时期罪行进行立案调查。3月7日塞恩做客位于威斯巴登的联邦刑事局（BKA），由法医科学研究院院长伯恩哈德·尼格迈耶博士负责接待。尼格迈耶是前纳粹党成员，同时也曾是纳粹党卫队军官，参与过东方前线的战争罪行[8]，因此他并不热衷于清算过去。这样一来他与塞恩的接触仅停留在"交流犯罪小说"也就不足为奇了[9]。

鲍尔在1960年3月2日的信中感谢了塞恩的来访和"弥足珍贵的帮助",还夸赞他"经验丰富、学识渊博"[10]。沃格尔也表达了类似的感激。兰贝因称,德国人对塞恩此次来访甚是满意,他在寄予塞恩的信中写道:"检察长格罗斯曼对您评价颇高。"[11]塞恩也对鲍尔的热情款待表示了感谢。他在4月21日的信件中特别强调说:"我们在法兰克福推心置腹的谈话给我留下了深刻的印象,并让我充分意识到我们在奥斯维辛案中合作的必要性。"他的文字透露出:联邦德国应该能在短时间内取得奥斯维辛案的关键文件,而此事也是塞恩与艾乌甘奴什·什姆勒夫斯基共赴联邦德国促成的。

从那时开始,什姆勒夫斯基数度陪伴塞恩赴德。玛丽亚·寇斯沃夫斯卡将他称为自己上司在国际旅行中的"守护者"[13]。

维斯也认同道:"我们都觉得什姆勒夫斯基仅仅只是监督塞恩返回华沙,在我们与塞恩的私人会面他从来都没有出现过。"[14]

这个神秘的守护者何许人也?什姆勒夫斯基,1912年生人,父亲是一名犹太裔商贩,原来还当过建筑工人。在战前他就加入了共产主义运动,参加过西班牙内战。在波兰人民共和国公民军①指挥部工作了数

---

① 波兰公民军 Milicja Obywatelska(MO)是波兰在 1944 年至 1990 年负责维护公共安全和社会稳定的警察机关,在组织上隶属于公安部。

年。在20世纪60年代荣获公民军上校军衔[15]。什姆勒夫斯基也是奥斯维辛幸存者,同时也是他们家族唯一一个大屠杀的幸存者。作为国际奥斯维辛集中营委员会委员,他与数名波兰证人都保持着联系。因此,对于法兰克福检察院来说他是个不小的助益。然而塞恩将与德国人协商的重担都揽在了自己的肩上。以至于联邦政府司法部官员认为什姆勒夫斯基被限制在"列席观察谈话"[16]。表面上看他与塞恩都是波兰人民共和国司法部部长的全权代表,但实际上什姆勒夫斯基得以陪同出访是得了首相西伦凯维兹的授意,得益于两人在奥斯维辛集中营里结下的情谊。

1960年6月,塞恩被首相任命为委员会主席,"负责收集、整理希特勒战犯的罪行物证"[17]。此后塞恩将鲁道夫·赫斯案的五卷案宗和奥斯维辛党卫军档案运往了柏林。库格勒评价说:"翻阅后就能得知,塞恩教授将(针对赫斯的)案件调查完成得一丝不苟。"德国检察官当场复印了这些文件。库格勒又写道:"在奥斯维辛党卫军档案中我们找到了……可以确认参与毒气室屠杀人员的文件……总结来看,我们更加确定,波兰收藏的文件资料其实是对无法用证人证言定罪的被告进行指控最重要的物证来源。"[18]

塞恩于是建议法兰克福年轻的检察官们来波兰访问。他们最终成行是在1960年8月。库格勒和沃格尔也是"仅代表个人"做客波兰人民共和国。此行他们得到了转录有大约5000份华沙委员会总部和奥斯维辛国家博物馆收藏文件的微缩胶卷,并且还与奥斯维辛幸存者们建立了联系。

1961年夏天，奥斯维辛案在法兰克福正式开庭，由预审法官海因斯·迪克斯审理。1963年7月，他前往奥斯维辛。对前集中营的访问给他留下了不可磨灭的印象，什姆勒夫斯基和塞恩的汇报中提到："在布什辛卡遗留下来的柴堆上和灌木丛深处都留着还没有燃尽的人类骨骸。"[19]迪克斯也确信"自己的观察和结论并不能替代地方法院的实地考察，认为这在案件审判中至关重要"[20]。

美因河畔法兰克福律师亨利·奥蒙德也持有相似的观点。他是达豪集中营的犹太裔幸存者，后来还被迫移民。在战后代表纳粹主义受害者积极地参与社会活动。他和塞恩起码从1959年就建立了联系[21]，后来在塞恩的拜托下，他出任了奥斯维辛幸存者，法兰克福审判的公诉人助理米耶彻瓦夫·齐耶塔的代理律师。

奥蒙德在1957年访问了奥斯维辛，届时基尔法院正在对因进行人体医学实验而臭名昭著的奥斯维辛纳粹医生卡尔·克劳伯格进行审判。当时联邦德国司法界已经在国际奥斯维辛集中营委员会提出了集中营实地考察这一想法。塞恩试图了解基尔检察院对此案中运用实地考察的态度，但他觉得他们对此并不热衷[22]。最后这一想法也没有得到落实，克劳伯格于1957年过世，至死也没有等来审判。

此时，实地考察这一话题又被选到了法兰克福团队的调查工作中。塞恩和什姆勒夫斯基都认为，这一想法虽然是由他们提出的，但是

第十三章　法兰克福

从战略角度考虑，将奥蒙德定为名义上的发起者其实更有利。首相西伦凯维兹为他们亮了绿灯，鲍尔也"对实地考察这一想法给予了肯定，强调了它具有高于审判本身的分量和意义，但同时他也表达了自己的担忧，怕波恩的政客可能会反对阻挠……"[23]

对实地考察的实现不抱希望的黑森检察长在法兰克福圣保罗教堂组织举办了奥斯维辛集中营主题展览。在塞恩的帮助下，奥斯维辛国家博物馆展品届时都将在法兰克福展出。但并不是联邦德国所有人都欣喜于铁幕下的合作。比如联邦德国武装抵抗运动和纳粹主义的受害者联盟（UDWV）对此事便充满了怀疑。在给法兰克福市长威利·布伦德特的信中鲍尔苦口婆心地劝说道：塞恩在他的认知里"不属于任何一个党派，他是个典型的中立人"[24]。可以看出，问题并不只出在一部分别有用心的精英阶层身上，也出于联邦德国也有很多律师和政客对华沙的不信任。检察官们可以毫无障碍地获得前往波兰人民共和国的签证吗？参与了实地考察的检察官们会不会在波兰被捕，甚至被处以死刑呢？奥蒙德以防万一，恳请塞恩去试探一下外交部和司法部的态度，确保参与者能够全身而退。

塞恩和什姆勒夫斯基的回信中写道"已尽人事，静候佳音"[25]。1964年4月11日司法部副秘书长扬·帕夫拉克书面授权克拉科夫教授塞恩开展实地考察行动，"宣布波兰人民共和国政府对于实地考察的基本原则给予肯定"。具体细节在"尊重双方法律"[26]的前提下予以批准。在这一基础之上，6月8日，奥蒙德起草了于奥斯维辛实施实地考察的申请。德国研究员西比尔·斯坦巴赫认为这一步极其冒险："奥斯维辛集中营位于铁幕之下，不久前的古巴危机已再一次将世界置于战争冲突的边缘。"[27]路德维希·艾哈德作为联邦德国首相阿登纳的继任者，对于这个在奥德拉—尼斯边界的行动并不乐于见成。1963年波恩当局在华沙成立了贸易代表处，塞恩和什姆勒夫斯基由此认为也没有什么可以阻挡两国在捉拿"希特勒战犯一事"上的合作。[28]

法兰克福法院院长汉斯·霍夫迈耶将申请提交至威斯巴登司法部，后者再将其上呈至波恩。该申请的批准可谓史无前例，之前联邦德国司法界只在中立的瑞典进行过实地考察。波恩外交部在涉及二战罪行的其他案件中态度摇摆，1963年还直接叫停过罗兹市哈诺维尔法院的实地考察。但如今他们已经很难这样一意孤行，因为关于法兰克福审判的媒体报道让舆论一度甚嚣尘上。联邦德国统治者即便并不想通过清算棕发杀手的过去来修补波兰的国家伤痕，这一次他们也不得不首肯这场清算。

塞恩和什姆勒夫斯基在法兰克福交涉实地考察的细节，并向首相西伦凯维兹和司法部副部长斯坦尼斯瓦夫·瓦尔察克通电咨询。霍夫迈耶携翻译和"两位波恩来的先生"出席了12月2日这场至关重要的会谈，两位直到会谈结束才自我介绍，他们分别是司法部和外交部的代表。克拉科夫法官塞恩当即提议波兰人民共和国司法部部长和联邦德国

第十三章　法兰克福

政府就此事签署书面协议，对华沙当局来说这无疑是一个可以令其声名鹊起的提议，虽然波兰最后同意了不平等条款，答应让法官霍夫迈耶担任波兰司法部部长玛丽安·瑞比茨基在本案中的搭档。但无论如何，这可以说是波兰人民共和国得到联邦德国认可的标志性举措。

瑞比茨基考虑了联邦德国这边的情况，承诺会为实地考察团成员提供豁免权。相关的证明由塞恩和什姆勒夫斯基以司法部名义签发。12月4日霍夫迈耶拜访了塞恩和什姆勒夫斯基，并确认接收了该证明。两人后来写道："霍夫迈耶前来我们下榻的酒店，这在我们看来是他在表现友好的态度，所以说完正事之后，他在我们的提议下一起喝了咖啡，之后我们想在咖啡里加点儿伏特加，他也欣然接受了。"斯坦巴赫实事求是地评价说："在20世纪60年代这样冷若冰霜的政治环境下，奥斯维辛实地考察计划还能最终落地，这是值得欢欣鼓舞的大事。"[29]而后他又补充道："但这并不是联邦德国政治家们的功劳，而是拜奥蒙德和塞恩两位律师不懈的努力所赐。"

1964年12月13日午后，在因为天气原因延误了一天之后，德国考察团的飞机终于降落在了奥肯切机场。事实上到场的仅仅是该案审判的部分参与者，但整个队伍也已经显得浩浩荡荡了，其中包括：沃尔特·霍兹法官，记录员，两名法警、法庭摄影师，翻译，三名检察官，两名公诉人助理（其中包括民主德国的弗里德里希·卡尔·考尔教授），11位辩护律师以及一名被告——此前并未受到制裁的前纳粹医生

183

弗朗茨·卢卡斯。塞恩在机场还和卢卡斯握了手，估计是错把他当作了法院的工作人员。所有人都毫无障碍地获得了签证，并于同日乘坐大巴抵达克拉科夫，入住了专门接待海外媒体的法国大酒店。

铁幕背后的来客不仅被波兰人民共和国安全局人员密切监控，还遭到了窃听。德国人雇用的翻译薇拉·卡普卡耶夫猜测：正是前期极力建立和筹备实地考察团队，后来又在波兰全程陪同德国团队的塞恩在为国安局效力。当塞恩在法兰克福检察官口中得知这一猜测的时候大为震惊。我们从上呈至联邦德国司法部部长办公室的报告中读到："在痛饮数杯之后，塞恩甚至因此流下了眼泪。他言辞恳切地说他原本只是觉得这样便能皆大欢喜。"[30]

12月14日周一早晨，他们在奥斯维辛开始了司法行动。塞恩对霍兹说："作为法官，我觉得对奥斯维辛的目视检查应该是你们经历过最艰难的司法行动之一……但我相信，在场的所有人都会尽己所能来减轻法官阁下您的负担，帮助您完成这项不易的任务……"他用波兰语说完了这一番话，最后却用德语说："现在，霍兹法官阁下，请您去尽自己应尽的义务吧。"[31]

众人在集中营受害者纪念墙下沉默了足足一分钟，然后才陆续投入了工作。

连续三天，司法工作者们都在做详尽的调查，他们经过实践得知

第十三章 法兰克福

集中营营地的视野极其开阔，隔音却出奇的差。在了解了这样的事实之后，他们很难再相信被告关于他们自己对比克瑙铁路边、对奥斯维辛焚尸炉抑或是对11号营房前天井处发生的事毫不知情这样的狡辩。而这并不是实地考察带来的全部益处，各国媒体对于此事的争相报道甚至引出了新的证人。

此次考察对参与者来说无疑也有心理上的震撼。东道主显然也是意识到了这一点，所以尽可能地对这一效果进行了强化。他们先是将德国人带去了"以大规模屠杀闻名"的布什辛卡。他们希望能在"大雪覆地之前抵达那里，以便将其真实的状态完全展露在众人眼前"。[32]

12月16日，周三，实地考察团成员们参观了奥斯维辛国家博物馆，并观看了苏联拍摄的集中营纪实片。国安局记录称，被告的辩护律师之一安东·莱纳斯"从影院出来后直接精神崩溃了……在回克拉科夫的大巴车上号啕大哭了一路，甚至回到法国大酒店后还痛哭不止"。[33]一天之后，法兰克福的来客们回到了华沙，在那里观看了记录这座城市如何被德国人夷为平地的电影。霍兹受到了司法部部长瑞比茨基的接待。塞恩参与了部分谈话，后来他还在欧洲酒店与霍兹讨论了其与司法部部长的谈话内容。当然这就属于相对非正式的会谈了。

维斯也回忆证实说："在华沙，我与格罗斯曼、库格勒一起受邀与塞恩教授共进晚餐。"

当初从德国飞往华沙的路上，团队的成员们嘻嘻哈哈，插科打哗。而如今归途中，只剩下了一路沉默。

在德国团队离开波兰之前，塞恩对他们说："再会了先生们，我们祝愿大家一路平安，愉快归国。"在发表这番讲话之前，他还将内容写在了纸上，其中将这次实地考察称为先例。其表达如今看来颇具先知性："这些先例为我们指明了方向，其中的一些还开辟了先河。"1970年12月波兰人民共和国和联邦德国签署协议，"恢复正常邦交"。可惜塞恩并没能等到这一时刻，但黑森司法部部长，社会民主党人劳里茨·劳里岑实事求是地记录了塞恩对波德两国的冰释前嫌做出的贡献[35]。

波德双方对第一份实地考察总结的评价都颇为正面。塞恩和什姆勒夫斯基夸它具有"无懈可击的规范性"[36]。维斯在回国后写信给克拉科夫法官塞恩，感谢他"善意、大度且毫不吝啬的帮助"[37]。在1965年1月7日的法兰克福庭审中，这份实地考察报告被当庭宣读。塞恩和什姆勒夫斯基都亲临现场："鲍尔对我们表示了祝贺，并强调了实地考察巨大的政治意义及对当前审判的助益。霍夫迈耶感谢了波兰当局给予法院的帮助……"应那位在奥斯维辛痛哭流涕的辩护律师莱纳斯的邀请，几位波兰客人到其舍下小聚，分享了这次实地考察的经历体验[38]。

这是法兰克福审判转折性的一刻，但是被告的辩护律师们却没有因此偃旗息鼓。他们试图令法院相信：出庭的人证都是经过波兰人民共和国官方挑选调教的，而可以为被告提供有利证词的人证却被禁止离开波兰，甚至波兰当局还会侵扰那些曾为被告做出有利证言的证

第十三章　法兰克福

人。这看似是这些辩护律师子虚乌有的污蔑，在当时确是不争的事实。在波兰人民共和国的内部通信中，的确出现过建议"确保出庭的证人证言符合波兰民族的利益"[39]。委员会总部也承认，每一个获得护照的证人都是以所谓"确保其证词对案件具有重大意义"[40]为由，"经过他们取证和问讯的"。

最终超过200名集中营幸存者参与了审判，其中只有数十名来自波兰人民共和国。由于部分波兰证人没有出庭，不管这一结果是委员会总部刻意为之，还是"前往法兰克福的票没有及时送到"[41]，都使得审判的可信度大打折扣。1965年3月，奥蒙德致信塞恩："我必须告知阁下，我们恰恰就在审判收官之际陷入了这样被动的境地……"他拜托克拉科夫教授塞恩利用自己的影响力，让起码大部分的证人可以前往法兰克福，或是被允许接受波兰法官的取证。[42]

最终他如愿以偿。3月16日，在波兰与联邦德国之间并没有签署司法援助协议的情况下，首相西伦凯维兹同意在波兰法院进行委员会内部取证。八天之后，副部长瓦尔察克授权塞恩与"联邦德国政府"签署相关协议[43]。塞恩和什姆勒夫斯基"以协助审判和树立波兰国家形象为由"[44]前往法兰克福消弭双方龃龉。两人当场与霍夫迈耶法官签署了委托波兰法院对本案所有相关人证进行取证的协议，并同意让法兰克福检察官、公诉人助理及被告辩护律师列席取证全程。在这几天的行程中，塞恩和什姆勒夫斯基受到了劳里芩部长的接待，他还对波兰人民共和国

187

当局为黑森司法机关提供的帮助表示了感谢。

之后的一切都顺理成章。4月20日,沃格尔和维斯两位检察官飞到了华沙,同行的还有辩护律师欧根·格哈特和格哈德·格尔纳。开会时塞恩说这次的国际合作:"是为了防止人性再一次走向法西斯主义的堕落。"他强调说,"我们应以不拔之志各司其职。将这些刽子手们……绳之以法,是全人类公序良俗的内在要求,也是所有国家义不容辞的责任。"[45]联邦德国律师们连续几日在华沙、罗兹、弗罗茨瓦夫、卡托维兹和克拉科夫之间周旋。最终塞恩在克拉科夫地方法院将20位人证的证人证言亲手交给了沃格尔。辩护律师汉斯·拉特恩瑟试图阻止证言在法兰克福审判时被当庭宣读,但最终没有得逞。

1965年8月19日下达了最终判决。约瑟夫·克莱尔、史蒂芬·巴兰特兹基、威廉·伯格、埃米尔·贝德纳雷克、奥斯瓦尔德·卡杜克、弗朗茨·霍夫曼被判处无期徒刑。三名被告被法院无罪释放。其余被告获有期徒刑数年至十数年不等。然而用长远的眼光去看,这并不是最重要的。就像斯坦巴赫评价的那样,正是因为有了这次审判,奥斯维辛集中营"在联邦德国成了纳粹统治时期大规模屠杀的象征和代名词"[46]。

波兰人民共和国当局对这次审判颇有微词。《青年报》评论说"这是一场对反人类战犯的宽容的判决"[47],而《华沙生活》则强调了"只有六名被告被判无期徒刑"[48]。但对于奥蒙德来说,这已经是一个令人满意的开端,他还向联邦德国媒体强调:"在20名被告中只有三名没能被定罪。"他还借机赞扬塞恩,"他极大地减轻了德方检察院和法院的工作。"他还补充说,如果没有波方数年如一日的支持,这场审判便始终是痴人说梦[49]。但在联邦德国,克拉科夫律师塞恩也并不是得到了一致称赞。审判过程中,拉特恩瑟指控他仅在1963年11月29日一天内就从银行取款约5000联邦德国马克分发给人证们,而他自身并非人证之一。拉特恩瑟当庭质问:"所以说他是以什么身份做的这件事?特务吗?……如果是,他是在为谁卖命?还是他是波兰人证的代理人?抑或是他想以这种方式获取证人信息,按照自己的意愿操纵他们?"[50]这些话传得沸沸扬扬,一时甚嚣尘上。代表一众对纳粹德国陨落仍存恻隐之心的乌合之众,怀抱复辟之心的《德国人民与士兵周刊》(*Deutsche National-Zeitung und Soldaten-Zeitung*)就此事发文,光是文章的标题就使其立场昭然若揭:"塞恩博士沽名钓誉——作壁上观——暗度陈仓——罔顾法纪。"[51]

然而拉特恩瑟的反对者更是人多势众。塞恩和什姆勒夫斯基早前就注意到他与"其他和他一样同仇敌忾的辩护律师们"并非是以他们雇主之名出庭,而就是为"法西斯主义辩护"。法兰克福审判波兰使团成员们均称:"他们的中心思想就是攻击反法西斯的一切……"[52]

法院也认为拉恩斯特的指控"纯粹是无稽之谈"。我们可以在审判书中读到:这很正常,当时检察院希望向从事相关领域的预审法官求教,于是就想到了扬·塞恩,这就是塞恩为什么在场的原因。而这笔巨款之所以以马克形式存在,是因为我们将补贴证人的兹罗提用官方汇率换成了联邦德国马克[53]。法兰克福检察院力挺塞恩,为其正名。奥蒙德甚至建议他针对这一不实言论采取法律手段自证清白。可世事无常,或许正是这件事导致了克拉科夫塞恩教授的英年早逝。

第十四章　死亡

1965年12月13日，一个周一的清晨，路德维希堡国家司法委员会总部负责纳粹主义罪行调查的阿德尔伯特·吕克尔检察官，写了一封九页的长信给扬·塞恩教授。在信中他对双方"更加深入和成熟的合作"[1]进行了展望。他希望在下一次访问波兰的时候，路德维希堡的检察官们都能有幸拜读数年前由塞恩主要起草的约瑟夫·布勒公诉书。

吕克尔写信之时还不知道，这位克拉科夫律师在一日前已撒手人寰。那日早晨刚要将信寄出之前，他从黑森州广播中得知了这一噩耗。汉内斯·格罗斯曼检察官从法兰克福致电确认了这一令人痛心疾首的消息。这天下午吕克尔外出与艾乌甘奴什·什姆勒夫斯基碰面，而后者大概是见了塞恩最后一面的人。

如今柏林大街上的美丽华酒店以坐落在法兰克福心脏的地理位置闻名遐迩。从那里步行几分钟就能抵达格特式圣巴特沃米伊教堂和市政厅所在的中央集市。旁边就是证券交易所、银行区和德国首屈一指的蔡尔步行商业街。20世纪60年代，在同样的地理位置开了一家叫雷克斯的店，正如法兰克福奥斯维辛审判检察官助理里斯蒂安·拉贝律师回忆的那样，那是一家"局促、简陋的旅店"。拉贝曾不止一次前往柏林大街拜访塞恩，有时还和他一起在旅店餐厅用餐[2]。

1965年12月6日，塞恩与什姆勒夫斯基再次造访法兰克福的时候，依旧下榻在了雷克斯。这次来访的契机是不日即将举行的法兰克福奥斯维辛案第二轮审判，德媒同样将其形容为一场"小型"审判。这一次在被告席上只坐了三名奥斯维辛员工，分别是集中营行政部主管威廉·布格，政治部工作人员约瑟夫·埃博和纳粹医生格哈德·诺伊伯特。塞恩对第一位被告相当熟悉，因为在四五十年代他曾亲自审理过他的案件。在波兰布格一审被判处五年有期徒刑，二审被判处八年有期徒刑。被告当时当庭描述过集中营囚犯令人发指的饮食、衣着和住宿条件。而这次法兰克福庭审中，他还面临使用齐克隆B毒气罐进行大规模人类屠杀的指控。

塞恩向法院呈递了新的物证，从法院手中接过另一张受法兰克福地方检察院邀请前往庭审现场的波兰证人名单。法院同时也与塞恩协商了关于检察官助理的人选问题，最终确定由来自克拉科夫的伊莎贝拉·玛什茨—斯特利娜出任。塞恩还特意向奥蒙德力荐她出庭。

塞恩教授一开始对前往法兰克福一事并不自在。《德国世界报》（*Die Welt*）称："他对其法兰克福的朋友和同事说过，他身体不太舒服，并不是很想去法兰克福。"³数年后塞恩的学生，后来的律师后弗瓦迪斯瓦夫·蒙丘尔教授也佐证说："的确如此，塞恩教授启程去法兰克福之前曾和我提及，说自己身体有些抱恙，也抱怨过自己心血管问题引起的病痛。"⁴

塞恩人在其位也免不了舆论争议。12月10日的《德国人民与士兵周刊》（*Deutsche National-Zeitung und Soldaten-Zeitung*）发文《世界上最贵的证人》，再一次提到塞恩"在奥斯维辛审判中既不是作为司法顾问，也并非案件人证"，但却收取了弥补出庭带来工资损失的证人补贴，"而事实上塞恩作为政府要员，绝不会因出庭被克扣工资"⁵。面对这些言论，可想而知塞恩有多心灰意冷。同日，塞恩和什姆勒夫斯基一同做客路德维希堡的司法委员会总部，与欧文·舒勒和阿德尔伯特·吕克尔检察官共进了午餐。舒勒当时正身处泥沼，1965年2月德国新闻社ADN①揭露了他过去曾是突击队队员和纳粹党员，且在战败后迅速加入了苏联反对联邦德国政府的阵营。但塞恩强调这不应该影响他们追查战犯这件事情上的合作。他还承诺从中斡旋，以便路德维希堡方面能够尽快获得上半年检察官们在华沙、卢布林、罗兹、彼得高兹和格但斯克观看到的纪录短片。除此之外，他还向其咨询了联邦德国政府和战时波兰

---

① 是联邦德国的一家新闻社。——译者注

德占区的民事管理办法。

塞恩此行还去医院探望了弗里德里希·沃格尔检察官。后者在经历了手术后逐渐康复。12月11日，塞恩在毗邻法兰克福的小城新伊森堡与约阿希姆·库格勒和格哈德·维斯检察官共度了这个周六的午后和夜晚。

维斯回忆说："我们共进了晚餐，相谈甚欢，直到11点左右才散席离去。"[6]

塞恩教授大约回到酒店后就上床就寝了。之后的事情发展如今已很难精准地还原。

得到一手资料的吕克尔在报告中写道："什姆勒夫斯基先生称塞恩教授在周日凌晨3点半左右突发心脏病，并于不久后离世。"[7]据什姆勒夫斯基描述，塞恩临终前床头柜上就放着刊印着那篇《世界上最贵的证人》的报纸。吕克尔接着写道："什姆勒夫斯基先生认为塞恩对这篇文章极为不满。"此前塞恩律师就曾声明由于汉斯·拉特恩瑟检察官的恶意诽谤，自己已不愿再踏足联邦德国的土地，这次来访纯粹是顾念大局。

我们在《法兰克福报》（*Frankfurter Allgemeine Zeitung*）上可以读到：在凌晨4点左右，塞恩的身体情况已经十分堪忧，因此他向住在隔壁房间的什姆勒夫斯基呼救。他临终前只来得及对他说："我多希望我现在身在故里，或许那样，我能好些。"杂志写道："医生确认塞恩死于突发性心脏病。"《德国世界报》称塞恩律师当时还致电前台求

第十四章 死亡

助。什姆勒夫斯基当即就赶到了塞恩身边，但塞恩还是没有撑到医生来的那一刻[9]。

玛丽亚·寇斯沃夫斯卡还提供了事件的另一个版本：据她所说，什姆勒夫斯基当时离开酒店去室外抽烟，当他回来的时候塞恩教授已经驾鹤西去。保护者不过片刻的缺席便导致了这样意料之外的死亡，这整个事件本身就足够耐人寻味。心肌梗死？事实果真如此吗？寇斯沃夫斯卡作为塞恩的手下对此确实心存疑虑。她还强调说自己的上司曾经收到过"清算希特勒罪行反对者"留下的匿名人身威胁。在启程之前，塞恩在一个写着"自用"的信封里放了一笔数目可观的钱。他还把"放置私人物品的抽屉钥匙交给了秘书，这些举动实属反常"。[10]

亚瑟·塞恩紧随寇斯沃夫斯卡的脚步替塞恩鸣冤。

他说："联邦德国，他们给塞恩强加了莫须有的罪名，说他是沽名钓誉的小人，那些他在法兰克福审判期间给予检方的帮助也被认为是别有用心。他死得蹊跷，而无独有偶，几年后他的同僚弗列兹·鲍尔在浴缸中晕厥后去世。"[11]

话虽如此，很多现象表明扬·塞恩确是死于自然原因，主要是塞恩法官长期以来的工作节奏和生活方式导致了这一悲剧。寇斯沃夫斯卡承认：这位上司不止一次说过自己健康状况不尽人意，尽管如此，烟还是"一根接着一根地抽"[12]。

维斯也说："我们都知道他心脏有问题，需要服药维持。"

法兰克福司法圈对塞恩的死大为震惊，其实也不只他们，路德维希堡司法委员会总部评价说："塞恩博士生前在自己的领域中为波德两国人民的和解做出了不懈的努力，他的过身是一个……令人痛惜的损失。"[13]12月14日，周二，法兰克福奥斯维辛案第二轮审判开庭的时候，承载着塞恩遗体的飞机将他带回了华沙。

维斯回忆说："那天我去机场送他，弗列茨·鲍尔还发表了告别讲话。"

而在波兰首都的奥肯切机场，总理西伦凯维兹为塞恩的棺椁献上了花圈。挽联上写着"献给将希特勒战犯绳之以法的勇士"。塞恩在身后被授予了一等劳动旗帜勋章。

12月16日，在克拉科夫白雪覆盖的拉科维奇公墓举行了塞恩的葬礼。包括司法部部长斯坦尼斯瓦夫·瓦尔察在内的众人与塞恩教授的遗体正式告别。一开始，统治者们希望为他举行一个世俗葬礼，但是费迪南德·马查伊神父要求由他来安葬塞恩的遗体，"因为塞恩是他的私交好友……这一要求被当局默许，葬礼之后市里交给塞恩妻子一张巨额账单。如今只知道这账单是市里通过司法鉴定所寄给内阁首相的，更多的细节已经不得而知[14]"。

对于司法鉴定所的员工来说，这无疑是一段煎熬不定的日子。寇斯沃夫斯卡后来记录道："所长一职的空悬和内部的暗潮汹涌、风波不断对我们来说都是雪上加霜。幸而塞恩教授的名誉口碑即便在他百年之后依旧无可挑剔。看在他的面子上,他们并没有给我们强安一个'空有虚名'的主任,而是任命了广受爱戴、与世无争的扬·马尔凯维奇教授。"1966年12月,司法鉴定所冠上了扬·塞恩之名。

遗孀索菲亚·塞恩直到1968年3月都和母亲居住在彻斯塔街一号,并于1984年离开了人世[15]。

房子如今的管理者和房主之一亚当·莫里兹称:"几年前我就想要在这栋楼里放置一个塞恩教授纪念碑,但在这之前我们必须要先将这里修缮一番。这栋楼我们是从市政府手里买下的,当时房子的状态简直破败不堪。"[16]

十几年前塞恩迎来过另一处微不足道的纪念。然而并非在克拉科夫,而是远在他的故里。

第十五章　纪念

2004年的3月，临近扬·塞恩95岁冥寿之际，塞恩教授的故乡，梅莱茨县图舒夫·纳罗多维乡的塞恩纪念碑正式揭牌。但与此同时，一封抗议信被递到了村、乡政府和教区主教的手中。这位匿名的作者写道："关于这个人，我们不甚了解，只知道他是个德国人，出生在图舒夫·纳罗多维乡一代的德国殖民地……他所谓的，也是唯一的人生贡献就是作为德国人制裁了德国战犯。但他在图舒夫·纳罗多维乡并没有半点作为，因为他的人生与这里就没有任何联结。"作者对塞恩最严峻的指控是：据"可靠消息"，塞恩的家族"在战时被认定为德意志裔人，并因此搬离了这里"。反对纪念塞恩教授的另一个原因便是他突如其来，且"扑朔迷离"的死亡。"我们认为这样的人不配在图舒夫·纳罗多维乡小学的纪念碑上为他篆名立传，与真正的波兰英雄弗瓦迪斯瓦

第十五章 纪念

夫·锡克勒斯基[①]将军齐名并肩。"[1]

关于塞恩家族德意志裔的情况上文中已有陈述,对他突兀的死亡我也给予了说明。所以我们不如来关注一下信中对他的其他指控。

早在1772年波兰遭遇第一次瓜分的时候,梅莱茨包括其周边地区就被划定为奥地利占领区,并被其新统治者称为加利西亚。当时哈布斯堡—洛林王朝的奥地利大公约瑟夫二世在加利西亚地区调查德国殖民者。结果大多数,准确地说是其中三分之一都来自莱茵兰—普法尔茨。他们在梅莱茨10公里外的桑多梅日定居点还建立了图舒夫·科洛尼亚殖民村,那里生活着包括塞恩一家在内的德国天主教徒和新教徒[2]。

我们和记者皮特·利特卡、亚瑟·塞恩一道,开着借来的车,在如今被称作小图舒夫的前图舒夫·科洛尼亚殖民村周边兜风。我们在霍茹夫、图舒夫·纳罗多维和亚斯拉尼村教区教堂寻找塞恩和其近亲的受洗证明,结果无功而返。时年60岁的亚瑟·塞恩在一年前就移居瑞典,他一直以来都对自己家族的历史颇为好奇。根据他的推测,塞恩家

---

① 弗瓦迪斯瓦夫·锡克勒斯基,波兰军官、政治活动家。在二战时期作为总理领导波兰海外流亡政府工作。曾因其在波俄战争(1919—1920)中的突出表现被任命为波军总参谋长,也曾短暂出任波兰总理(1922—1923)和军事部长(1924—1925),但在毕苏斯基掌权后不久被解除指挥权。1943年4月苏联因锡克勒斯基要求彻查卡廷惨案与波兰中断外交,同年7月锡克勒斯基在空难中丧生。

族与图舒夫的联系早在乔安之子盖斯帕·塞恩时期就建立了，盖斯帕生于1794年，并于1844年逝世。男性一支的后裔就是1826年出生的雅克布（波兰语写作雅库布）·塞恩和生于1851年与他同名的儿子。这些信息最终在位于塔尔努夫的教区档案室得到了佐证。克舍什托夫·卡密安斯基神父解释说，在盖斯帕（又称卡兹帕）这一代，一篇拉丁语"文书赋予了其'colonist hulas'的社会地位"，也就是说他们是"此地的殖民者"[3]，这片土地的主人。

图舒夫·科洛尼亚殖民村在瓜分时期只有大约20户人家，与图舒夫·纳罗多维的波兰居民数相比微不足道。1881年5月20日图舒夫·纳罗多维还为世界贡献了后来的波兰共和国首相、军队首领弗瓦迪斯瓦夫·锡克勒斯基。图舒夫·科洛尼亚殖民村，又被称为德占图舒夫，在很长一段时间里保留着特有生活方式，但其居民都逐渐波兰化，这得益于加利西亚在19世纪六七十年代获得的独立。

档案记录显示，雅库布·塞恩（可能是塞恩教授的曾祖父）从1870年开始担任该地区乡长，并且在一众"拥有投票权的乡代表中"[4]是纳税金额首屈一指的富户。其祖父是有名的农民活动家，1896年他作为12名农民活动家之一当选梅莱茨县议会代表。梅莱兹记者和历史学家弗沃吉米什·贡谢夫斯基写道："他参会时穿上了克拉科夫的民族服饰，强调自己的波兰民族属性。同样他还支持克拉科夫格伦瓦德战役雕像的创作，并出席了揭幕仪式（1910年）。"[5]

第十五章 纪念

在众多问卷中,扬·塞恩在阶级属性一栏填的都是"农民阶级"[6],这一点在波兰人民共和国时期是为人所乐见的。在国籍一栏,他非常明确地填写了"波兰[7]"。他的父辈和祖父辈千真万确都是农民,在布尔什维克的逻辑中准确地来说是富农,但事实证明他们并非十恶不赦。塞恩一家在家里都说波兰语,但在20世纪30年代家中还会偶尔出现德语的对话。1931年生人的小尤塞夫在数年之后回忆道:"我已过身的爸爸(尤塞夫,塞恩教授的哥哥)和他父亲,也就是我的爷爷(老扬)争执不下的时候,就会说德语。这样我们就完全听不懂了。"[8]

1876年出生的老扬·塞恩还曾经在奥地利—匈牙利的军队里供职,而待他孩子成年的时候,波兰已经在一战结束之后重获独立新生。

未来塞恩教授的波兰民族归属早在他八岁时母亲逝世后就没有了任何疑问。1929年他在梅莱茨齐林斯卡街的斯坦尼斯拉夫·科纳尔斯基国立中学完成了学业。班上大多数的学生都是天主教徒,但在40名学生中还有7人是犹太教徒。这所学校保持着高水平教学,不断地吸收青年才俊,培养人才精英。与塞恩同届同班的还有未来的著名诗人沃伊切赫·斯库萨。他们高考三年后,未来波兰共和国流亡政府总统卡基米日·萨巴特也在此毕业,参加高考。

在当年波兰语高考中塞恩有三个可选的题目:《坚不可摧的英雄》、《论理想社会》和《为国奋斗终身与为她舍生取义一样壮丽》。[9]从成绩单上看，塞恩基本上的科目都得了四分。他的德语倒并不突出，反倒是拉丁语、历史和哲学成绩优异。个人表现的评定也是"优秀"。

1930年，老扬·塞恩将自己在图舒夫的资产进行了变卖，然后举家迁居到了登比察县附近的博布罗夫村。孩子们都已成年，离家远去，分散在了波兰各地。只有大儿子尤塞夫留在登比察陪伴父亲。

那个在2004年极力反对图舒夫·纳罗多维乡塞恩纪念碑揭牌的人，显然对塞恩教授的家族历史不甚了解，抑或有意对其地进行了扭曲。但是这位匿名者并没有被忽视，相反还引起了各界的广泛关注。据"当地村民"称："从这封信出现的那一瞬间开始，情况就发生了翻天覆地的变化，为此还专门组织了几轮会谈，得出了各种相互矛盾、无法妥协的结论。"[10]最初他们想让将纪念碑砌在学校的墙体上，但是这一提议最终被否决，后来又计划将塞恩教授的半身像放在小图舒夫村"塞恩出生的小钟楼旁"，还提到要将纪念仪式挪到塞恩一周年忌辰所在的12月。

最终住在塞恩家族小图舒夫的老宅旧址的尤塞夫·杰维特和其子米耶彻斯瓦夫拯救了这一僵局。他们答应将塞恩教授的半身像放在他们的私宅里。揭幕仪式于2004年4月22日举行，恰好在塞恩95周年冥诞的那一天。司法部副部长塔杜什·沃维克、司法鉴定所所长亚历山大·格瓦塞克、法官和检察官代表以及国家记忆研究院克拉科夫分院院长，前国家记忆研究院院长亚努什·库勒提卡都到场致祭。

塞恩的100周年冥诞纪念于2009年4月20日举行。关于这一次纪念已经没有任何争议,但也失去了广泛关注。

鸣　谢

首先要感谢安东尼·杜德克（Antoni Dudek）教授。我那本关于波兰人民共和国电影人的书才刚出版，他就已经开始督促我考虑下一个项目了。他在其中一封邮件里写道："我建议你考虑一下传记类。当然这是极具挑战的门类，但是知难而上的尝试才更具价值。"那是2011年7月16日。这些话让我下定决心，放手一试。但后来的几年中，我一直在焦头烂额地撰写自己的博士论文，也就是后来整理出版的书籍《波兰，我们永不相让》。尽管如此，我从来都没有放弃过这个关于撰写传记的想法，不过确实在很长一段时间中，我都没有找到自己想要立传的对象。

2016年，我出于好奇拜读了安德鲁·纳戈尔斯基的《纳粹猎人》。因为我想知道西蒙·维森塔尔、图维亚·弗里德曼和克拉斯菲尔德夫妇的命运，也最终在书里找到了答案。纳戈尔斯基是美国《新闻周刊》一名经验丰富的记者，致力于描写并不被人熟知的人物。在他写作的对象中就有克拉科夫预审法官扬·塞恩。之前我在国家记忆研究院档

鸣 谢

案室查看阿蒙·格特和鲁道夫·赫斯案调查卷宗时就对这个名字留有印象。纳戈尔斯基在关于塞恩的章节中着重描写了他对奥斯维辛集中营臭名昭著的指挥官赫斯的提审。当然他也提到了塞恩的德国祖籍，以及他在战后与当局的关系等信息。在通篇阅读之后，我觉得这位克拉科夫法官确是一个超逸出尘的人物。但我当时觉得只依靠这些为他著书立说恐怕略显不足。

2016年秋天，在第15届华沙历史书展期间，我和马切伊·福克斯一起对纳戈尔斯基进行了采访。他当时对我们说："在看到关于扬·塞恩的纪录片和剧情片的时候，我就被他深深吸引了。"但我们的采访对象却对扬·塞恩的为人心存疑虑。他留意到塞恩法官并不是很愿意谈论自己和家人。而事实上他也确实对此有所保留，他几乎没有留下任何信息全面的个人档案。

但这并没有使我知难而退。此后我又订阅了一些档案资料，就这样，塞恩教授令人着迷的人生图卷在我眼前徐徐展开。2018年4月，《国家记忆研究院期刊》刊登了我为塞恩所撰的几页短文。至此，我便深信他值得花费更多笔墨。我十分感激察冷出版社对我的信任，也非常感谢妻子在写作过程中给予我的支持，以及在出版后的第一时间怀揣热情，孜孜不倦地阅读了每一章节。此外，我的双亲、弟弟和祖父母以及岳父母都对我助益良多。

如果没有德国学术交流中心（DAAD）为我在美因河畔法兰克福

弗列兹·鲍尔研究所访学提供的两个月奖学金，这本书便会黯然失色。感谢安东尼·杜德克教授和研究所所长西贝尔·斯坦巴赫（Sybille Steinbacher）教授帮我申请了国家记忆研究院奖学金，还为我提供了公费差旅。在法兰克福当地，我感受到了无尽的善意，接受了很多人的帮助。在斯坦巴赫教授的授意下，卡塔琳娜·斯坦格尔（Katharina Stengel）博士，档案馆馆长约翰内斯·比尔曼（Johannes Beermann）和他的前辈维尔纳·伦茨（Werner Renz）、图书管理员约瑟芬·鲁赫（Josefine Ruhe）、维尔纳·洛特（Werner Lott）以及鲍尔研究所内外的诸多人士都为本书做出了贡献。我非常荣幸能将此行的研究成果在所内研讨会上进行展示。研讨会也因吉森贾斯特斯·李比希大学的马库斯·克佐斯卡（Markus Krzoska）和康斯坦丁·罗梅奇（Konstantin Rometsch）博士的到来增色不少。

在文集汗牛充栋的档案室中，一个博学可靠的领路人必不可少。我在其中的搜索之所以硕果累累，要归功于司法鉴定所的艾德塔·柴舒托（Edyta Rzeszuto）、克拉科夫国家档案馆的伊方娜·费舍尔（Iwona Fischer）、热舒夫国家档案馆的格拉什纳·班别克（Grażyna Bembenek）和玛莱克·格隆尼（Marek Gieroń）、梅莱茨斯坦尼斯瓦夫·科纳尔斯基第一高中校领导、塔尔努夫地方档案馆的克舍什托夫·卡密安斯基（Krzysztof Kamieński）神父、奥斯维辛—比克瑙国家博物馆的沃伊切赫·普沃萨（Wojciech Płosa）博士、路德维希堡

鸣　谢

检察官托马斯·维尔（Thomas Will）、慕尼黑近代史研究院的克里斯蒂娜·昆克尔（Christina Kunkel）以及来自黑森州首府威斯巴登的约翰·齐连（Johann Zilien）博士。

亲历了这些历史的证人证言是对历史档案最具价值的补充。扬·塞恩还在世的同事已寥寥无几。我十分荣幸能与其中的几位建立联系，他们分别是玛丽亚·寇斯沃夫斯卡（Maria Kozłowska）、索菲亚·赫沃博夫斯卡（Zofia Chłobowska），耶什·瓦本纪（Jerzy Łabędź）、克里斯蒂安·拉贝法院和格哈德·维斯（Gerhard Wiese）检察官。除此之外，在战前就见识过塞恩才华的玛丽安·瑞斯托夫法官之女汉娜·瑞斯托夫-利比朔夫斯卡（Hanna Restorff-Libiszowska）也与我分享了自己的回忆。

作访扬·塞恩在克拉科夫彻斯塔街住所的经历对我来说十分美好，当时亚当·莫里兹（Adam Mróz）和妻子尤兰塔（Jolantą）非常热情地接待了我。而在塞恩家族博布罗夫的老宅，教授的堂孙作为房主也对我表示了欢迎。我还与亚瑟·塞恩（Arthurem Sehnem）和记者皮特·利特卡（Piotrem Litką）一起游历了扬·塞恩的故土——小图舒夫等地，如今那里伫立着扬·塞恩教授的半身像。半身像所在房子的主人米耶车斯瓦夫·杰威特（Mieczysław Dziewit）不仅没有排斥我们这些不速之客，还将自己珍藏的战前资料与我们分享。塞恩教授的表孙女卡塔什纳·嘉兹达（Katarzyna Gazda）还给我看了塞恩的相关报道。与家族法律事业年轻的继承者密哈乌·塞恩（Michałem Sehnem）的交流也颇有裨益。

正因有以上各位的付出，我的著作才得以刊印。安东尼·杜德克和马切伊·福克斯（Maciej Foks）在印刷之前阅读了全书手稿，维托德·巴甘斯基（Witold Bagieński）和雅采克·拉亨德洛（Jacek Lachendro）浏览了部分章节。感谢以上四位对本书的批评指正。我还就书中的一些问题咨询了拉法乌·德勒彻（Rafał Dyrcz）、弗沃吉米什·贡谢夫斯基（Włodzimierz Gąsiewski）、科尔汀·霍夫曼（Kerstin Hofmann）、斯文·菲力克斯·凯勒霍夫（Sven Felix Kellerhof）、理查德·蔻塔尔巴（Ryszard Kotarba）、亨利·雷德（Henry Leide）、拉多斯瓦夫·皮特曼（Radosław Peterman）、马尔钦·布什根特卡（Marcin Przegiętka）、迪特·申克（Dieter Schenk）、皮特·赛特凯维奇（Piotr Setkiewicz）、帕瓦乌·什塔玛（Paweł Sztama）、埃弗莱姆·祖罗夫（Efraim Zurof）、玛留什·舒瓦夫尼克（Mariusz Żuławnik）。书中若有出入和遗漏，均为我个人的疏忽。

参考文献

档案馆（缩写全称）

华沙近代史档案馆（AAN）

塔尔努夫档案馆（ADT）

克拉科夫司法鉴定所档案馆（IES）

国家记忆研究院档案馆（AIPN）

华沙外交部档案室（AMSZ）

克拉科夫国家档案馆（包括斯佩特考维茨办公室）（ANK、ANK Spyt)

热舒夫国家档案馆（APEZ）

奥斯维辛－比克瑙国家博物馆档案室（APMA-B）

克拉科夫地方法院档案室（ASO）

克拉科夫雅盖隆大学档案馆（AUJ）

克布罗兹德国联邦档案馆（BAK）

美因河畔法兰克福弗列兹·鲍尔研究所档案室（FBI）
威斯巴登黑森国家档案馆总部（HHSTA）
维也纳奥地利国家档案馆（ÖSTA）
美因河畔法兰克福市档案馆—城市历史研究所（stAFfM)
路德维希堡纳粹主义罪行研究司法委员会总部（zstL)

出版物引用

引用原文

回忆录，日记

引用原文

未出版来源（作者自行收集）

索菲亚·赫沃博夫斯卡，耶什·瓦本纪—会谈2018年3月1日
格罗斯-罗森集中营博物馆文献部—邮件2019年7月16日
克舍什托夫·卡密安斯基神父—邮件2019年6月18日
玛丽亚·寇斯沃夫斯卡—电联2018年6月4日，2019年7月16日
雅采克·拉亨德洛—邮件2017年12月1日
亚当·莫鲁兹—邮件2019年1月3日
克里斯蒂安·拉贝—通信2018年7月4日

汉娜·瑞斯托夫—利比朔夫斯卡—电联2019年3月23日

亚瑟·塞恩—会谈2018年2月28日，电联2018年1月29日，2019年1月28日

密哈乌·塞恩—邮件2019年7月23日

皮特·赛特凯维奇—邮件2017年12月1日

格哈德·维斯—电联2018年6月7日

传记、独白以及合集

引用原文

学术文章

引用原文

纸媒

引用原文

电影纪事

波兰电影纪事12/46 i 18/46

网络资料

奥斯维辛—比克瑙国家博物馆，auschwitz.org (dostęp: 19.07.2019)

尤塞夫·塞恩和弗朗西斯卡·塞恩资料集，collections.ushmm.org, bit.ly/2mNKUmE (dostęp: 19.07.2019）

玛丽亚·寇斯沃夫斯卡资料集，collections.ushmm.org, bit.ly/2osM6fB (dostęp: 19.07.2019)

其他

玛丽亚·寇斯沃夫斯卡笔记，无出版资料，私作

克里斯蒂娜·申曼斯卡回忆录音带，斯坦尼斯瓦夫·寇别拉遗作

黑森司法委员会笔录节选，1960-6-3，私作备份

注 释

1 AIPN, GK 162/II/1945, Sprawozdanie zpodróżysłużbowej do Austrii, Niemieckiej Republiki Federalneji Berlinawdn. 23.02–12.03.1960, k. 3. Inny egzemplarz: AMSZ, D IV, z. 10,w. 76, t. 697, k. 15.

Oświęcim 1945

1 Tu i dalej: L. Marschak, Ostatnia rozmowa z prof. dr.Janem Seh- nem, "Kulisy" 1966, nr 1 (463). Wszystkie cytatyz artykułu Marscha- kaw tym rozdzialepochodzą ztego źródła.

2 Sprawozdanie EdwardaPęchalskiego i Jana Sehnaz działalnościOd- działu Krakowskiego Głównej KomisjiBadaniaZbrodni Niemieckich w Polsce, Kraków, 18.12.1945 [w:] Główna KomisjaBadaniaZbrodni Niemieckich w Polscei jej oddziały terenowe w 1945 roku. Wybór do-

kumentów, oprac. M. Motas, Warszawa 1995, s. 82–83.

3 AIPN, GK 196/82,Protokół przesłuchania Luigiego Ferriego, 21.04.1945, k. 82 (PDF).

4 AIPN, GK 196/82,Protokół przesłuchania Romana Goldmana, 24.04.1945, k. 90 (PDF). Przedruk w: Zapisy terroru, t. 6: Auschwitz-Birkenau. Los kobietidzieci, red. M. Panecki, Warszawa 2019, s. 289–294.

5 Tu i dalej: AIPN, GK 196/82, Protokół przesłuchania Eugenii Halbreich, 27.04.1945,k. 94–118 (PDF). Fragmenty w: Zapisy terroru, t. 5: Auschwitz-Birkenau. Życie w fabryce śmierci, red. M. Panecki, Warszawa 2019, s. 239–241. Podczas przesłuchania byliobecniposłowie Jerzy Kornackii Helena Boguszewska-Kornacka.

6 AIPN, Kr 120/33, M. Kozłowska, Tak było... a karawana idzie dalej... Mojewspomnienia o Instytucie Ekspertyz Sądowych, Kraków, 10.03.1999, k. 12.

7 AIPN, Kr 1/106, RelacjaWincentego Jarosińskiego, [1980], k. 68.

8 AIPN, Kr 1/2314, RelacjaKrystyny Szymańskiej, Kraków, 9.03.1990, k. 3. Oryginalnyegzemplarz znajdujesię wzbiorach APMA-B, Oświad- czenia,

t. 125,k. 1–23.

9   AIPN, GK 196/91, Protokół oględzin szpitala byłego obozukoncentracyjnego w Oświęcimiu, 25.05.1945,k. 7 (PDF).

10 AIPN, Kr 1/106, RelacjaKrystyny Szymańskiej, [1980],k. 57–58. 11 W zbiorach APMA-B.

12 Sprawozdanie Edwarda Pęchalskiego i Jana Sehna…, dz. cyt., s. 84.

13 AIPN, Kr 1/2314, RelacjaKrystyny Szymańskiej, Kraków, 9.03.1990, k. 4–5.

14 Sprawozdanie Edwarda Pęchalskiego i Jana Sehna…, dz. cyt., s. 85.

15 AIPN, Kr 1/2314, RelacjaKrystyny Szymańskiej, Kraków, 9.03.1990, k. 5.

16 Sprawozdanie Edwarda Pęchalskiego i Jana Sehna…, dz. cyt., s. 85. Zob. też AIPN, GK 162/137, Pismo EdwardaPęchalskiego i Jana Sehna do prezydiumGłównej KomisjiBadaniaZbrodni Niemieckich w Pol- sce, Kraków, 30.05.1945,k. 136–139 (PDF).

17 Sprawozdanie Edwarda Pęchalskiego i Jana Sehna…, dz. cyt., s. 86.

18 Cyt. za: Z. Nałkowska, Dzienniki, t. VI: 1945–1954, cz. 1: 1945–1948,

oprac. H. Kirchner, Warszawa 2000, s. 58.

19 Sprawozdanie Edwarda Pęchalskiego i Jana Sehna…, dz. cyt., s. 86.

20 J. Markiewicz,Wspomnienie o profesorze doktorze JanieSehnie, "ZZagadnień Kryminalistyki" 1976, nr 11, s. 110.

21 AIPN, Kr 1/106, RelacjaWincentego Jarosińskiego, [1980],k. 68–69.

22 AIPN, GK 174/133, Odczyt Jana Sehna, "Krematoriaoświęcimskie", Kraków, 10.08.1945,k. 7.

23 APMA-B, Oświadczenia, t. 21, Protokół przesłuchania Jana Sehna w czasie procesu Johanna Paula Kremera przed Sądem Krajowym w Münsterze, [1960], k. 59.

Drobner

1 AUJ, S III 246, Pismo [Bolesława Drobnera] dokierownika Oddziału Kadr UJ, b.d., b.p.

2 ANK, StGKr 181, Pismo V Komisariatu Policji Państwowejw Krako- wie do Starostwa Grodzkiego w Krakowie, Kraków, 5.08.1933, k. 885.

3 IES, Akta osobowe Jana Sehna, PismoJana Sehna do prezesa Sądu

Apelacyjnego w Krakowie, Kraków, 4.07.1933, [s. 1].

4　IES, Akta osoboweJana Sehna,PismoWydziałuBezpieczeństwa Urzędu Wojewódzkiego Krakowskiego do prezesa Sądu Apelacyjnego w Krakowie, Kraków, 13.09.1933, [s. 9].

5　IES, Akta osobowe Jana Sehna, Pismo Jana Sehna do prezesa Sądu Apelacyjnego w Krakowie, Kraków, 4.04.1935, [s. 15].

6　IES, Akta osobowe Jana Sehna, Pismo Jana Sehna do prezesa Sądu Apelacyjnego w Krakowie, Kraków, 28.06.1935, [s. 18].

7　IES, Akta osobowe Jana Sehna, Pismo Jana Sehna do prezesa Sądu Apelacyjnego w Krakowie, Kraków, 19.09.1935, [s. 26].

8　Tu i dalej: relacjaHanny Restorff-Libiszowskiej (rozmowa telefoniczna z 23.03.2019), w zbiorach autora. Wszystkiewypowiedzi Restorff-Libiszowskiej wtym rozdzialepochodzą ztego źródła.

9　AIPN, Kr 010/4189, Protokół przesłuchania Mariana Restorffa, Warszawa, 2.12.1950,k. 19.

10　Tu i dalej: ANK, 29/467/417, B. Drobner, Co widziałem w Rosji Sowieckiej?, k. 17–76.

11 AAN, Sąd Okręgowy w Krakowie, sygn. 39, Pismo podkom. Wiktora Olearczyka dowiceprokuratora Rejonu I Sądu Okręgowego w Krakowie, Kraków, 16.10.1936, k. 45.

12 AAN, Sąd Okręgowy w Krakowie, sygn. 39, Pismo podkom. Wiktora Olearczyka dowiceprokuratora Rejonu I Sądu Okręgowego w Krakowie, Kraków, 12.11.1936,k. 52.

13 Tu i dalej: AAN, SądOkręgowy w Krakowie, sygn. 39,Protokół przesłuchania Bolesława Drobnera, Kraków, 18.09.1936,k. 26. Por. B. Drobner, Mojecztery procesy, Warszawa 1962, s. 293.

14 B. Drobner, Bezustanna walka, t. 3: Wspomnienia 1936–1944, Warszawa 1967, s. 51.

15 Tu i dalej: tamże, s. 65–66.

16 AAN, Sąd Okręgowy w Krakowie, sygn. 39, Protokół przesłuchania Bolesława Drobnera, Kraków, 5.03.1937, k. 7–8.

17 AAN, Sąd Okręgowy w Krakowie, sygn. 40, Protokół przesłuchania Bolesława Drobnera, Kraków, 28.06.1937, k. 430 (por. B. Drobner, Moje cztery procesy, dz. cyt., s. 268, 294).

18 AAN, Sąd Okręgowy w Krakowie, sygn. 41, Akt oskarżenia przeciwko

Bolesławowi Drobnerowi, Kraków, 24.09.1937, k. 479.

19　Ilustrowany Kurier Codzienny", 23.03.1938, s. 1.

20　Dr Drobner skazany na trzy latawięzienia, "Ilustrowany Kurier Codzienny", 3.04.1938.

21　IES, Akta asesora Jana Sehna, Pismo prezesa Sądu Apelacyjnego w Krakowiedo Biura Personalnego Ministerstwa Sprawiedliwości, Kraków, 18.11.1937, [s. 1].

22　AIPN, Kr 010/4189, Pismo szefa Powiatowego Urzędu Bezpieczeństwa Publicznego wPińczowie doNaczelnikaWydziałuV Wojewódzkiego Urzędu Bezpieczeństwa Publicznego w Krakowie, Pińczów, 10.07.1952,k. 78.

23　AIPN, Kr 010/4189, Plan rozpracowaniasprawy przeciwko Marianowi Restorffowi, Kraków, [1951], k. 12–13.

24　AIPN, 01236/1247/J, Notatka informacyjnazopracowaniaaktsprawy Mieczysława Siewierskiego, Warszawa, 21.03.1972, k. 4–5 (PDF).

25　AIPN, Kr 092/23, t. 7, Dziennik archiwalny starych spraw operacyjnych Wojewódzkiego Urzędu ds. Bezpieczeństwa Publicznego i KomendyGłównej MO w Krakowie, dawnydział II, pozycja nr 15667,

[1955 r.],k. 35. Wdokumencie podanopoprawną datę urodzeniaJana Sehnaibłędną informację, że był on synemJózefa.

26 AIPN, 0192/652, t. 1, Postanowienie o założeniu sprawy ewidencyjno--obserwacyjnej dot. Bolesława Drobnera, Warszawa, 6.06.1955, k. 7 (PDF). Ten sam dokument w: AIPN, 01222/2682/J, k. 6 (PDF).

27 RelacjaMariiKozłowskiej (rozmowa telefonicznaz 4.06.2018),wzbiorach autora.

28 Relacja MariiKozłowskiej, collections.ushmm.org, bit.ly/2osM6fB (dostęp: 19.07.2019).

29 AIPN, GK 190/132, List KazimierzaRusinka do Jana Sehna, Warszawa, 24.02.1962, k. 53.

Wojna

1 Tu i dalej: Dekret Polskiego KomitetuWyzwoleniaNarodowegoz dn. 31 sierpnia 1944 r. o wymiarze kary dla faszystowsko-hitlerowskich zbrodniarzy winnychzabójstwiznęcaniasię nad ludnością cywilną ijeńcami oraz dlazdrajców Narodu Polskiego, Dz.U. 1944, nr 4,poz. 16.

2 A. Chwalba, Okupacyjny Kraków w latach 1939–1945, wyd. 2, Kraków

2002, s. 178.

3   Z.Stryjeńska,Chleb prawie że powszedni. Kronika jednego życia, Wołowiec 2016, s. 251.

4   A. Chwalba, Okupacyjny Kraków..., dz. cyt., s. 31.

5   RelacjaZofiiSehnz 2.03.1984. Cyt. za: R. Kotarba,Jan Sehn – pierwszy przewodniczący iorganizator Okręgowej Komisji Badania Zbrodni Niemieckich w Krakowie, "Biuletyn Głównej KomisjiBadania Zbrodni przeciwko Narodowi Polskiemu – Instytutu Pamięci Narodowej" 1991, nr 33, s. 199.

6   AUJ, S III 246, Oświadczenie Jana Sehna, Kraków, 29.09.1960, b.p.

7   IES, Akta osobowe Jana Sehna, Ankieta personalnaJana Sehna, Kra- ków, 12.01.1952, [s. 24].

8   Tu i dalej: AIPN, Ka 0264/305, Ankieta specjalna Tadeusza Puskarczyka, 10.11.1945,k. 8–19 (PDF).

9   Z. Leśnicki, Kraków. Historie, anegdotyiplotki, Kraków 2015, s. 187.

10 ANK, 29/749/2452, Protokół przesłuchania Jana Sehna, Kraków, 23.07.1946,k. 76. Takżekolejne cytatyz wyjaśnień Sehna pochodzą

ztegodokumentu.

11 A. Chwalba, Okupacyjny Kraków..., dz. cyt., s. 387.

12 AIPN, GK 174/74A, PismoJana Sehna doJózefaSzymańskiego, Kraków, 8.06.1949, k. 11.

13 Tu i dalej: ANK, 29/749/2452, Protokół przesłuchania Adama Wojtaszka, Kraków, 15.06.1946, k. 69–70.

14 Tak zeznał w 1946 r. Wzasobie archiwalnym Muzeum Gross-Rosen w Rogoźnicy figuruje Adam Wo[j]taszek, ur. 19.02.1909 r. W obozie został osadzony 18.07.1944 r. Dział Gromadzenia Zbiorów Muzeum Gross-Rosen, korespondencjaelektronicznaz autorem z 16.07.2019.

15 ANK, 29/749/2452, Protokół przesłuchania Julii Biel[owej], Kraków, 14.06.1946, k. 67–68.

16 ANK, 29/749/2452, Protokół przesłuchania Anieli Witek, Kraków, 15.06.1946,k. 71–72.

17 ANK, 29/749/2452, Zaświadczenie Zarządu Zrzeszenia Przemysłu Gastronomicznego Województwa Krakowskiego, Kraków, 18.07.1946, k. 73.

18 ANK, 29/749/2452, Protokół przesłuchania Józefa Lubelskiego, Kraków, 2.08.1946,k. 88.

19 Tu i dalej: ANK, 29/749/2452, Protokół przesłuchania Franciszka Międzika, Kraków, 2.08.1946,k. 91–92.

20 ANK, 29/749/2452,Protokół przesłuchania Adama Wojtaszka, Kraków, 19.08.1946,k. 95–96.

21 ANK, 29/749/2452, Protokół przesłuchania Julii Bielowej, Kraków, 19.08.1946,k. 97–98.

22 ANK, 29/749/2452,Wniosek o umorzeniedochodzeniaws. Jana Sehna, Kraków, 24.08.1946, k. 63–65. Wniosek został dwa dnipóźniej zatwierdzony przez prokuratora (k. 65).

23 ANK, 29/749/2452, Pismo prokuratora M[ichała] Trembałowicza do Nadzoru Prokuratorskiego Ministerstwa Sprawiedliwości, Kraków, 27.08.1946,k. 1.

24 AIPN, Kr 080/1,Odpis ze zniszczonej karty E-14 ws. Jana Sehna. Dzię - kuję Radosławowi Petermanowi za udostępnienie dokumentu.

25 AIPN, 003439/259, Dziennik archiwalny MSW zzapisem ws. Jana Sehna,k. 50.

26 AIPN, Ka 0264/305, Ankieta specjalna TadeuszaPuskarczyka, 10.11.1945, k. 18.

27 IES, Akta osobowe Jana Sehna, Ankieta personalnaJana Sehna, Kraków, 12.01.1952, [s. 24].

28 APRz, Deutsche Gemeinschaft im Generalgouvernement, zesp. 108, sygn. 89, k. 63–64. Według tych dokumentów numer kenkarty Johan- na Sehna to 547/40, a Josefa Sehna – 549/40. Zob. też: W. Gąsiewski, Jan Sehn (1909–1965), "Wieści Regionalne" 2009, nr 5.

29 W niektórych źródłachwystępuje jako wójt.

30 A. Nagorski, Łowcy nazistów, tłum.J. Szkudliński, Poznań 2016, s. 90.

31 Tu i dalej: Michał Sehn, korespondencja elektroniczna z autorem z 23.07.2019.

32 Cyt. za: H. Niziołek, "Pola zielone, wciąż widzęje...", Dębica 2017, s. 392. RelacjaHarlipochodziz 1982 r., ale podobnie zeznawali świadkowie przesłuchiwani w pierwszychlatach po wojnie.

33 Tu i dalej: Relacja Józefai Franciszki Sehnów, collections.ushmm. org, bit.ly/2mNKUmE (dostęp: 19.07.2019).

34 Dekret Polskiego KomitetuWyzwoleniaNarodowego z dn. 4 listopada 1944 r. o środkach zabezpieczających w stosunkudo zdrajców Narodu, Dz.U. 1944, nr 11, poz. 54.

35 Relacja Arthura Sehnaz 28.02.2018,w zbiorach autora.

36 APRz, Zespół Sąd Grodzki w Mielcu, sygn. 1196,Wniosek JózefaSehna o odtworzeniedokumentu urodzenia, Uciąż, 16.12.1949,k. 1.Wniosek został rozpatrzony pozytywnie.

37 Arthur Sehn, korespondencjaelektronicznaz autorem z 28.01.2019.

Wiesbaden

1 Tu i dalej: Greiser i Fischer przywiezieni do Warszawy, "Dziennik Polski", 31.03.1946.

2 Polska Kronika Filmowa 12/46.

3 AIPN, GK 351/337, Rozkaz nr 57 marsz. Michała Żymierskiego, Warszawa, 15.02.1946,k. 4–5. Jedenz autorówbłędniedatuje rozkaz na 15.11.1946, zob. L. Gondek, Polskie Misje Wojskowe 1945–1949. Polityczno-prawne, ekonomicznei wojskowe problemy likwidacjiskutków wojny na obszarzeokupowanych Niemiec, Warszawa 1981, s. 29.

4 IES, Akta osobowe Jana Sehna, Wykaz stanu służby Jana Sehna (odpis), Kraków, 13.11.1933 (zpóźniejszymiuzupełnieniami),b.p.

5 Dekret z dn. 3 kwietnia 1948 r. o służbie wojskowej oficerówWojska Polskiego, Dz.U. 1948, nr 20, poz. 135.

6 AMSZ, DP, z. 6,w. 106, t. 1717, Pismo do płk. Mariana Muszkata, Bad Oeynhausen, 12.06.1946,k. 8.

7 AIPN, GK 351/337, Pismo ppłk. Mariana Muszkata do gen. Mariana Spychalskiego, [Wiesbaden], 15.04.1946,k. 18.

8 AIPN, GK 162/272, Pismo Janusza Gumkowskiego do Krakowskiej Okręgowej Komisji Badania Zbrodni Niemieckich, Warszawa, 22.02.1946,k. 23.

9 AIPN, 2386/17056, Raport nr 1 kpt. Ignacego Wójcika, Warszawa, 29.04.1946,k. 1.

10 B. Musiał, NS-Kriegsverbrecher vor polnischen Gerichten, "VierteljahrsheftefürZeitgeschichte" 1999, H. 1, s. 43.

11 AIPN, GK 162/141A, Sprawozdanie Jana Sehna, [Wiesbaden], 24.04.1946, k. 255.

12 Odszukamy zbrodniarzy wojennych, "Dziennik Polski", 3.03.1946.

13 AIPN, GK 162/141A, Sprawozdanie Jana Sehna, [Wiesbaden], 24.04.1946, k. 253.

14 AIPN, GK 351/337, Pismo ppłk. Mariana Muszkata dopłk. Jakuba Prawina, [Wiesbaden], 31.03.1946,k. 11. Inny egzemplarz: AMSZ, DP, z. 6,w. 106, t. 1717, k. 2–3.

15 AIPN, GK 184/34, Pismoppłk. Mariana Muszkata do gen. Stanisława Zawadzkiego, Wiesbaden, 5.05.1946,k. 118 (PDF).

16 AIPN, Kr 1/2069, Wspomnienia Edwarda Pęchalskiego, Kraków, 12.03.1975,k. 31.

17 Tu i dalej: AIPN, GK 162/141A, Sprawozdanie Jana Sehna, [Wiesbaden], 24.04.1946,k. 254.

18 AIPN, GK 162/141, Sprawozdanie [Jana Sehna], b.m., [1946], k. 51 (PDF).

19 AIPN, 2386/17056, Raport nr 3 kpt. Ignacego Wójcika, Warszawa, 29.04.1946,k. 5.

20 AIPN, 2386/17056, I.Wójcik, Charakterystyki pracownikówMisji do

Badania Zbrodni Niemieckich, Warszawa, 29.04.1946,k. 15.

21 AIPN, GK 184/34, Pismo ppłk. Mariana Muszkata do Ministerstwa Sprawiedliwości, Wiesbaden, 8.05.1946,k. 136 (PDF).

22 IES, Akta osobowe Jana Sehna, Ankieta personalnaJana Sehna, Kraków, 12.01.1952, [s. 23].

23 Polska Kronika Filmowa 18/46.

Göth

1 AIPN, GK 196/42, OświadczenieAmona Götha, Dachau, 20.02.1946, k. 37–41 (PDF). Zob. też: J. Sachslehner, Kat z "Listy Schindlera". Zbrodnie Amona Leopolda Götha, tłum. D. Salamon, Kraków 2010, s. 363.

2 Tu i dalej: AIPN, GK 196/40, Protokół oględzin terenu obozukoncentracyjnego w Płaszowie w dn. 29.05.1946, Kraków, 23.07.1946, k. 10–21 (PDF).

3 AIPN, GK 196/39, Protokół przesłuchania Jakuba Kornhausera, Gliwice, 15.07.1946,k. 98 (PDF).

注 释

4 AIPN, GK 196/39, Protokół przesłuchania Schmeisera Fischela, Kraków, 19.07.1946,k. 101–102 (PDF).

5 AIPN, Kr 425/138, Pismo prokuratora Michała Trembałowicza do naczelnikawięzieniaprzyul. Montelupich w Krakowie (odpis), [Kraków], 26.08.1946,k. 22 (PDF).

6 AIPN, Kr 425/138, Pismo prokuratora Tadeusza Cypriana do prokuratora Specjalnego Sądu Karnego w Krakowie (odpis),Warszawa, 23.08.1946,k. 23 (PDF).

7 AIPN, Kr 1/2314, RelacjaKrystyny Szymańskiej, Kraków, 9.03.1990, k. Słowo "wyrzutki" zostałodopisaneodręcznie nadprzekreślonym słowem "zbrodniarze".

8 Tu i dalej: AIPN, GK 174/351, t. 1, Protokół przesłuchania Amona Götha, Kraków, 12.08.1946,k. 125–136 (PDF).

9 T. Cyprian,J. Sawicki, Procesy wielkich zbrodniarzy wojennych w Polsce, [Warszawa] 1949, s. 6.

10 AIPN, GK 174/351, t. 1,Protokół przesłuchania Amona Götha, Kraków, 12.08.1946,k. 134–135 (PDF).

11 Tu i dalej: AIPN, GK 174/351,t. 1,Protokół przesłuchania AmonaGötha

(odpis), Kraków, 13.08.1946,k. 137–150 (PDF).

12 AIPN, GK 196/45,Akt oskarżeniaws. AmonaGötha, Kraków, 30.07.1946, k. 24–45 (PDF),tu zwłaszcza: k. 24–25. Przedruk w: Proces ludobójcy Amona Leopolda GoethaprzedNajwyższymTrybunałem Narodowym, oprac. S. Kosiński, Warszawa–Łódź–Kraków 1947, s. 25–36.

13 Tu i dalej: AIPN, GK 174/351,t. 1,Protokół przesłuchania AmonaGötha (odpis), Kraków, 16.08.1946,k. 151–154 (PDF).

14 M. Pemper, Prawdziwa historia listy Schindlera, Warszawa 2006, s. 228. W innym miejscu Pemper podał, że prośba Sehna dotarła do niego "pod koniec 1945 lub na początku 1946 roku" (tamże, s. 251).

15 AIPN, GK 196/40,Protokół przesłuchania Mieczysława Pempera, Kraków, 23.07.1946,k. 117–127 (PDF).

16 AIPN, GK 174/352, Pisemna relacja Mieczysława Pempera o działalności Amona Götha na terenielubelskim, Kraków, 9.08.1946, k. 34.

17 Tu i dalej: AIPN, GK 196/41, Protokół przesłuchania Mieczysława Pempera (odpis), Kraków, 19.08.1946,k. 114–121 (PDF).

18 M. Pemper, Prawdziwa historia…, dz. cyt., s. 230.

19 AIPN, GK 196/336,Protokół przesłuchania AmonaGötha (odpis),Kraków, 26.08.1946,k. 51–54 (PDF). Zob. też AIPN, GK 174/352,Pismo prof. MichałaTrembałowiczadonaczelnikawięzieniaprzyul. Montelupich w Krakowie, Kraków, 26.08.1946,k. 47.

20 AIPN, GK 196/40,Protokół przesłuchania Mieczysława Pempera, Kraków, 23.07.1946,k. 120 i 126 (PDF).

21 J.Jasiński,KatPłaszowaprzedsądem, "Dziennik Polski", 26.08.1946.

22 AIPN, GK 174/352, Pismo sędziego Alfreda Eimera do Jana Sehna, b.d., k. 50.

23 Mowa prokuratora Tadeusza Cypriana, cyt. za: Proces ludobójcy…, dz. cyt., s. 15–16.

24 Tu i dalej: M.Pemper, Prawdziwa historia… , dz. cyt., s. 241 i 232.

25 AIPN, GK 196/45, Wyrok Najwyższego Trybunału Narodowego ws. Amona Götha, Kraków, 5.09.1946, k. 318 (PDF). Przedruk w: Proces ludobójcy…, dz. cyt., s. 471; Siedem wyroków Najwyższego Trybunału Narodowego, wyd. T.Cyprian,J. Sawicki, Poznań 1962, s. 26.

26 AIPN, Kr 425/138,PismoprokuratoraJanaJasińskiego donaczelnika więzienia przy ul. Montelupich w Krakowie, [Kraków], 11.09.1946, k.

31 (PDF).

27 J. Sachslehner, Kat z "Listy Schindlera"…, dz. cyt., s. 372.

Höss

1 T. Cyprian, J. Sawicki, Procesy wielkich zbrodniarzy wojennych w Polsce, [Warszawa] 1949, s. 10.

2 Piotr Setkiewicz, korespondencjaelektronicznaz autorem z 1.12.2017.

3 AIPN, GK 196/93,Protokół oględzin obozukoncentracyjnego wOświę - cimiui dokumentówobozowych, Oświęcim/Kraków, 26.09.1946, k. 61–62 (PDF). Krótko przed śmiercią Sehn miał powiedzieć dzien- nikarzowi Leopoldowi Marschakowi, żeplany czterech krematoriów z Birkenau odnalazł w 1945 r.we Wrocławiu, zob. rozdział Oświęcim 1945; L. Marschak, Ostatnia rozmowa z prof. dr.Janem Sehnem, "Ku- lisy" 1966, nr 1 (463).

4 AIPN, GK 196/93,Protokół przesłuchania Szlamy Dragona, Oświęcim, 10–11.05.1945 oraz 17.05.1945,k. 111 (PDF). Fragmenty w: Zapisy terroru, t. 5: Auschwitz-Birkenau. Życie w fabryce śmierci, red. M. Panecki, Warszawa 2019, s. 258–268. Jest to opis zabijaniaw prowizorycznej

komorze gazowej (tzw.Freianlage).

5　AIPN, GK 196/93, Protokół przesłuchania Henryka Taubera, Oświęcim, 24.05.1945, k. 131 (PDF). Fragmenty w: Zapisy terroru, t. 5, dz. cyt., s. 269–283.

6　AIPN, GK 196/93,Protokół oględzin obozukoncentracyjnego wOświę - cimiui dokumentówobozowych, Oświęcim/Kraków, 26.09.1946, k. 35 (PDF). Por. AIPN, GK 174/132, Sprawozdanie Instytutu Ekspertyz Sądowych zekspertyz toksykologicznych (odpis), Kraków, 15.12.1945, k. 2–6.

7　Cyt. za: J. Gumkowski, T. Kułakowski, Zbrodniarze hitlerowscy przed NajwyższymTrybunałem Narodowym, wyd. 3, Warszawa 1967, s. 108.

8　AIPN, GK 174/189, Pismo Jana Sehna donaczelnikaWięzienia Centralnego w Krakowie, Kraków, 6.09.1946,k. 5.

9　AIPN, GK 174/189, Pismo Jana Sehna donaczelnikaWięzienia Centralnego w Krakowie, Kraków, 11.11.1946,k. 4.

10　A. Nagorski, Łowcy nazistów, tłum.J. Szkudliński, Poznań 2016, s. 113. Informacja o obiadach na s. 101.

11　AIPN, GK 174/30, Pismo Jana Sehna do Polskiej Misji Wojskowej

Badania [Niemieckich] ZbrodniWojennych w Wiesbaden, Kraków, 26.06.1946,k. 77 (PDF).

12 AIPN, GK 196/93,Protokół oględzin obozukoncentracyjnego wOświę - cimiui dokumentówobozowych, Oświęcim/Kraków, 26.09.1946, k. 57–59 (PDF).

13 Państwowe Muzeum Auschwitz-Birkenau podaje, że w KL Auschwitz straciło życie "ponad 1,1 mlnmężczyzn,kobietidzieci". Zob. auschwitz.org, bit.ly/2o4lzFJ (dostęp: 19.07.2019).

14 AIPN, GK 190/32, Protokół przesłuchania Rudolfa Hössa, Kraków, 11.01.1947, k. 158. Por.J. Sehn, Wstęp [w:] Wspomnienia Rudolfa Hoessa, komendanta obozu oświęcimskiego, Warszawa 1956, s. 14.

15 J. Sehn, Wstęp, dz. cyt., s. 12.

16 M. Pemper, Prawdziwa historia listy Schindlera, Warszawa 2006, s. 243.

17 T. Harding, Hanns i Rudolf. Niemiecki Żyd poluje na komendanta Auschwitz, tłum. K. Grzelak, Kraków 2014, s. 260.

18 J. Gumkowski, T. Kułakowski, Zbrodniarze hitlerowscy..., dz. cyt., s. 89.

19 S. Batawia, Rudolf Hoess, komendantobozukoncentracyjnego w Oświęcimiu, "Biuletyn Głównej Komisji Badania Zbrodni Hitlerowskich wPolsce" 1951,t. VII, s. 26–27. Przedrukw: "Archiwum Kryminologii" 2003–2004 [wyd. 2005], t. XXVII, s. 8–41. Wszystkie cytatyz Batawii w tym rozdzialepochodzą ztego źródła.

20 Tu i dalej: AIPN, Kr 1/2314, RelacjaKrystyny Szymańskiej, Kraków, 9.03.1990, k. 8.

21 Tu i dalej: AIPN, GK 190/32, Protokół przesłuchania Rudolfa Hössa, Kraków, 28.09.1946,k. 19–24.

22 AIPN, GK 351/336, t. 5,Pismo pierwszego prokuratora NTN doprokuratora Specjalnego Sądu Karnego, Kraków, 15.10.1946,k. 69.

23 Tu i dalej: AIPN, GK 196/89, Protokół przesłuchania Władysława Fejkiela, Kraków, 10.10.1946,k. 22–23, 26 (PDF).

24 AIPN, GK 196/89,Protokół oględzin dziennika Johanna Kremera, Kraków, 21.10.1946,k. 59–72 (PDF).

25 AIPN, GK 190/32, Protokół przesłuchania Rudolfa Hössa, Kraków, 7.11.1946,k. 25–26.

26 AIPN, GK 190/32, Protokół przesłuchania Rudolfa Hössa, Kraków,

11.01.1947, k. 154.

27　AIPN, GK 174/88, Protokół przesłuchania Rudolfa Hössa, Kraków, 29.01.1947, k. 3.

28　AIPN, GK 190/32, Protokół przesłuchania Rudolfa Hössa, Kraków, 11.01.1947, k. 154.

29　AIPN, Kr 1/2314, RelacjaKrystyny Szymańskiej, Kraków, 9.03.1990, k. 8–9.

30　AIPN, GK 190/32, Protokół przesłuchania Rudolfa Hössa, Kraków, 11.01.1947, k. 157.

31　Tu i dalej: AIPN, GK 190/32, Protokół przesłuchania Rudolfa Hössa, Kraków, 8.01.1947, k. 122–123.

32　J. Sehn, Wstęp, dz. cyt., s. 12–13.

33　Tu i dalej: J. Rawicz, Przedmowa [w:] Auschwitz w oczach SS. Rudolf Höss, Pery Broad,Johann Paul Kremer, oprac.J. Bezwińska,D. Czech, Oświęcim 2011, s. 10–11.

34　J. Sehn, Wstęp, dz. cyt., s. 21.

35　P.Jasienica, U kresupewnej moralności, "Nowa Kultura" 1953, nr 3

(147), s. 3.

36 J. Sehn, Wstęp, dz. cyt., s. 16.

37 AIPN, Kr 1/2314, RelacjaKrystyny Szymańskiej, Kraków, 9.03.1990, k. 8.

38 J. Rawicz, Przedmowa, dz. cyt., s. 12. Zob. również: tegoż, Dzień powszedni ludobójcy, Warszawa 1973, s. 8–13, 103; V. Koop, Rudolf Höss. Komendantobozu Auschwitz, tłum. M. Kilis, Warszawa 2016, s. 148–149.

39 AIPN, GK 190/32, Protokół przesłuchania Rudolfa Hössa, Kraków, 11.01.1947, k. 159.

40 AIPN, GK 190/32, Protokół przesłuchania Rudolfa Hössa, Kraków, 8.11.1946,k. 34.

41 Tu i dalej: Protokół przesłuchania Stanisława Dubiela, Oświęcim, 7.08.1946 [w:] Auschwitz w oczach SS, dz. cyt., s. 201–206; Zapisy terroru, t. 5, dz. cyt., s. 189–194.

42 AIPN, GK 190/32, Protokół przesłuchania Rudolfa Hössa, Kraków, 14.11.1946,k. 74.

43　AIPN, GK 190/32, Protokół przesłuchania Rudolfa Hössa, Kraków, 15.11.1946,k. 82.

44　AIPN, GK 190/32, Protokół przesłuchania Rudolfa Hössa, Kraków, 11.11.1946,k. 42.

45　AIPN, GK 196/89, Protokół przesłuchania Jana Olbrychta, Kraków, 23.11.1946, k. 183, 185, 190 (PDF). Por.J. Gumkowski, T. Kułakowski, Zbrodniarze hitlerowscy…, dz. cyt., s. 120–121.

46　AIPN, GK 190/32, Protokół przesłuchania Rudolfa Hössa, Kraków, 6.01.1947, k. 91, 95, 97.

47　T. Cyprian,J. Sawicki,M. Siewierski, Głos ma prokurator…, Warszawa 1966, s. 170.

48　AIPN, GK 196/89, Protokół przesłuchania Kazimierza Grabowskiego (odpis), Płock, 29.11.1946,k. 214–215 (PDF).

49　AIPN, GK 196/89, Protokół przesłuchania Tadeusza Hołuja, Kraków, 25.10.1946,k. 94 (PDF).

50　AIPN, GK 196/89,Protokół przesłuchania KazimierzaFrączka (odpis), Jelenia Góra, 14.11.1946,k. 171–172 (PDF).

51　AIPN, GK 196/89, Protokół przesłuchania Kazimierza Grabowskiego, (odpis), Płock, 29.11.1946,k. 214–215 (PDF).

52　AIPN, GK 190/32, Protokół przesłuchania Rudolfa Hössa, Kraków, 6.01.1947, k. 96.

53　AIPN, GK 190/32, Protokół przesłuchania Rudolfa Hössa, Kraków, 7.01.1947, k. 119.

54　AIPN, GK 190/32, Protokół przesłuchania Rudolfa Hössa, Kraków, 9.01.1947, k. 132–133, 135.

55　AIPN, GK 190/32, Protokół przesłuchania Rudolfa Hössa, Kraków, 11.01.1947, k. 157.

56　J. Sehn, Wstęp, dz. cyt., s. 19.

57　Tamże, s. 13.

58　AIPN, GK 174/123, Protokół przesłuchania Rudolfa Hössa, Kraków, 31.01.1947, k. 2–8.

59　AIPN, GK 351/336,t. 5,Pismo pierwszego prokuratora NTN doWydziałudla spraw ZbrodniWojennych Polskiej Misji Wojskowejw Berlinie, 10.01.1947, k. 128.

60 AIPN, GK 351/336, t. 5, Pismo pierwszego prokuratora NTN do Jana Sehna,b.m., 21.02.1947, k. 241.

61 AIPN, GK 351/336, t. 2, Akt oskarżenia Rudolfa Hössa, 11.02.1947, k. 12–125.

62 J. Gumkowski,T. Kułakowski, Zbrodniarze hitlerowscy…, dz. cyt., s. 82.

63 AIPN, GK 351/336, t. 2, Wyrok Najwyższego Trybunału Narodowego ws. Rudolfa Hoessa, 2.04.1947, k. 126–190. Por. S. Batawia, Rudolf Hoess…, s. 55–56.

64 Ks. M. Deselaers, "I nigdy oskarżony niemiał wyrzutówsumienia?" Biografia Rudolfa Hössa, komendanta Auschwitz, a kwestia jegoodpowiedzialności przed Bogiemiludźmi, tłum.J. Zychowicz, Oświęcim 2014, s. 221.

65 Tu i dalej: AIPN, Kr 1/2314, RelacjaKrystyny Szymańskiej, Kraków, 9.03.1990, k. 11.

66 AIPN, GK 351/336, t. 1, Pismo prokuratora Jana Mazurkiewicza do pierwszego prokuratora NTN, Wadowice, 17.04.1947, k. 263.

67 [R. Höss], List do żony [Wadowice], 11.04.1947 [w:] Wspomnienia

Rudolfa Hoessa… , s. 172.

Liebehenschel i inni

1　J. Gumkowski,T. Kułakowski, Zbrodniarze hitlerowscy przedNajwyższym Trybunałem Narodowym, wyd. 3, Warszawa 1967, s. 86.

2　M. Pemper, Prawdziwa historia listy Schindlera, Warszawa 2006, s. 243.

3　Tu i dalej: AIPN, GK 162/273, PismoJana Sehna do Głównej Komisji Badania Zbrodni Niemieckich w Polsce, Kraków, 2.07.1947, k. 49.

4　AIPN, GK 196/134, Protokół przesłuchania Mariana Białowieyskiego, Dachau, 11.07.1946,k. 35 (PDF).

5　AIPN, GK 196/134, Protokół przesłuchania Arthura Liebehenschela, Dachau, 19.04.1946,k. 30–31 (PDF).

6　Tu i dalej: AIPN, GK 196/134, Protokół przesłuchania Arthura Liebehenschela, Kraków, 7.05.1947, k. 51–61 (PDF). Przedruk w: P. Setkiewicz, "Niepoczuwamsię do żadnej winy"… Zeznaniaesesmanów z załogi KL Auschwitz w procesieprzed Najwyższym Trybunałem Narodowym w Krakowie (24 listopada–16 grudnia 1947), Oświęcim 2016, s. 156–165.

7   AIPN, GK 196/142, Protokół przesłuchania Hansa Müncha, Kraków, 6.10.1947, k. 190–191 (PDF). Przedrukw: P. Setkiewicz, "Niepoczuwam się do żadnej winy"…, dz. cyt., s. 254.

8   Tu i dalej: AIPN, GK 196/134, Protokół przesłuchania Arthura Liebehenschela, Kraków, 8.05.1947, k. 62–72 (PDF). Przedruk w: P. Setkiewicz, "Niepoczuwamsię do żadnej winy"…, dz. cyt., s. 165–173.

9   AIPN, Kr 1/2314, RelacjaKrystyny Szymańskiej, Kraków, 9.03.1990, k. 9.

10 AIPN, GK 196/134, Pismo Arthura Liebehenschela dosędziego śledczego [Jana Sehna], Kraków, 9.05.1947, k. 95–169 (PDF).

11 AIPN, Kr 1/2314, RelacjaKrystyny Szymańskiej, Kraków, 9.03.1990, k. 9.

12 AIPN, GK 196/134, Protokół przesłuchania Władysława Fejkiela, Kraków, 26.08.1947, k. 73–75 (PDF).

13 AIPN, GK 196/134, Protokół przesłuchania Adama Stapfa, Kraków, 13.09.1947, k. 84–85 (PDF).

14 Protokół przesłuchania Stanisława Dubiela, Oświęcim, 7.08.1946 [w:] Auschwitz w oczach SS. Rudolf Höss, Pery Broad, Johann Paul

Kremer, oprac.J. Bezwińska,D. Czech, Oświęcim 2011, s. 202; Zapisy terroru, t. 5: Auschwitz-Birkenau. Życie w fabryce śmierci, red. M. Panecki, Warszawa 2019, s. 190.

15 J. Gumkowski, T. Kułakowski, Zbrodniarze hitlerowscy…, dz. cyt., s. 95–96.

16 AIPN, GK 196/135, Protokół przesłuchania Erwina Bartla, Kraków, 27.08.1947, k. 249–250 (PDF).

17 AIPN, GK 196/134, Protokół przesłuchania Franza Xavera Krausa, Kraków, 22.09.1947, k. 88–89 (PDF).

18 AIPN, GK 196/134, Protokół przesłuchania Arthura Liebehenschela, Kraków, 2.10.1947, k. 90–94 (PDF). Przedruk w: P. Setkiewicz, "Nie poczuwamsię do żadnej winy"…, dz. cyt., s. 174–176.

19 AIPN, GK 196/139, Pismo Stanisława Żmudy do prokuratora Specjalnego Sądu Karnego w Krakowie, Kraków, 13.04.1946, k. 7 (PDF).

20 AIPN, Kr 425/351, Karta ambulatoryjna Marii Mandl,k. 47 (PDF).

21 AIPN, GK 196/139, Pismo Marii Mandl do prokuratora [Jana Sehna], Kraków, 13.06.1947, k. 135 (PDF).

22 Tu i dalej: AIPN, GK 196/139, Protokół przesłuchania Marii Mandl, Kraków, 19.05.1947, k. 111–119 (PDF). Przedrukw: P. Setkiewicz, "Nie poczuwamsię do żadnej winy"..., dz. cyt., s. 184–191.

23 Tu i dalej: AIPN, GK 196/139, Protokół przesłuchania Marii Mandl, Kraków, 20.05.1947, k. 125–133 (PDF). Przedrukw: P. Setkiewicz, "Nie poczuwamsię do żadnej winy"..., dz. cyt., s. 191–198.

24 Wspomnienia Krystyny Szymańskiej na taśmie magnetofonowej, spuścizna Stanisława Kobieli.

25 AIPN, Kr 425/351, Karta ambulatoryjna Marii Mandl,k. 47 (PDF).

26 AIPN, GK 196/139, Pismo Marii Mandl do prokuratora [Jana Sehna], Kraków, 13.06.1947, k. 159 (PDF).

27 AIPN, GK 196/139, Pismo Marii Mandl do prokuratora [Jana Sehna], Kraków, 21.06.1947, k. 169 (PDF).

28 AIPN, GK 196/140, Protokół oględzinaktnadesłanych przez Główną Komisję Badania Zbrodni Niemieckich w Polsce, Kraków, 28.06.1947, k. 44–45 (PDF).

29 AIPN, GK 196/139, PismoJana Sehna do Sądu Grodzkiego w KamiennejGórze, Kraków, 16.07.1947, k. 212 (PDF).

30 AIPN, GK 196/139, Protokół przesłuchania Genowefy Ułan, Kraków, 3.06.1947, k. 171–173 (PDF). Przedrukw: Zapisy terroru, t. 6: Auschwitz -Birkenau. Los kobietidzieci, red. M. Panecki, Warszawa 2019, s. 143– 145.

31 AIPN, GK 196/139,Protokół przesłuchania Teresy Wicińskiej, Kraków, 16.06.1947, k. 174–175 (PDF).

32 AIPN, GK 196/139, Protokół przesłuchania Marii Budziaszek, Kraków, 21.06.1947, k. 176–179 (PDF). Przedruk w: Zapisy terroru, t. 6, dz. cyt., s. 96–98.

33 AIPN, GK 196/139, Protokół przesłuchania Luby Reiss, Kraków, 4.08.1947, k. 200–203 (PDF). Przedrukw: Zapisy terroru, t. 6, dz. cyt., s. 246–248.

34 AIPN, GK 196/140, Protokół przesłuchania Aleksandry Rybskiej, Warszawa, 12.09.1947, k. 463–464 (PDF).

35 AIPN, GK 196/140, Protokół przesłuchania Zofii Mączki, Kraków, 5.08.1947, k. 428–430 (PDF).

36 AIPN, GK 196/140,Protokół przesłuchania Aleksandry Steuer, Kraków, 20.08.1947, k. 436–439 (PDF).

37 AIPN, Kr 1/2297, Odpis relacji Stanisławy Rachwałowej, [1972],k. 5 (PDF).

38 AIPN, GK 196/139, Pismo Marii Mandl do prokuratora [Jana Sehna], Kraków, 13.06.1947, k. 160 (PDF).

39 AIPN, GK 196/135, PismoJana Sehna do prokuratora Specjalnego Sądu Karnego w Krakowie [Jana Jasińskiego] (odpis), Kraków, 17.08.1945, k. 7 (PDF). Notkaw "Dzienniku Polskim" ukazałasię dwa dniwcześniej.

40 AIPN, GK 196/135, Pismo Misji Politycznej RP wWiedniu do Polskiej Misji Wojskowej Badania Niemieckich ZbrodniWojennych w Augsburgu, Wiedeń, 2.06.1947, k. 192 (PDF).

41 AIPN, GK 196/135, Protokół przesłuchania Erwina Bartla, Kraków, 27.08.1947, k. 248 (PDF).

42 AIPN, GK 196/135, Protokół przesłuchania Feliksa Myłyka, Kraków, 28.08.1947, k. 258–262 (PDF).

43 AIPN, GK 196/135, Protokół przesłuchania Jana Pileckiego, Kraków, 28.08.1947, k. 265 (PDF).

44 AIPN, GK 196/135, Protokół przesłuchania Bolesława Lerczaka, Katowice, 23.09.1947, k. 319 (PDF).

45 AIPN, GK 196/135, Protokół przesłuchania Maximiliana Grabnera, Kraków, 16.09.1947, k. 325 (PDF). Przedruk w: P. Setkiewicz, "Nie poczuwamsię do żadnej winy"…, dz. cyt., s. 64–66.

46 AIPN, GK 196/135, Protokół przesłuchania Maximiliana Grabnera, Kraków, 25.09.1947, k. 332 (PDF). Przedruk w: P. Setkiewicz, "Nie poczuwamsię do żadnej winy"…, dz. cyt., s. 70.

47 AIPN, GK 196/135, Protokół przesłuchania Maximiliana Grabnera, Kraków, 18.09.1947, k. 328–331 (PDF). Przedrukw: P. Setkiewicz, "Nie poczuwamsię do żadnej winy"…, dz. cyt., s. 67–69.

48 Tu i dalej: AIPN, GK 196/135, Protokół przesłuchania Maximiliana Grabnera, Kraków, 25.09.1947, k. 332–338 (PDF). Przedruk w: P. Setkiewicz, "Niepoczuwamsię do żadnej winy"…, dz. cyt., s. 70–75.

49 AIPN, GK 196/135,PismoJana Sehna do Wojewódzkiej Żydowskiej Ko- misji Historycznej wKatowicach, Kraków, 11.08.1947, k. 216–217 (PDF).

50 AIPN, GK 196/135, Protokół przesłuchania Maximiliana Grabnera, Kraków, 27.09.1947, k. 349–352 (PDF). Przedrukw: P. Setkiewicz, "Nie poczuwamsię do żadnej winy"…, dz. cyt., s. 83–86.

51 Tu i dalej: AIPN, GK 196/135, Protokół przesłuchania Maximiliana Grabnera, Kraków, 26.09.1947, k. 339–348 (PDF). Przedruk w: P. Setkiewicz, "Niepoczuwam się do żadnej winy"..., dz. cyt., s. 75–83.

52 AIPN, GK 196/135, Protokół przesłuchania Maximiliana Grabnera, Kraków, 29.09.1947, k. 353–360 (PDF). Przedruk w: P. Setkiewicz, "Nie poczuwam się do żadnej winy"..., dz. cyt., s. 87–93.

53 Tu i dalej: AIPN, GK 196/135, M. Grabner, Bericht über das Lager Auschwitz, Kraków, 17.09.1947, k. 361–400.

54 AIPN, GK 196/144, Protokół przesłuchania Ericha Mussfeldta, Kraków, 8.09.1947, k. 99–103 (PDF). Przedruk w: P. Setkiewicz, "Niepoczuwam się do żadnej winy"..., dz. cyt., s. 238–242.

55 AIPN, GK 196/142, Protokół przesłuchania Johanna Paula Kremera, Kraków, 18.07.1947, k. 25–33 (PDF). Przedruk w: P. Setkiewicz, "Nie poczuwam się do żadnej winy"..., dz. cyt., s. 129–136.

56 AIPN, GK 196/142, Protokół przesłuchania Johanna Paula Kremera, Kraków, 30.07.1947, k. 37. Przedruk w: P. Setkiewicz, "Niepoczuwam się do żadnej winy"..., dz. cyt., s. 140.

57 APMA-B, Oświadczenia, t. 21, Protokół przesłuchania Jana Sehna

w czasie procesu Johanna Paula Kremera przed Sądem Krajowym w Münsterze, [1960],k. 58–59.

58 AIPN, GK 196/142, Oświadczenie Hansa Müncha, Dachau, 21.11.1946, k. 129 (PDF).

59 AIPN, GK 196/142, Wniosek ekstradycyjny ws. Hansa Müncha, Wiesbaden, 26.09.1946,k. 126 (PDF).

60 AIPN, GK 196/142, Protokół przesłuchania Hansa Müncha, Kraków, 25.07.1947, k. 170 (PDF). Przedruk w: P. Setkiewicz, "Nie poczuwam się do żadnej winy"…, dz. cyt., s. 251.

61 AIPN, GK 196/142, Oświadczenie prof. Gézy Mansfelda, Budapeszt, 5.12.1946,k. 148 (PDF).

62 AIPN, Kr 1/2314, RelacjaKrystyny Szymańskiej, Kraków, 9.03.1990, k. 13.

63 Tu i dalej: AIPN, GK 196/142, Protokół przesłuchania Hansa Müncha, Kraków, 6.10.1947, k. 189–191 (PDF). Przedruk w: P. Setkiewicz, "Nie poczuwamsię do żadnej winy"…, dz. cyt., s. 252–254.

64 AIPN, Kr 1/2314, RelacjaKrystyny Szymańskiej, Kraków, 9.03.1990, k. 13.

65 J. Sehn, Sprawa oświęcimskiego lekarza SS J.P. Kremera, "Przegląd Lekarski" 1962, nr 1a, s. 61.

66 FBI, Smlg StA FfM, 175, Postanowienieprokuratora EberhardaGalma o umorzeniu postępowaniaprzygotowawczego przeciwko Hansowi Münchowi, Frankfurt nad Menem, 4.01.2000,b.p.

67 M. Pemper, Prawdziwa historia... , dz. cyt., s. 244.

Norymberga

1 E. Osmańczyk, Z lotuptaka, "Przekrój" 1945, nr 33, s. 4.

2 AIPN, Kr 1/2069, Wspomnienia Edwarda Pęchalskiego, Kraków, 12.03.1975,k. 31.

3 AIPN, Kr 1/2314, RelacjaKrystyny Szymańskiej, Kraków, 9.03.1990, k. 14.

4 AIPN, Kr 1/106, RelacjaKrystyny Szymańskiej, [1980],k. 59.

5 AIPN, GK 162/1046, Sprawozdanie mjr. Bernarda Achta, Norymberga, 12.12.1947, k. 25.

6 AIPN, GK 184/41,Pismomjr. Bernarda Achta do StefanaKurowskiego,

注 释

Norymberga, 16.10.1947, k. 83.

7 AIPN, GK 174/30A, Odpispisma Military Permit Office do MSZ, Warszawa, 22.05.1947, k. 7 (PDF).

8 AIPN, GK 184/37, Kopiapisma Josiaha E. DuBois do Jerzego Sawickiego, 16.06.1947, k. 106 (PDF).

9 AIPN, GK 184/41, Pismo [kpt. Bernarda Achta] do Jana Sehna, Norymberga, 5.08.1947, k. 32.

10 AIPN, GK 184/41, Pismokpt. Bernarda Achta do Jana Sehna, Norymberga, 26.08.1947, k. 37.

11 AIPN, GK 184/38, Pismo płk. Mariana Muszkata domjr. Bernarda Achta, Londyn, 15.10.1947, k. 16.

12 AIPN, GK 184/41, Pismo mjr. Bernarda Achta dopłk. Mariana Muszkata, Norymberga, 22.10.1947, k. 89.

13 AIPN, Kr 1/2314, RelacjaKrystyny Szymańskiej, Kraków, 9.03.1990, k. 16.

14 AIPN, GK 162/1046, Sprawozdanie mjr. Bernarda Achta, Norymberga, 7.11.1947 [jest omyłkowo 7.10],k. 34. Ten cytat również w: R. Kotarba,

Dziennik Hansa Frankaiokolicznościjegopozyskaniaprzez Polskę w roku 1947, "Annales Universitatis Mariae Curie-Skłodowska. Sectio F, Historia" 2005, t. 60, s. 286.

15 AIPN, Kr 1/2314, RelacjaKrystyny Szymańskiej, Kraków, 9.03.1990, k. 16.

16 AIPN, GK 184/41,PismoJana Sehna do StefanaKurowskiego, Norymberga, 15.11.1947, k. 108.

17 AIPN, GK 162/1046, Sprawozdanie mjr. Bernarda Achta, Norymberga, 12.12.1947, k. 27. Ten cytat również w: R. Kotarba, Dziennik Hansa Franka... , dz. cyt., s. 286.

18 AIPN, GK 184/38,Pismomjr. Władysława Czechowskiego dopłk. Mariana Muszkata, Monachium, 5.11.1947, k. 30.

19 AIPN, GK 184/38,PismoJana Sehna domjr. [JerzegoDoliwy-]Jankowskiego, Norymberga, 19.11.1947, k. 45.

20 T. Boghardt, Dirty Work? The Use of Nazi Informants by U.S.Army Intelligence in Postwar Europe, "The Journal of Military History" 2015, vol. 79, s. 400, 406, 415.

21 AIPN, GK 174/34, PismoJana Sehna do Instytutu PamięciNarodowej

注　释

[przy Prezydium Rady Ministrów], Kraków, 12.12.1947, k. 142.

22　AIPN, GK 162/1046, Sprawozdanie mjr. Bernarda Achta, Norymberga, 7.11.1947 [jest omyłkowo 7.10],k. 34.

23　AIPN, Kr 1/2334, RelacjaKrystynySzymańskiej, Kraków, [29.04.1986], k. 1.

24　AIPN, Kr 1/106, RelacjaKrystyny Szymańskiej, [1980],k. 59.

25　AIPN, Kr 1/2334, RelacjaKrystynySzymańskiej, Kraków, [29.04.1986], k. 1.

26　AIPN, GK 184/38,PismoJana Sehna domjr. Bernarda Achta, Kraków, 18.12.1947, k. 82.

27　AIPN, Kr 1/106, RelacjaKrystyny Szymańskiej, [1980],k. 59.

28　AIPN, GK 174/66,Protokół oględzin dziennika Hansa Franka, Kraków, 19.04.1948,k. 3 i nast.

29　AIPN, GK 184/38,PismoJana Sehna domjr. Bernarda Achta, Kraków, 18.12.1947, k. 82.

30　AIPN, Kr 1/2314, RelacjaKrystyny Szymańskiej, Kraków, 9.03.1990, k. 16.

31 AIPN, GK 184/41A, Pismo [mjr. Bernarda Achta] do Jana Sehna, Norymberga, 1.03.1948,k. 153.

32 AIPN, GK 162/12, Pismo Janusza Gumkowskiego do Wydziału Zagranicznego Wojska Polskiego, [Warszawa], 9.08.1948, k. 22 (PDF).

33 IES, Akta osobowe Jana Sehna, Ankieta personalnaJana Sehna, Kraków, 12.01.1952, [s. 23].

34 AIPN, GK 162/12, Pismo Henryka Świątkowskiego do Jana Sehna, [Warszawa], [5.02.1949],k. 13 (PDF).

35 AIPN, GK 162/626, Protokół przesłuchania Zofii Semik, Warszawa, 20.06.1949, k. 50 (PDF).

36 AIPN, GK 162/625, Protokół przesłuchania Tadeusza Nowaka, Warszawa, 20.06.1949, k. 8 (PDF).

37 Tu i dalej: AIPN, Kr 1/106, Relacja Krystyny Szymańskiej, [1980], k. 59–60.

Bühler

1 Tu i dalej: J. Gumkowski, T. Kułakowski, Zbrodniarze hitlerowscy

przedNajwyższymTrybunałem Narodowym, wyd. 3, Warszawa 1967, s. 178–179. Jako autor rozdziału o procesie Bühlera figuruje tu Tadeusz Kułakowski, aleznajdującasię w Archiwum IPN teczka zodręcznyminotatkami, na podstawiektórych powstał ten rozdział, jest podpisana: "Proces w sprawie Bühlera (referat omawiający znacze- nie i przebieg procesu, opracowany przez doktora Sehna)", zob. AIPN, GK 174/562.

2　AIPN, GK 196/386,Wniosek ekstradycyjny ws. Josefa Bühlera, [Wiesbaden,kwiecień 1946],k. 130 (PDF).

3　Tu i dalej: AIPN, GK 196/513,PismoJana Sehnadoprokuratora Stefana Kurowskiego, Warszawa, 3.12.1947, k. 21 (PDF).

4　Tu i dalej: AIPN, GK 196/513, Projekt dochodzeń ws. Josefa Bühlera, [3.12.1947],k. 23–26 (PDF).

5　AIPN, GK 196/513, PismoJana Sehnadoprokuratora Stefana Kurowskiego, Warszawa, 3.12.1947, k. 21 (PDF).

6　AIPN, GK 351/330, t. 1, Pismo prokuratora Stefana Kurowskiego do prokuratora Jerzego Sawickiego, Warszawa, 18.03.1948,k. 1–2.

7　AIPN, GK 196/514, PismoJana Sehna do dyrekcji Państwowego Monopolu Spirytusowego w Krakowie, [Kraków], 12.04.1948, k. 107 (PDF).

8 AIPN, GK 196/386,Pisemne zeznanie Curtavon Burgsdorffaws. Josefa Bühlera, Kraków, 1.03.1948,k. 439–451.

9 AIPN, GK 196/514, Notatka o staniedochodzeń wsprawie Josefa Bühlera, Kraków, 7.04.1948,k. 74 (PDF).

10 AIPN, GK 351/330, t. 1, PismoprokuratoraJanaJasińskiego doprokuratora [Jerzego Sawickiego], Kraków, 22.04.1948,k. 14–15.

11 AIPN, GK 196/512, Protokół przesłuchania Josefa Bühlera, Kraków, 29.04–5.05.1948,k. 4 (PDF).

12 Tu i dalej: AIPN, GK 196/512, Stenogram przesłuchania Josefa Bühlera, [Kraków], 29.04.1948,k. 6–32 (PDF).

13 Tu i dalej: AIPN, GK 196/512, Stenogram przesłuchania Josefa Bühlera, [Kraków], 30.04.1948,k. 35–63 (PDF).

14 Tu i dalej: AIPN, GK 196/512, Stenogram przesłuchania Josefa Bühlera, [Kraków], 2.05.1948,k. 69–93 (PDF).

15 Tu i dalej: AIPN, GK 196/512, Stenogram przesłuchania Josefa Bühlera, [Kraków], 3.05.1948,k. 96–128 (PDF).

16　Tu i dalej: AIPN, GK 196/512, Stenogram przesłuchania Josefa Bühlera, [Kraków], 4[–5.]05.1948,k. 130–157 (PDF).

17　AIPN, GK 196/514, Pismo Josefa Bühlera dosędziego śledczego [Jana Sehna], Kraków, 12.05.1948,k. 111 (PDF).

18　AIPN, GK 196/514, Uzupełnienia Josefa Bühlera do przesłuchań zdn. 29.04–5.05.1948, Kraków, 11.05.1948,k. 113–127 (PDF).

19　J. Gumkowski,T. Kułakowski, Zbrodniarze hitlerowscy…, dz. cyt., s. 178.

20　AIPN, Kr 1/2314, RelacjaKrystyny Szymańskiej, Kraków, 9.03.1990, k. 12.

21　Tu i dalej: AIPN, Kr 502/1470, Protokół przesłuchania Curta von Burgsdorffa, Kraków, 14.09.1948,k. 280–287.

22　AIPN, Kr 502/1470, Protokół przesłuchania Curta von Burgsdorffa, Kraków, 15.09.1948,k. 291.

23　AIPN, Kr 502/1470, Protokół przesłuchania Josefa Bühlera, Kraków, 12.08.1948,k. 216.

24　AIPN, Kr 502/1471, Akt oskarżenia Curta von Burgsdorffa, Kraków,

23.10.1948,k. 21.

25 E. Kocwa, Zło anonimowe, "Tygodnik Powszechny" 1948, nr 30 (175), s. 1, 9.

26 S. Piotrowski, Buehler zasłużył na najwyższy wymiar kary, "Nowiny Literackie" 1948, nr 35 (75), s. 7.

27 Tu i dalej: M.Pemper, Prawdziwa historia listy Schindlera, Warszawa 2006, s. 250–251.

28 ZStL, GA 9-1, t. 1, Raport Hannsa von Krannhalsa o działalności archiwalnejw Warszawie wdn. 17.10–19.11.1963, Lüneburg, 30.11.1963, [s. 8].

29 Tu i dalej: AIPN, Kr 502/11,Protokół przesłuchania ErnstaBoepplego, Kraków, 20.01.1949, k. 87–98.

30 Tu i dalej: AIPN, Kr 502/11,Protokół przesłuchania ErnstaBoepplego, Kraków, 21.01.1949, k. 101–110.

31 Tu i dalej: AIPN, Kr 502/11,Protokół przesłuchania ErnstaBoepplego, Kraków, 22.01.1949, k. 112–121.

Maurer

1 Tu i dalej: M.Pemper, Prawdziwa historia listy Schindlera, Warszawa 2006, s. 127.

2 Tu i dalej: Protokół przesłuchania Mieczysława Pempera, Kraków, 23.02.1950 [w:] M. Pemper, Prawdziwa historia..., dz. cyt., s. 273–283.

3 AIPN, Kr 502/2211, Pisemne oświadczenie Gerharda Maurera "D II", [Kraków], 23.06.1950,k. 178 (PDF).

4 Tu i dalej: AIPN, GK 162/981, NotatkaJana Sehnaws. procesu Gerhar- da Maurera i innych (odpis), Kraków, 5.10.1950,k. 3–8.

5 ASO, Akta osobowe Jana Sehna, Protokół ślubowania Jana Sehna, Kraków, 3.07.1945,k. 19.

6 IES, Akta osobowe Jana Sehna, Ankieta personalnaJana Sehna, Kra- ków, 12.01.1952, [s. 23].

7 ANK Spytk, WK SD Kraków, IV/2/E/49/233, Pismo Alfreda Eime- ra i Marii Nosarzewskiej do Centralnego Komitetu SD, [Kraków], 6.04.1949, wraz zzałącznikiem.

8 ANK Spytk, SD MK Kraków, IV/2/G/49, Ankieta personalnaJana Sehna, Kraków, 25.04.1949, k. 60.

9 IES, Akta osobowe Jana Sehna, Ankieta personalnaJana Sehna, Kra- ków, 12.01.1952, [s. 25].

10 Tu i dalej: ANK, PWRN, Stow. 123, Statut Towarzystwa Przyjaciół Rodziny Milicyjnej, [Kraków], [1947],k. 21–28. Takżewszelkie inne informacje o towarzystwie zaczerpnąłem ztej jednostki archiwalnej.

11 Tu i dalej: AIPN, Kr 502/2211,Protokół przesłuchania Gerharda Maurera, Kraków, 11.01.1951,k. 141–147 (PDF).

12 Tu i dalej: [R. Höss], Charakterystyka Gerharda Maurera, [Kraków], listopad 1946 [w:] Wspomnienia Rudolfa Hoessa, komendantaobozu oświęcimskiego, Warszawa 1956, s. 250–253.

13 Tu i dalej: AIPN, Kr 502/2211,Protokół przesłuchania Gerharda Maurera, Kraków, 25.01.1951,k. 205–209 (PDF).

14 Tu i dalej: AIPN, Kr 502/2211,Protokół przesłuchania Gerharda Maurera, Kraków, 15.05.1951,k. 274–278 (PDF).

15 Tu i dalej: AIPN, Kr 502/2211,Protokół przesłuchania Gerharda Maurera, Kraków, 26.01.1951,k. 211–215 (PDF).

16 Tu i dalej: AIPN, Kr 502/2211,Protokół przesłuchania Gerharda Maurera, Kraków, 27.01.1951,k. 233–237 (PDF).

17 Tu i dalej: AIPN, Kr 502/2211,Protokół przesłuchania Gerharda Maurera, Kraków, 26.04.1951,k. 271–273 (PDF).

18 AIPN, Kr 502/2211, Protokół przesłuchania Gerharda Maurera, Kraków, 25.01.1951,k. 209 (PDF).

19 Tu i dalej: AIPN, Kr 502/2211,Protokół przesłuchania Gerharda Maurera, Kraków, 15.05.1951,k. 278 (PDF).

20 Tu i dalej: AIPN, Kr 502/2211,Protokół przesłuchania Gerharda Maurera, Kraków, 27.01.1951,k. 237, 236 (PDF).

21 Tu i dalej: AIPN, Kr 502/2211,Protokół przesłuchania Gerharda Maurera, Kraków, 26.01.1951,k. 215 (PDF).

22 J. Sehn, Handlarze śmierci, "ZaWolność i Lud" 1955, nr 6 (87), s. 22.

Profesor

1 Tu i dalej: AAN, Ministerstwo Szkolnictwa Wyższego, sygn. 3643, J. Sehn, Ankieta dlaubiegających się o tytuły naukowe samodziel- nego pracownikanauki, Kraków, 7.04.1954, [s. 7].

2 ANK, 29/467/512,Odpis postanowieniaJana Sehnaw sprawie śmierci

lekarzy Jana Oremusa, JerzegoOszackiegoi Zbigniewa Ścisławskiego, Kraków, 31.07.1939, k. 43. Sehn zdecydował o umorzeniu śledztwa.

3   AIPN, Kr 1/828,J. Sehn, Oględziny, Kraków 1948, [s. 60].

4   J. Markiewicz, Prof. dr Jan Sehn. Wspomnieniepośmiertne, "ZZagadnień Kryminalistyki" 1967, nr 2, s. 8.

5   AAN, Ministerstwo SzkolnictwaWyższego, sygn. 3643,J. Sehn, Ankietadlaubiegających się o tytułynaukowe samodzielnegopracownika nauki, Kraków, 7.04.1954, [s. 7].

6   D. Różycka, T. Borkowski, Dzieje Instytutu Ekspertyz Sądowych 1929 – 1979, Warszawa 1979, s. 81.

7   AIPN, Kr 1/828,J. Sehn, Oględziny, Kraków 1948, [s. 34].

8   J. Sehn, Obózkoncentracyjnyi zagłady Oświęcim, "BiuletynGłównej KomisjiBadaniaZbrodni Niemieckich w Polsce" 1946, nr 1, s. 65–130.

9   Jacek Lachendro, korespondencjaelektronicznaz autorem z 1.12.2017. Kolejne wypowiedziLachendry w tym rozdziale również pochodzą ztego źródła.

10 T. Hołuj, Temat Oświęcim, "Twórczość" 1947, nr 2, s. 140.

11　H. Korotyński, Kiedy będziemy znaliOświęcim?, "Odrodzenie" 1947, nr 34 (143), s. 2.

12　J. Sehn, Obózkoncentracyjny i zagłady..., dz. cyt., s. 71.

13　Tamże, s. 128. Wwydaniuksiążkowymz 1956 r. Sehnwciąż twierdził, żeliczbazagazowanych w Auschwitz "była niemniejszaniż 4 miliony", zob. tegoż, ObózkoncentracyjnyOświęcim-Brzezinka (Auschwitz--Birkenau), Warszawa 1956, s. 119.

14　Tenże, Obózkoncentracyjny i zagłady..., dz. cyt., s. 78.

15　Zob. stronę Państwowego Muzeum Auschwitz-Birkenau, auschwitz.org, bit.ly/2mx2yuM (dostęp: 19.07.2019).

16　Tu i dalej: J. Sehn, Obózkoncentracyjnyi zagłady..., dz. cyt., s. 120 i 90.

17　AIPN, GK 190/1,Pismo [Jana Sehna] do prof. Stanisława Batawii, Kraków, 12.01.1946,k. 4.

18　J. Markiewicz, Prof. dr Jan Sehn..., dz. cyt., s. 10.

19　S. Steinbacher, »Menschen in Auschwitz« und die Auschwitz-Forschung. Eine Analyse, "Einsicht. Bulletin des Fritz Bauer Instituts"

2013, H. 10, s. 20.

20 AAN, Ministerstwo SzkolnictwaWyższego, sygn. 3643,M. Patkaniowski, Opiniaw sprawiedziałalnoścіi dorobkunaukowego dr. Jana Sehna, Kraków, 3.06.1954, [s. 2–3, 8]. Kolejne cytatyz Patkaniowskie- go w tym rozdziale również pochodzą ztego źródła.

21 J. Sehn,Zbrodnicze "eksperymenty" lekarzy SS na ludziach więzionych w hitlerowskichobozach koncentracyjnych [w:] Zagadnieniaprawa karnego iteoriiprawa. Księgapamiątkowaku czci profesora WładysławaWoltera, red. M. Cieślak, Warszawa 1959, s. 169.

22 Tenże,Niektóreaspekty prawne tzw. eksperymentówdokonywanych przez hitlerowskich lekarzy SSw obozach koncentracyjnych, "Przegląd Lekarski" 1961, nr 1a, s. 37, przyp. 30.

23 AAN, Ministerstwo SzkolnictwaWyższego, sygn. 3643,J. Sehn, Ankietadlaubiegających się o tytułynaukowe samodzielnegopracownika nauki, Kraków, 7.04.1954, [s. 7b].

24 AIPN, GK 174/18, Zaświadczenie HenrykaGawackiegodla Jana Sehna, Kraków, 30.06.1949, k. 11.

25 APMA-B, Materiały, t. 56, Sprawozdanie zposiedzenia Komisji Histo-

ryczneji pracownikówMuzeum wOświęcimiu, Oświęcim, 21.11.1948, k. 61.

26 APMA-B, Oświadczenia, t. 21, Protokół przesłuchania Jana Sehna w czasie procesu Johanna Paula Kremera przed Sądem Krajowym w Münsterze, [1960],k. 61.

27 AIPN, Kr 120/33, M. Kozłowska, Tak było… a karawana idzie dalej… Mojewspomnienia o Instytucie Ekspertyz Sądowych, Kraków, 10.03.1999,k. 9. Jeślinie zaznaczono inaczej, także innewypowiedzi Kozłowskiej w tym rozdzialepochodzą ztego źródła.

28 Maria Kozłowska, rozmowa telefonicznaz autorem z 16.07.2019.

29 J. Markiewicz,Wspomnienie o profesorze doktorze JanieSehnie, "ZZagadnień Kryminalistyki" 1976, nr 11, s. 111.

30 AAN, Ministerstwo Szkolnictwa Wyższego, sygn. 3643,Wniosek ministra sprawiedliwości [Henryka Świątkowskiego] do Centralnej Komi sjiKwalifikacyjnejdlaPracowników Nauki, Warszawa, 28.06.1954, [s. 2].

31 J. Sehn, Struktura organizacyjnaidziałalność Instytutu Ekspertyz Sądowych w Krakowie, "Z Zagadnień Kryminalistyki" 1960, nr 1, s. 17.

32 Tu i dalej: D. Różycka,T. Borkowski, Dzieje Instytutu..., dz. cyt., s. 87 i 82.

33 RelacjaZofii Chłobowskiej iJerzego Łabędzia z 1.03.2018,w zbiorach autora. Zob. też: J. Kostrzewa, Przewodnicy po labiryncie. Dzieje Instytutu Ekspertyz Sądowych w latach 1929–2019, Kraków 2019, s. 138.

34 Notatki Marii Kozłowskiej,b.d., kopiaw zbiorach autora.

35 IES, Akta osobowe Andrzeja Łobaczewskiego, PismoJana Sehna do Andrzeja Łobaczewskiego (odpis), [Kraków], 2.05.1951,b.p.; IES, Akta osobowe Andrzeja Łobaczewskiego, Pismo Jana Sehna do Departamentu Kadr i Szkolenia Zawodów Prawniczych Ministerstwa Sprawiedliwości, Kraków, 10.05.1951.

36 AAN, Ministerstwo SzkolnictwaWyższego, sygn. 3643,J. Sehn, Ankietadlaubiegających się o tytułynaukowe samodzielnegopracownika nauki, Kraków, 7.04.1954, [s. 7b].

37 J. Markiewicz, Prof. dr Jan Sehn... , dz. cyt., s. 11.

38 Notatki Marii Kozłowskiej,b.d., kopiaw zbiorach autora.

39 AAN, Ministerstwo SzkolnictwaWyższego, sygn. 3643,J. Sehn, Ankietadlaubiegających się o tytułynaukowe samodzielnegopracownika

nauki, Kraków, 7.04.1954, [s. 7c].

40 J. Sehn, Obecny stan kryminalistyki w Polsce [w:] Stan kryminalistyki i medycyny sądowej. Konferencjateoretyków i praktyków prawa karnego. Materiały z prac przygotowawczych do I Kongresu Nauki Polskiej, Warszawa 1951, s. 5, 14.

Katyń

1 AIPN, Kr 287/7, t. 1, Notatka urzędowa [oficera UOP] ws. dokumentacji katyńskiej, Kraków, 19.04.1991, k. 12 (PDF).

2 AIPN, Rz 82/3052, Pismo pełnomocnika Stefanii Próchniewicz do Sądu Grodzkiego w Przemyślu, [1949],k. 2 (PDF); AIPN, Rz 82/3052, Odpis świadectwa ślubu Antoniego Próchniewiczai Stefanii Dawi- skiby, Kraków, 3.08.1948,k. 3 (PDF).

3 Dalsza lista ofiar katyńskich, "Goniec Krakowski", 4.06.1943.

4 M. Kozłowska, Archiwum doktora Robla w moich wspomnieniach, "ZZagadnień Kryminalistyki" 1991 (suplement), s. 34.

5 J. Markiewicz,Dr Jan ZygmuntRobel. Uczony – działacz – konspirator, "ZZagadnień Kryminalistyki" 1991 (suplement), s. 9.

6 Tu i dalej: IES, Teczka Szkicrozwoju instytutówi laboratoriówkryminalistycznych, PismoJana Sehna do Lucjana Szulkinaw sprawie Instytutu Ekspertyz Sądowych, Kraków, 29.03.1945, [s. 1–2].

7 J. Olbrycht, S. Siengalewicz, Opinia sądowo-lekarskadla prokura- tora Specjalnego Sądu Karnego w Krakowie, Kraków, 12.12.1945 [w:] J. Bratko, Dlaczegozginąłeś, prokuratorze?, Kraków 1998, s. 319.

8 AIPN, GK 162/1045,Pismo StefanaKurowskiego doGłównej Komisji Badania Zbrodni Niemieckich w Polsce, Norymberga, 25.03.1946, k. 9; AIPN, GK 162/1045,Pismo Janusza Gumkowskiego doOkręgowej Komisji Badania Zbrodni Niemieckich w Krakowie, [Warszawa], 9.04.1946,k. 10; AIPN, GK 162/1045, Pismo Janusza Gumkowskiego do Stefana Kurowskiego, Warszawa, 16.04.1946,k. 11.

9 Tu i dalej: AIPN, Kr 1/2314, RelacjaKrystyny Szymańskiej, Kraków, 9.03.1990, k. 14–15, 19. Por. AIPN, Kr 1/2334, Notatka Krystyny Szymańskiej na temat dokumentów katyńskich, Kraków, [6.11.1984], k. 2. W notatce z 1984 r., mniej szczegółowej niż późniejsza relacja, Szymańskapodała, żedo zdarzenia doszłow 1946 r.

10 AIPN, GK 162/859, Pismo Stefana Kurowskiego do Jana Sehna, [War-

szawa], 26.06.1948, k. 46 (PDF). Datę wpisano odręcznie, może też chodzić o 28.06.1948.

11　AIPN, GK 174/30A, NotatkaJana Sehnadla StefanaKurowskiego, Kraków, 22.12.1947, k. 34 (PDF).

12　AIPN, GK 162/1062, Pismo Jana Sehna do Janusza Gumkowskiego, Kraków, 21.12.1948,k. 175.

13　M. Kozłowska, Archiwum doktora Robla…, dz. cyt., s. 36.

14　AIPN, Kr 287/7, t. 1, Protokół przesłuchania Marii Kozłowskiej, Kraków, 7.05.1991, k. 101 (PDF).

15　M. Kozłowska, Archiwum doktora Robla…, dz. cyt., s. 36–37. Por. AIPN, Kr 120/33, M. Kozłowska, Tak było… a karawana idziedalej… Moje wspomnienia o Instytucie Ekspertyz Sądowych, Kraków, 10.03.1999, k. 10.

16　Tu i dalej: AIPN, Kr 287/7, t. 1, Protokół przesłuchania Marii Kozłowskiej, Kraków, 7.05.1991, k. 101–102 (PDF).

Frankfurt

1 FBI, NL 03-1, t. 1, Pismo Hannsa Grossmanna do Jana Sehna, Frank- furt nad Menem, 9.02.1960,k. 151.

2 K. Stengel, Hermann Langbein. Ein Auschwitz- Überlebender in den eri nnerungspolitischenKonfliktender Nachkriegszeit, Frankfurt–New York 2012, s. 410.

3 FBI, NL 03-1, t. 1, List Hermanna Langbeina do Jana Sehna, Wiedeń, 21.02.1960,k. 153. Egzemplarz także w: ÖStA, NL Langbein, E 1797/34, t. 2, [b.p.].

4 AIPN, GK 162/II/1945, J. Sehn, Sprawozdanie zpodróżysłużbowej do Austrii, Niemieckiej Republiki Federalnej Berlinawdn. 23.02 – 12.03.1960,Warszawa, 31.03.1960,k. 1.

5 Wyciąg z protokołuposiedzenia komisji prawnej parlamentu Hesji, 3.06.1960,k. 12, kopiaw zbiorach autora.

6 Tu i dalej: ZStL, GA 9-1, t. 5, Notatka Erwina Schülego o rozmowach z Janem Sehnem w dn. 1–2.03.1960, Ludwigsburg, 4.03.1960, [s. 1].

7 Wyciąg z protokołuposiedzenia komisji prawnej parlamentu Hesji, 3.06.1960,k. 13, kopiaw zbiorach autora.

8 D. Schenk, Die braunen Wurzelndes BKA, Frankfurt am Main 2003, s. 182–190.

9 FBI, 4 Js 1031/61, Berichtsheft, t. 1, Pismo Hannsa Grossmanna do prokuratora generalnego [Fritza Bauera], Frankfurt nad Menem, 20.12.1962,k. 74.

10 AIPN, GK 190/150, Pismo prokuratora generalnego [Fritza Bauera] do Jana Sehna, Frankfurt nad Menem, 2.03.1960,k. 1.

11 ÖStA, NL Langbein, E 1797/34,t. 2, List Hermanna Langbeina do Jana Sehna, Wiedeń, 23.03.1960, [b.p.].

12 HHStA, Abt. 461, 37638/245, Odpis listu Jana SehnadoFritza Bauera, Kraków, 21.04.1960,k. 363.

13 AIPN, Kr 120/33, M. Kozłowska, Tak było... a karawana idzie dalej... Mojewspomnienia o Instytucie Ekspertyz Sądowych, Kraków, 10.03.1999, k. 14.

14 Gerhard Wiese, rozmowa telefoniczna z autorem z 7.06.2018. Wszystkie wypowiedzi Wiesego w tym rozdziale pochodzą z tego źródła.

15 W 1967 r. został zwolniony ze służby "wzwiązku z osiągnięciem pełnej wysługilat". Wkrótce padł ofiarą kampanii antysemickiej w

PRL. W 1969 r. wyemigrował, a dwa latapóźniej "z powodu braku wartości moralnych" został pozbawiony stopnia oficerskiego. Figurował windeksieosóbniepożądanych w PRL. Zmarł w 1990 r. izostał pochowany w Paryżu. Akta osobowe: AIPN, 0194/2427; AIPN, 1368/705; AIPN, 2174/2707.

16 BAK, B141/22762, Notatka [Paula-Güntera] Pötzaws. wizji lokalnej sądu przysięgłych we Frankfurcie nad Menem na terenie byłego obozukoncentracyjnego Auschwitz, Bonn, 7.12.1964,k. 139.

17 AIPN, GK 190/147, Zarządzenie nr 73 Prezesa Rady Ministrów z 24.05.1960, [b.p.].

18 HHStA, Abt. 461, 37638/245, Notatka Hansa Küglera z wizyty w Ber- linie Zachodnim w dn. 20–22.06.1960, Frankfurt nad Menem, 29.06.1960,k. 438–439.

19 AIPN, 2586/403, Sprawozdanie Eugeniusza Szmulewskiego i Jana Sehna Wizja lokalna w Oświęcimiu-Brzezince, Kraków, 5.02.1965, k. 4.

20 Tamże. Por. HHStA, Abt. 461, Nr. 37654/11, Raport Heinza Düxa z wizyty w Oświęcimiuw dn. 26–28.07.1963, Frankfurt nad Menem, 1.08.1963,k. 15967–15976.

21 AIPN, GK 917/216,Pismo Henry'ego Ormonda do Jana Sehna, Frank- furt nad Menem, 11.06.1959, k. 78–79; zob. też inne pismaw tej jednostce archiwalnej. W literaturze naukowej możnasię spotkać zbłędną informacją, że Ormond nawiązał kontaktz Sehnem do- piero w 1962 r.

22 FBI, NL 03-1, t. 2, Notatka służbowa Jana Sehna, Kraków, 27.12.1956, k. 9.

23 AIPN, 2586/403, Sprawozdanie Eugeniusza Szmulewskiego i Jana Sehna Wizja lokalna w Oświęcimiu-Brzezince, Kraków, 5.02.1965,k. 6.

24 StAFfM, Magistratsakten, Sign. 61, Pismo Fritza Bauera do Williego Brunderta, Frankfurt nad Menem, 4.11.1964, [s. 1]. Por. Auschwitz--Prozeß 4 Ks 2/63 Frankfurt am Main, hrsg. von I.Wojak, Köln 2004, s. 64.

25 AIPN, 2586/403, Sprawozdanie Eugeniusza Szmulewskiego i Jana Sehna Wizja lokalna w Oświęcimiu-Brzezince, Kraków, 5.02.1965,k. 5.

26 AIPN, 2586/403, Pismo Jana Pawlaka do Jana Sehna, Warszawa, 11.04.1964,k. 57.

27 S. Steinbacher, »Protokoll von der SchwarzenWand«. Die Ortsbesich-

tigung des Frankfurter Schwurgerichts in Auschwitz [w:] »Gerichtstag halten über uns selbst...« Geschichte und Wirkung des ersten Frankfurter Auschwitz-Prozesses, hrsg. von I.Wojak, Frankfurt–New York 2001, s. 61.

28 Tu i dalej: AIPN, 2586/403, Sprawozdanie Eugeniusza Szmulewskiego i Jana Sehna Wizja lokalna w Oświęcimiu-Brzezince, Kraków, 5.02.1965,k. 8, 19, 22–23.

29 S. Steinbacher, »Protokoll von der SchwarzenWand«... , dz. cyt., s. 65.

30 BAK, B136/3173, Raport [Rolfa Vogla] Polityczneobserwacje z wizji lokalnej w Auschwitz, Frankfurt nad Menem, 19.12.1964, [s. 1].

31 AIPN, 2586/403, Sprawozdanie Eugeniusza Szmulewskiego i Jana Sehna Wizja lokalna w Oświęcimiu-Brzezince, Kraków, 5.02.1965, k. 27–28.

32 AIPN, Kr 060/13, Meldunek specjalny nr 2 dot. zabezpieczeniai realizacji przebiegu wizji [lokalnej] w Oświęcimiu, Kraków, 14.12.1964, k. 87.

33 AIPN, Kr 060/13, Meldunek specjalny nr 5 dotyczący zabezpieczenia wizji [lokalnej] w Oświęcimiu, Kraków, 16.12.1964,k. 250.

34 AIPN, 2586/403, Sprawozdanie Eugeniusza Szmulewskiego i Jana Sehna Wizja lokalna w Oświęcimiu-Brzezince, Kraków, 5.02.1965, k. 34. Por. FBI, Sammlung Hotz, Dokumente Ortsbesichtigung, Sprawozdanie Waltera Hotza dla federalnegoministra sprawiedliwości [EwaldaBuchera], Frankfurt nad Menem, 5.01.1965, [s. 7].

35 Lauritzen würdigt Professor Sehn, "Frankfurter Rundschau", 14.12.1965.

36 AIPN, 2586/403, Sprawozdanie Eugeniusza Szmulewskiego i Jana Sehna Wizja lokalna w Oświęcimiu-Brzezince, Kraków, 5.02.1965,k. 36.

37 AIPN, Kr 1/981, Pismo Gerharda Wiesego do Jana Sehna, Frankfurt nad Menem, 24.12.1964,k. 47.

38 AIPN, 2586/403, Sprawozdanie Eugeniusza Szmulewskiego i Jana Sehna Wizja lokalna w Oświęcimiu-Brzezince, Kraków, 5.02.1965, k. 42–43.

39 AIPN, 3058/179, Pismo Henryka Cieśluka, zastępcy prokuratora generalnego PRL, dowiceministra sprawiedliwości Jana Pawlaka, Warszawa, 14.03.1964,k. 6.

40 AIPN, 3058/179, Notatka Janusza Gumkowskiego w sprawie procesu

zbrodniarzyoświęcimskich we Frankfurcie nad Menem, Warszawa, 18.03.1964,k. 3.

41 AIPN, Kr 1/981, Sprawozdanie Eugeniusza Szmulewskiego i Jana SehnaRekwizycjaw sprawie komisarycznegoprzesłuchania świadków w procesie oświęcimskimprzed Sądem Przysięgłych we Frankfurcie nad Menem, Kraków, 15.05.1965,k. 19.

42 AIPN, Kr 1/981,Pismo Henry'ego Ormonda do Jana Sehna, Frankfurt nad Menem, 10.03.1965,k. 48–49.

43 AIPN, Kr 1/981,Pismo Stanisława Walczaka do Jana Sehna, Warszawa, 24.03.1965,k. 50–51.

44 AIPN, Kr 1/981, Sprawozdanie Eugeniusza Szmulewskiego i Jana SehnaRekwizycjaw sprawie komisarycznegoprzesłuchania świadków w procesie oświęcimskimprzed Sądem Przysięgłych we Frankfurcie nad Menem, Kraków, 15.05.1965,k. 42.

45 Tamże,k. 34.

46 S. Steinbacher,»Protokoll von der SchwarzenWand«… , dz. cyt., s. 61.

47 Łagodnewyroki zazbrodnie przeciwkoludzkości, "SztandarMłodych", 21.08.1965.

48 Wyrok na katówOświęcimia, "Życie Warszawy", 20.08.1965.

49 H. Ormond, Ein Wort zur Kritik am Auschwitz-Urteil, "Allgemeine Wochenzeitung der Juden in Deutschland", 27.08.1965. Przedruk wskróconej wersji w: "Die Welt", 30.08.1965.

50 Mowa obrońca Hansa Laternsera ws. Victora Capesiusaw dn. 15 – 16.07.1965 [w:] H. Laternser, Die andere Seiteim Auschwitz-Prozeß 1963/65. Reden eines Verteidigers, Stuttgart-Dagerloch 1966, s. 350.

51 Dr. Sehn kam – sah – konspirierte und – kassierte, "Deutsche National-Zeitung und Soldaten-Zeitung" 1965, H. 32. Zob. też: H. Laternser, Gab Oberstaatsanwalt Dr. Rahn falsche Informationen über Zeugengebühren?, "Deutsche National-Zeitung und Soldaten-Zeitung" 1965, H. 36.

52 AIPN, Kr 1/981, Sprawozdanie Eugeniusza Szmulewskiego i Jana SehnaRekwizycjaw sprawie komisarycznegoprzesłuchania świadków w procesie oświęcimskimprzed Sądem Przysięgłych we Frankfurcie nad Menem, Kraków, 15.05.1965,k. 9.

53 FBI, FAP1, HA 155, Uzasadnienie wyroku wsprawie karnej 4 Ks 2/63 – Mulkai in., [Frankfurt nad Menem], 19.08.1965, [s. 12].

Śmierć

1 ZStL, GA 9-1, t. 6, Projekt pisma Adalberta Rückerlado Jana Sehna, Ludwigsburg, 13.12.1965, [s. 7].

2 Christian Raabe, list do autora z 4.07.2018.

3 W.Pfuhl, Professor Jan Sehngestorben, "Die Welt", 14.12.1965.

4 W. Mącior, Profesor Jan Sehn (1909–1965), "Gazeta Wyborcza" (Kraków), 10.12.2005.

5 R. Dahl, Die teuersten Zeugender Welt, "Deutsche National-Zeitung und Soldaten-Zeitung" 1965, H. 50.

6 Gerhard Wiese, rozmowa telefoniczna z autorem z 7.06.2018. Wszystkie wypowiedzi Wiesego w tym rozdziale pochodzą z tego źródła.

7 Tu i dalej: ZStL, GA 9-1, t. 6, Notatka Adalberta Rückerla o wizycie i śmierci Jana Sehna, Ludwigsburg, 16.12.1965, [s. 4–5].

8 Heimkehr mit dem Flugzeug, "Frankfurter Allgemeine Zeitung", 14.12.1965.

9 W.Pfuhl, Professor Jan Sehngestorben, dz. cyt.

10 AIPN, Kr 120/33, M. Kozłowska, Tak było... a karawana idzie da-

lej... Mojewspomnienia o Instytucie Ekspertyz Sądowych, Kraków, 10.03.1999, k. 14–15.

11 Arthur Sehn, korespondencjaelektronicznaz autorem z 29.01.2018.

12 Relacja MariiKozłowskiej, collections.ushmm.org, bit.ly/2osM6fB (dostęp: 19.07.2019).

13 ZStL, GA 9-1,t. 6, Projekt pisma [AdalbertaRückerla] do Bernda Mumma von Schwarzensteina, [Ludwigsburg], 21.12.1965, [s. 2].

14 Tu i dalej: AIPN, Kr 120/33,M. Kozłowska, Tak było... a karawana idzie dalej... Mojewspomnienia o InstytucieEkspertyz Sądowych, Kraków, 10.03.1999, k. 14–15 i 7.

15 Zob. nekrolog Zofii Sehn, "Dziennik Polski", 3.08.1984.

16 Adam Mróz, korespondencjaelektroniczna z autorem z 3.01.2019.

Pamięć

1 Cyt. za: WG [W. Gąsiewski], Polowanie na volksdeutschów czy antyniemieckienastroje w Tuszowie, "Wieści Regionalne" 2004, nr 3.

2 H. Lepucki,Działalność kolonizacyjna MariiTeresyi Józefa II w Galicji

1772–1790, Lwów 1938.

3 Ks. Krzysztof Kamieński, korespondencjaelektronicznaz autorem z 18.06.2019. Sygnatura metryki w Archiwum Diecezjalnymw Tar- nowie (ADT): MsJI/1.

4 ANK, TSchn 1644, Spis członkówgminy [Tuszów Kolonia] i przynależnychdoniej, którzy są uprawnieni dowyboru, Tuszów Kolonia, 20.06.1870, k. 1037–1038.

5 W. Gąsiewski, Jan Sehn (1909–1965), "Wieści Regionalne" 2009, nr 5.

6 IES, Akta osobowe Jana Sehna, Ankieta personalnaJana Sehna, Kraków, 12.01.1952, [s. 22]; AUJ, S III 246, Ankieta personalnaJana Sehna, Kraków, 4.03.1959, [b.p.].

7 Zob. np. IES, Akta osoboweJana Sehna, AnkietaJana Sehna, Kraków, 25.01.1945, [s. 1]; IES, Akta osobowe Jana Sehna, Ankieta personalna Jana Sehna, Kraków, 12.01.1952, [s. 22]; IES, Akta osobowe Jana Sehna, Kwestionariuszpaszportowy Jana Sehna, Kraków, 24.12.1956, [s. 177]; AAN, Ministerstwo Szkolnictwa Wyższego, sygn. 3643, Ankieta personalna Jana Sehna, Kraków, 7.04.1954, [b.p.].

8 Relacja Józefa i Franciszki Sehnów, collections.ushmm.org, bit.

ly/2mNKUmE (dostęp: 19.07.2019).

9   XVII Sprawozdanie DyrekcjiPaństwowego Gimnazjumim. St. Konarskiego (typ humanistyczny) w Mielcu za rok szkolny 1928–29, Mielec 1929, s. 87.

10   WG [W. Gąsiewski], Polowanie na volksdeutschów…, dz. cyt.